그 사람이 있는 곳

이병숙
장편소설

도서출판
청어

그 사람이 있는 곳

이병숙 장편소설

고향은 그런 곳인가 보다.
세상을 모나지 않게 하고 사람을 가리지 않고
늘 부화를 꿈꾸고 있는 곳.
소란스러운 세상에 부화뇌동하지 않고
영원할 속 삶을 간직하는 곳.

마치 복숭아 속에 들어 있는 복숭아씨처럼.

작가의 말

그 사람이 있는 곳

문학청년 시절 선생님께서 에로스를 주제로 원고지 40매 분량의 소설을 써오라는 숙제를 내주었다. 이 글은 그 숙제로 태어났다. 마치 고향 마을 어귀에 심은 이름도 알 수 없을 만큼 작은 묘목처럼.

이후 나는 내가 느낄 수 있는 모든 감정을 쏟아 부어 글밭에 나무를 심고 가꾸었다. 나무들은 삶에 재미를 붙일 만큼 자라났다. 자신감을 얻은 나는 숙제로 태어난 고향의 묘목에도 재연해보았다. 내가 느낄 수 있는 감정뿐만 아니라 상상할 수 있는 감정까지 쏟아 부었다. 이름도 알 수 없었던 작은 묘목은 점점 자라 제 모습을 드러냈다. 아담한 느티나무였다. 혼자 보기 아까울 만큼 대견했다.

한층 고무된 나는 더 열심히 나무를 가꾸었다. 느끼고 상상할 수 있는 감정뿐만 아니라 내 삶의 조각들을 입혀나갔다. 그러나 시류

에 무뎌진 감성과 보잘것없는 삶의 조각들은 유실수로도 관상수로
도 면목이 없었다.

실의에 젖어 고향의 느티나무를 찾았다. 넋두리도 하고 객기도
부리고 실험도 해보았다. 그 독한 상심이 거름이 되어 어린 느티나
무는 성목으로 자랐다. 제법 의젓했다.

용기를 얻고 돌아와 다시 글밭의 나무를 건사하기 시작했다. 유
실수인지 관상수인지 구분하지 않고 무던히 심고 가꾸었다. 녹록치
않은 삶에 나의 자존감을 지키기 위한 안간힘이었다.

포기하고 싶을 만큼 힘들면 또다시 고향의 느티나무를 찾았다.
허한 마음이 채워질 때까지 나무와 씨름을 했다. 그리고 찾지 못
하면 삶의 의미를 잃을 것처럼, 기어이 다시 도전할 명분을 찾아내
돌아오곤 했다. 그렇게 이십 년 넘게 드나드는 동안 고향의 느티나
무는 마을을 상징하는 정자나무가 되었다.

이제 그 정자나무에 얽힌 전설을 풀어낸다.
막연히 가고 싶은 고향이 아니라 누구나 갖고 싶은 고향을
위하여.

포근한 고향의 정령이 깃들길 기대하며
이병숙

차례

달구질

까무룩 잠이 들었는데 영구차가 과속방지턱을 넘느라 덜컹하는 바람에 잠이 깬다. 쏟아져 들어오는 햇살에 눈을 제대로 뜰 수가 없다. 잠이 깬 것도 과속방지턱 때문이 아니라 따가운 햇볕 때문이었는지도 모른다. 찡그린 채 창밖을 보니 문산을 지나 선유리로 향하고 있다. 커튼을 치면서 몸을 움직이자 애들도 차례로 잠이 깨어 칭얼거린다.

"엄마, 아직도 멀었어?"

가영이가 두리번거리며 묻는다.

"아니, 이제 거의 다 와 가."

"엄마, 나 목말라."

나영이도 두리번대더니 물을 찾는다.

"그래, 근데 아까 네가 물 다 마셔서 없는데 조금만 참자. 우리 나영이 그럴 수 있지?"

"내가 아니라 언니가 다 마셨잖아."

"그랬나. 그래도 아주 조금만 가면 되니까 참아 봐."

얼굴을 찡그리며 입을 내미는 나영이를 무릎에 앉히며 달래자 가영이가 '하여튼' 하며 제 동생 머리를 콕 쥐어박는다. '이—씨이'

하며 나영이가 제 언니를 돌아다보며 주먹을 을러멘다. 두 살 터울이지만 아빠가 없어서 그런지 가영인 또래답지 않게 어른스럽다. 아무래도 엄마 대신 동생을 건사해야 할 때가 많다 보니 그리된 것 같아 안쓰럽기도 하고 의지도 된다.

"아이고, 애들 깼네. 여기가 어디쯤이고?"

침까지 흘리며 자던 막내고모가 우리 삼 모녀의 얘기에 깨서 창밖을 살핀다. 가뜩이나 쉰 목소리가 자다 깬 뒤라 더 쥐어짜는 듯하다.

"곧 방미야."

"그럼 다 왔네. 내가 그래 많이 잤나."

고모는 팔을 접어 기지개를 켜며 입맛을 다신다. 영구버스가 방미서 다리를 건너 굽은 길로 접어들자 몸이 좌우로 흔들린다. 그바람에 잠들었던 사람들이 하나둘 깨어나 버스 안은 술렁인다. 휘어진 길이나마 포장이 되어 있어 좌우로만 흔들리던 버스는 새텃말 신작로에서 꺾여져 산길을 오르면서부터는 비포장이라 요동친다.

"다 왔다. 애들아, 여기가 나하고 너희들 엄마 고향이다."

감회가 깊은지 영구차가 산소 밑동에 도착하자 고모가 자리에서 일어나 창밖을 내다보며 혼잣소리를 한다. 영구차에서 내린 애들은 후련한 듯 내 치맛자락을 붙들고 뱅뱅 돌며 사방을 둘러본다.

"얼마 만에 와 보는 건가. 여기 조카 결혼 때 왔으니 이십 년이 훨씬 넘었네. 그래도 촌이라 초가집이 없어진 것 말고는 크게 달라지진 않은 것 같다. 선숙아, 너는 얼마 만에 오는 거니?"

고모가 산 아래 동네를 휘둘러보며 내게 묻는다. 햇수를 꼭 집어 물었다기보다 그저 고향에 오랜만에 왔다는 걸 강조한 말이다. 여기가 나하고 너희들 엄마 고향이라는 고모의 말에 나도 그렇구나 싶어 새삼스레 아련해진다. 고향이라는 어감만으로도 단박에 아늑해지는 것도 같다. 마치 시냇물에 잠긴 돌을 들어 올리면 부옇게 흙물이 일고 그 밑에서 가재가 기어 나오듯, 고향이라는 말을 들추자 잊고 있던 한 인물의 실루엣이 부스스 일어났다 사라진다.

"글쎄… 큰애가 아홉 살이니 십이 년만인가. 나도 결혼 후에는 한 번도 안 와 봤어."

고모 물음에 무심히 되새겨보니 그만큼의 세월이 흘렀다. 십이 년이란 구체적 숫자도 가영이 나이를 생각해서 세어본 수치다. 그 수치를 헤아리다 보니 마지막으로 왔던 때가 떠오르며 잠깐 나타났다 사라진 실루엣이 조금 더 또렷해진다. 그간 아스라이 잊고 있었는데 그때 그 자리에 서니 십이 년이란 기간이 어제나 그제처럼 새퉁스럽다. 그와의 일들마저 실루엣을 뒤따라 두서없이 떠오른다. 그 일들은 시간적으로 나열되는 게 아니라 한 장의 풍경화에 모두 그려져 있다. 그 풍경화 속에 그가 숨은 그림처럼 어딘가에 숨어 있다. 그가 움직이거나 어떤 암시를 주기 전에는 찾을 수 없는 곳이다. 혹시 하고 기억 저편을 휘저어 찾아보려는데 가영이가 상념을 깨준다.

"여기가 진짜 엄마 고향이야?"

"응? 으응."

"되게 시골이네."

"고향이 뭔데?"

나영이가 가영이의 말을 받아 묻는다.

"자기가 태어난 곳 말이야. 그러니까 엄마가 여기서 태어났단 말이야."

가영이가 제법 어른스럽게 아는 척을 한다.

"엄마, 정말이야?"

믿기지 않는다는 듯 나영이가 나를 올려다보며 확인한다.

"엄마, 내 말이 맞지?"

나를 올려다보는 두 아이의 눈망울이 초롱초롱 빛을 낸다. 그 눈빛에 흠칫 놀라, 점점 또렷해지는 한 인물의 상념을 털어낸다. 머리를 흔들어 보지만 이미 한번 휘저어 놓은 탓인지 실루엣에 대한 상념은 옷에 묻은 검불처럼 쉽게 털어지지는 않는다.

"응, 맞어. 여기가 엄마가 태어난 곳이야."

"그러면 나는 창동에서 태어났으니까. 내 고향은 창동이네."

"응? 그, 그렇지."

가영이에게 대답하면서도 어딘가 석연치 않아 주춤거리며 대꾸한다. 아무래도 고향을 단순히 태어난 곳이라고 하기에는 부족해 보인다. 태어난 것으로만 보면 분명 가영이의 고향은 서울의 창동이고 내 고향은 이곳 새텃말이지만 서울과 새텃말을 같이 고향이라고 할 수는 없을 것 같다. 아무래도 번잡하고 긴장감이 도는 서울을 고향이라고 하기에는 관념상 어울리지 않아 보인다. 고향이라면 느긋하고 따뜻하고 어떤 경우에 마지막 보루요 은신처가 될 줄 만한 그래서 꼭 태어나지 않았어도 가고 싶은 그런 곳이어야 할 것 같다. 까맣게 잊고 있었는데도 버스에서 내리니 대뜸 다가오는 고향의 이 안온함을 어린 딸들에게 꼭 집어 설명할 수는 없다. 분명 고향은 단순히 태어난 곳 이외의 어떤 의미나 고유한 정체성을 지니고 있는데, 그건 설명이 아닌 느낌으로 알아야 하는 것이다.

막내 고모는 버스에서 내리자마자 장지로 문상 온 사람들을 붙들고 또 울음을 터트린다. 큰고모와 작은고모는 망자를 슬퍼하기보다 동생이 기진할까 봐 양쪽에 붙어 서서 달래느라 쩔쩔맨다. 아흔셋에 돌아가신 할머니를 두고 모두들 호상이라며 얼핏 잔칫집 같던 분위기를 일시에 상갓집으로 바꿔놓은 것도 입관 직전에야 도착한 막내 고모다. 부산에서 작은 슈퍼를 하고 있는 고모는 집을 비울 수 없어 오 년 전에 다녀가곤 전화 연락만 하고 지냈다. 할머니가 위독하다는 연락을 받고 이번에 올라가면 임종까지 보아야 할 것 같아 가게 일을 정리하느라 차일피일하다가 돌아가셨다는 기별을 받고서야 왔단다. 미안함과 제 설움에 겨워 고모는 몸부림을 치며 통곡했다. 망인보다 몸부림치는 고모 때문에 영안실은 울음바다가 되었다. 이제 지치기도 하고 울 만큼 울어 진정된 줄 알았는데 장지로 직접 온 문상객을 만나자 또다시 쥐어짜듯 울음을 터트리는 것이다. 고모의 울음에 산도 따라 메아리친다.

가영이 말마따나 고향은 여전히 시골 모습으로 십여 년 전과 별로 달라진 게 없어 보인다. 날씨는 화창하지만 바람이 앙칼지다. 가히 가슴을 파고든다 하여 이름 붙여진 시앗바람이라 할 만하다. 강원도 어디에는 대설주의보가 내렸다는데 여기는 땅이 녹아 질척거리며 신발 바닥에 흙이 들러붙어 걷기가 불편하다. 바람이 시샘을 부리지만 분명 겨울의 흔적은 지워져 가고 있다. 삼월 중순은 얼마든지 춥고 어설플 수 있는 때지만, 망인의 성격이 온순해서 마지막 가시는 날까지 좋은가 보다고 큰고모부가 흡족해한다.

이미 육촌인 새텃말 오빠가 종손답게 일꾼과 포클레인까지 대서 할아버지 산소도 열어놓고 산소자리 밑동에다 숙수간도 만들어 놓았다. 할머니는 할아버지와 합장을 한다. 두 분은 사십오 년만에 해후하는 것이다.

숙수간 앞에다 관과 영정을 모시고 장지로 직접 온 문상객들의 조문을 받는 동안, 세 고모의 곡소리에 호상이라 술렁이던 분위기는 잠시 숙연해진다. 상주인 아버지는 지팡이에 의지해 간신히 버티고 있고 어머니는 주저앉아 있다. 두 분 다 고희를 넘겨 할머니가 진즉 돌아가셨으면 상노인 대접을 받았을 분들이다. 나는 어머니가 기진할까 봐 곁을 맴돌며 곡도 못 하게 말렸다. 관이 산소자리로 올려져 하관하고 산신제를 지낼 때 나는 점심 준비를 위해 바로 숙수간으로 내려간다. 숙수간은 길게 천막을 치고 한쪽은 음식을 준비하는 임시 부엌으로 쓰고 나머지는 상을 여러 개 붙여놓아 앉아서 음식을 먹을 수 있게 해놓았다.

"엄마, 지금 저기 위에서 상 차려놓고 뭐 하는 거야?"

사람들로 내내 술렁이다가 갑자기 엄숙하게 산신제를 올리는 모습이 신기한 듯 가영이가 묻는다.

　　"이제 왕할머니가 이 산에서 살아야 하니까 이 산을 지키는 신령님께 잘 돌봐달라고 부탁하는 제사야."

　　"왕할머니 돌아가셨다며? 이제 여기서 살아?"

　　"그래."

　　"어떻게 산에서 혼자 살아?"

　　"돌아가시면 혼자서도 살 수 있어."

　　산신제를 아이가 이해하기 쉽게 설명이랍시고 하다 보니 조금 설면해진다. 태어난 곳과 죽어서 사는 곳이 한 장소라는 게 문득 초월적인 공간처럼 느껴진다. 할머니는 이곳이 마지막 유택이 되었지만 태어난 곳은 아니다. 고모나 나는 이곳에서 태어났지만 죽어서는 이곳으로 올 수 없다. 여기가 문중 산이라 부모님도 돌아가시면 이곳으로 모시지만, 어머니는 여기서 태어나진 않았다. 누군가는 태어나서 나가고 누군가는 죽어서 들어오는 곳이다. 태어났으니 따뜻하고, 돌아갈 곳이니 아늑할 것이다. 그렇게 태어남과 죽음이 뫼비우스의 띠처럼 이어져 있어 고향은 영원히 존재하는 것인지도 모른다. 기억이든 마음이든 하다못해 관념으로라도.

　　산신제를 끝내고 초벌 달구질이 시작되는지 선소리꾼의 느리고 처연한 소리가 들리기 시작한다. 점심상을 보느라 처음엔 귓전으로 흘리던 선소리꾼의 목소리가 차츰 귀에 익은 듯하다. 아마도 청청하면서도 구성져 친근감이 들기 때문인 것 같다. 일회용 접시에 반찬들을 담아 상으로 옮기면서도 귀는 달구질 소리가 들려오는 산소 쪽으로 바짝 기울인다.

여보시오 시주님네 이네 말씀 들어보소~

다~알궁

이 세상에 나온 사람 뉘덕으로 나왔는가~

다~알궁

석가여래 공덕으로 아버님전 뼈를 빌고~

다~알궁

어머님전 살을 빌고 칠성님께 복을 빌고~

다~알궁

하나님전 명을 빌어 이 세상에 탄생했네~

한 사람이 선소리를 내면 대여섯 사람이 '다~알궁'이란 후렴을 메긴다. 점점 더 선소리꾼의 목소리가 귀에 익다. 대중적으로 잘 알려진 어느 소리꾼과 닮은 것 같아 이름을 생각해 보았지만 날 듯 말 듯하다. 어차피 생각난다 해도 그 소리꾼과 닮았을 뿐 여기 올 리는 만무라 생각을 접는다. 마른안주와 밑반찬들을 옮겨놓고 남은 반찬들은 사람들이 상에 앉는 대로 담아다 놓아야 할 것들이라 잠시 짬이 난다. 다시 선소리꾼의 소리에 귀가 쏠린다. 들을 수록 애절하고도 구성지다. 많이 해본 솜씨다. 로렐라이 언덕에서 들려오는 요정의 노래에 홀려 소용돌이 물속으로 빠져들고 말았다는 신화 속의 뱃사공처럼 나는 친근한 선소리를 따라 산소로 발걸음을 옮긴다.

관을 모신 후 한 차례 흙이 덮인 구덩이에는 여섯 사람이 들어가 있다. 그들은 키보다 반 길은 더 되는 굵은 막대기를 들고 절구질하듯 올렸다 내렸다 하면서 선소리꾼의 소리에 맞춰 후렴구를 메긴다. 발을 구르고 막대기로 다지면서 땅을 고르는 것이다. 하나같이 목에 파란색 수건을 두른 여섯 명의 남자들은 마치 매스게임을 하는 것처럼, 두 사람씩 짝을 이뤄 둥글게 서서 한 번은 마주 보고 한 번은 등지면서 발을 구르며 목달구로 땅을 다진다. 선소리꾼 역시 같은 크기의 목달구를 들고 구덩이 앞을 왔다 갔다 하는데, 목달구 꼭대기에는 새끼줄 대여섯 가닥이 우산살처럼 늘어져 있다. 새끼줄에는 초록색 지폐와 흰 봉투가 드문드문 꿰어져 있다. 선소리를 메기는 사람은 훤칠한 키에 둥근 챙이 달린 군청색 등산모를 깊이 눌러 쓰고 있다.

"아!"

나는 한동안 자리에 선 채 꼼짝 못 한다. 선소리꾼의 등산모 밑으로 내려온 긴 머리채. 하나로 묶은 희끗희끗한 머리채에 심장이 멎는 듯 한동안 숨도 쉬어지지 않는다. 도착하자마자 고향이란 말에 불쑥 떠오른 실루엣의 실체가 드러난 것 같다. 숨은 그림 속에서 찾아보려 했을 때만 해도, 찾으면 그냥 지나칠 줄 알았는데 막상 실물이다 싶으니 꼼짝할 수 없을 만큼 당혹스럽다. 정말 그 사람이 맞을까? 모자 쓰고 뒷머리가 긴 사람은 얼마든지 있을 수 있다. 고향이란 생각에 집착해 있다가 지레 놀란 것일 수도 있다. 나는 마음을 진정시키며 모든 감각기관은 닫고 귀만 열어놓고 서 있다. 설마 절대 그럴 리 없다는 생각을 확인하려는 듯.

한두 살에 철을 몰라 부모 은공 못 다 갚고~

다~알궁

무정세월 역류하여 이삼십을 당도해도~

다~알궁

부모 은공 갚을 소냐 무정세월 양류파라~

다~알궁

원수백발 돌아왔네 세상 사람 들어보소~

다~알궁

저승길이 멀다더니 오늘 내게 당해보니~

다~알궁

대문 밖이 저승이라~

다~알궁

일가친척 많다한들 어느 일가 대신 가며~

다~알궁

친구 벗이 많다한들 어느 친구 등장 갈까~

다~알궁

점점 뛰기 시작하는 가슴속으로 애절하고도 구성진 음성이 파고든다. 누군가 구덩이를 파 올린 흙에서 돌을 골라 내던지며 비켜나라고 소리를 쳐서야 나는 정신을 차린다. 깜짝 놀라 물러서긴 했지만, 군청색 등산모에서 눈을 뗄 수가 없다. 절대 그 사람일 리 없다는 생각을 주문처럼 되뇌며 발길을 돌린다. 숙수간으로 내려와 새텃말 올케언니를 찾는데 두방망이질치는 가슴으로 발걸음마저 허방다리를 딛는 것 같다. 언니는 숙수간에서 진반찬들을 담느라 정신이 없다.

"언니, 지금 선소리 메기는 사람 누구예요?"

간신히 호흡을 가다듬고 묻는다.

"선소리 메기는 사람? 으응, 김 원장."

"김 원장요?"

역시 그 사람은 아니다. 무슨 원장인지는 몰라도 아무튼 그 사람은 원장이라는 호칭을 들을만한 사람은 아니다. 긴 숨을 토해낸다. 머리채만 보고 공연히 놀란 게 머쓱해진다. 애당초 그가 저런 선소리 자체를 할 리가 없는 것이다.

"누군지 모르지만 소리가 참 구수하고 청청하네요."

"그래요. 망인이나 상제들 마음을 잘 위로한다고 인근 동네에 초상이 나면 불려다녀요. 소리만 잘하는 게 아니라 동네에 궂은 일이 생기면 나서서 잘해요. 김 원장에게 그런 재주가 있으리라고 누가 상상이나 했겠어요. 참 별난 사람이에요."

"왜요?"

"아, 십여 년 전까지만 해도 말도 더듬고 사람들과 잘 어울리지도 않던 사람이 저렇게 많은 사람 앞에서 시원스레 가락을 뽑아 내니…."

"예? 말을 더듬는다고요?"

나는 불에 덴 듯 놀라 언니의 말을 자른다. 불에 덴 건 가슴이다. 두근거리고 화끈거려 입술이 마른다.

"그래요. 참, 아가씨도 알겠구만. 불기골 사람."

"아, 생각나요. 그런데 그 사람이 어떻게…."

나는 뛰는 가슴을 진정시키기 바빠 말을 이을 수 없다. 놀라 당황하는 마음을 들키지 않으려고 심호흡을 하며 언니의 눈치를 살핀다. 언니는 바삐 움직이느라 그런 나를 개의치 않는다.

"근데 소리를 할 때는 더듬지 않나 보죠?"

"어이구, 이젠 말할 때도 안 더듬어. 얼마나 말을 잘하는데."

"그래요. 어떻게 용케 고쳤나 봐요?"

"글쎄, 어느 때부턴가 시나브로 안 더듬더라고. 그 후론 사람이 다 달라지더라니까. 지금은 인근에서 알아주는 유지지."

언니는 그가 말을 고친 시기를 모르고 말했지만 난 알 수 있을 것 같다. 십여 년 전 눈이 포탄처럼 쏟아지던 날, 분명 그때부터일 것이다. 그날 그는 말을 하면서 더듬지 않고 있다는 걸 의식하지 못했다. 내가 깨우쳐 주어서야 놀라 입을 다문 채 밀을 잇지 못했다. 내 말을 믿지 못하는 눈치였다. 나도 그때는 완전히 고치리라고는 확신하지 못했다. 더군다나 선소리까지 하리라곤 상상도 못 했다. 빼곡히 쏟아지는 눈발 속에 실루엣처럼 서 있던 그의 모습이 눈에 선하다. 이제는 언니에게 들켜도 상관없을 만큼 그에 대한 궁금증이 부풀려지고 있다. 그 사람에 대한 궁금증이라기보다 내가 모르고 지낸 세월의 흔적과 그 흔적에 얹혀있을지 모르는 내 역할에 대한 궁금증이다. 그 사람이 저렇게 유창하게 선소리를 할 정도면 그 역할은 진지할 수도 있을 것 같다.

"근데 원장이라뇨?"

"으응. 그 사람 어머니가 돌아가기 한 삼 년 전부턴가 의지가지 없는 할머니 두 분을 데려다 같이 살기 시작했는데 지금은 할머니도 더 늙고 부모 없는 애들까지 여남은 명이 같이 살아. 집을 크게 늘려 짓고 '큰 가족'이라는 문패까지 달았어. 양로원인지 고아원인지 구분은 할 수 없지만 어느 경우든 그 집 주인이니 그냥 그렇게 불러."

"식구들이 많으면 농사도 많이 늘었겠네요."

"그럼. 농사도 늘었지만 버섯농장을 크게 해."

"그랬군요."

결혼했냐고 물을까 말까 망설이는데 내 속을 알 리 없는 언니는 담아 놓은 반찬을 상에다 옮기라고 이르고는 주걱을 들고 밥솥으로 간다.

진반찬을 챙겨놓고 나는 숙수간을 나와 천천히 산소 쪽으로 올라간다. 십여 년이란 세월의 무게가 매달린 발걸음이 무겁다. 아까는 단순히 선소리에 이끌려 갔지만, 이제는 그 사람에게 이끌려 간다. 만나고 싶지는 않다. 아무리 그가 변했다고는 해도 아직 내게는 잊고 있다가 고향에 도착해 겨우 기억까지만 나온 사람이다. 숨은 그림 속에서 그를 찾아보는 건 괜찮지만, 그림 밖에서

맞닥뜨리는 건 겁난다.

외사촌 언니를 따라다니느라 보이지 않던 두 아이가 엄마를 부르며 뛰어와 내 양손에 하나씩 달라붙어 따라온다. 아까처럼 산소 가까이 갈 수가 없다. 멀찌감치 비켜서서 달구질하는 것을 무연히 바라본다. 그가 일부러 나를 찾아보려고 마음만 먹으면 알아볼 수도 있는 거리다.

구덩이 안에는 꼭 여섯 사람이 들어가야 하나 보다. 한 사람이 나오니 다른 사람이 들어갈 때까지 모든 행동이 중단된다. 들어간 사람이 발장단을 못 맞춰도 진행이 잘 안 된다. 한 번은 앞사람과 마주 봐야 하고 한 번은 뒷사람과 마주 봐야 하는 게, 같이 해본 사람이 아니고는 금방 안 되는 모양이다.

그의 구성진 목소리가 바람에 실려온다. 십 년이 지나도 고향은 변한 게 없다고 생각한 게 무색하다. 내게 고향은 태어난 곳이라기보다 그 사람이 있는 곳이라고 생각하지 않았던가. 그런데 그 사람이 그렇게 변했다고 하니 고향은 변해도 많이 변한 것이다. 그와 난 참 많이 다른 세월을 살아온 듯하다. 세월은 사람의 예상을 좀체 허락하지 않는다. 그런 줄 알면서도 사람들은 속는 셈 치고 기왕이면 좋은 쪽으로 예상을 해보곤 한다. 때로는 그 예상을 희망이라는 이름으로 바꿔놓고 맞추려 무진 애를 쓰기도 한다. 하지만 예상은 좀체 맞춰지지 않는다. 그런데 누구나 정확히 맞출 수 있고 누구에게나 정확하게 맞는 게 있다. 죽는다는 사실이다. 너무 정확하게 맞춰서 슬픈 것일까. 죽음을 달래는 그의 구슬픈 가락이 싸한 초봄의 공기를 녹인다.

불쌍하다 나의 인생 인간하즉 망극하다

다~알궁

명사십리 해당화야 꽃이 진다 슬어마라

다~알궁

명년 삼월 봄이 오면 너는 다시 피려니와

다~알궁

인생 한 번 죽어지면 움이 날까 싹이 날까

다~알궁

이 세상을 하직하고 북망산으로 가리로다

다~알궁

"엄마 저게 뭐 하는 거야?"

가영이가 달구질하는 사람들을 가리키며 묻는다.

"응, 왕할머니 산소 자리가 단단해지라고 꼭꼭 밟아주는 거야."

"왜?"

"나무뿌리나 벌레들도 들어가지 못하고 비가 와도 흙이 무너지지 말라고."

"아아."

"가영아, 너 저기 노래하는 아저씨가 들고 있는 새끼줄 달린 막대기 보이지?"

"응."

"너도 이거 가지고 가서 그 새끼줄에 끼워진 것처럼 끼우고 올래?"

나는 가영이에게 만 원짜리 지폐 한 장을 쥐어준다.

"왜 돈을 거기다 끼우는 건데?"

"왕할머니한테 노잣돈 드리는 거야."

"노잣돈이 뭔데?"

"우리가 어디 놀러 가면 차비도 필요하고 맛있는 거 사 먹을 돈도 필요하지? 그러니까 왕할머니가 하늘나라 가시면서 차비도 하고 배고프면 뭐도 사 먹고 하시라고 드리는 거야."

"어, 아까는 왕할머니 여기 산에서 산다며?"

"아아, 그건 말야. 어어, 그러니까, 사람이 죽으면 정신은 하늘나라로 가고 몸은 땅에 묻히는데 왕할머니 몸은 여기 산에 묻혀서 살고 정신은 하늘나라로 가시는 거야."

아이는 아는지 모르는지 그저 고개를 끄덕인다.

"그럼 아빠가 하늘나라로 갈 때도 노잣돈 많이 줬어?"

나영이가 나를 빤히 올려다본다. 너무 어려서 모를 줄 알았는데 아빠에 대한 기억은 없어도 아빠가 하늘나라로 갔다는 사실은 기억하는 모양이다. 순간 마음이 짠해진다. 잊고 있었던 게 미안하다.

남편이 세상을 떠날 때는 너무 정신이 없었다. 남편은 아직 잠자리에 있는 두 아이의 볼에 입을 맞추고 다녀오겠다며 나간 지 두 시간 만에 혼이 빠진 몸만 병원에 안치돼 있었다. 뉴스로만 접

하던 교통사고가 내 현실로 나타난 것이다. 장례를 치르는 동안 나는 무섭고 두려워 고개도 들 수 없었다. 많은 사람이 위로해주었지만 난 누구와도 눈을 마주치지 않았다. 모르는 곳으로 유배당한 죄인 같아 정신 나간 여자처럼 두 아이만 부둥켜안고 멍하니 보냈다. 두 아이 중 하나만 잠시 눈에 안 띄어도 금방 무슨 일이 일어날 것처럼 허겁지겁 찾아대곤 했다.

"아빠는 젊어서 기운이 세니까 노잣돈이 필요 없지. 왕할머니는 너무 나이가 많아 힘도 없고 많이 쉬면서 가야 하니까 노잣돈이 필요한 거야. 너도 설날 왕할머니 봤잖아. 너무 기운이 없어서 말도 못 하시는 거. 그러니까 어서 가서 잘 끼우고 와."

"엄마, 나도 할래."

"언니 하나만 해도 돼."

"싫어. 나도 할래."

"그래, 그럼 같이 가."

"내가 할 거야."

나영이가 가영이 손에 들린 지폐를 낚아챈다.

"어, 너 이리 안 내놔!"

"자, 그냥 이거 가지고 가라."

나는 할 수 없이 가영이에게 지폐를 들려주어 두 아이를 달구질하는 쪽으로 보낸다.

거의 다 간 아이들이 어째야 하나 싶은지 나를 돌아다본다.

"어이구, 가영이 나영이도 왕할머니 노잣돈 드릴려구!"

파 놓은 흙더미에서 돌을 골라내던 오빠가 두 아이의 손을 잡아

데리고 올라간다. 오빠가 목달구의 새끼줄을 잡아당기자 선소리를 매기던 그가 목달구를 기울여준다. 오빠의 도움을 받아 두 아이가 돈을 새끼줄에 끼우는 동안 그는 소리는 계속하면서도 발걸음은 멈춰준다.

"증손녀한테까지 행하가 나오고 호상은 호상이구나!"

그의 등 뒤에서 산역에 참여하고 있는 새텃말 토박이 덕만 오빠가 흥을 돋운다. 새끼줄에 꿰어있는 지폐는 모두 산역하는 사람들의 몫이다. 돈을 끼우고 돌아온 아이들은 신기한 놀이를 해본 듯 상기된 표정이다.

초벌 다지기가 끝났는지 구덩이에 있던 사람들이 나오고 파냈던 흙을 다시 포클레인으로 떠서 붓는다. 점심을 먹기 위해 사람들이 숙수간 쪽으로 내려간다. 일손이 달릴 테지만 군청색 등산모가 그리로 가는 걸 보곤 선뜻 그리로 발걸음을 떼놓을 수가 없다. 상을 차릴 때만 해도 출출했는데 갑자기 식욕도 사라졌다. 식욕은커녕 오히려 포만감으로 몸과 마음이 무겁다. 일부러 기억해내지 않으면 모르고 지낼 그를 본 후 그것도 아주 다른 사람으로 변한 그를 발견한 후로는 식욕뿐만 아니라 모든 감각이 무뎌져 있다. 상 중에 있다는 사실마저 애써 주지하지 않으면 잊는다. 여기저기서 안부를 묻고 반가움에 반색을 하는 소리가 들린다. 쉬어서 갈라져 나오는 막내 고모의 목소리와 웃음소리가 가장 많이 들린다. 하긴 얼마 만에 만나보는 인척들과 지인들이겠는가. 아마 할머니가 더 일찍 돌아가셨으면 지금은 남남이 되었을 사람들이다. 그동안 잊고 있다가 할머니 덕에 만나 더욱 반갑고 옛 생각에 들뜨기도 할 것이다. 그래서 호상이라고 하나 보다.

　나는 두 아이를 외사촌인 수진이한테 가서 놀라고 내려보내고, 북적대는 산소자리를 비켜 한적한 곳으로 발길을 옮긴다. 십여 년 전 그때처럼 땅에 무릎을 세우고 앉아 저 멀리 신작로를 내려 다본다. 문상객들이 타고 온 차를 대충 세워놓아 지나가는 차들이 주춤거리며 서행으로 빠져나간다. 자동차들만 아니면 고적하기가 옛날의 고향 모습 그대로다. 말로만 들었으면 믿지 못할 만큼 그를 변화시킨 십여 년의 세월을 건너가 본다.

　그때 여기를 찾아올 때는 추수가 한창이던 가을철이었다.

복숭아씨처럼

버스에서 내리자마자 바짝 마른 햇살이 눈을 찔렀다. 나는 손바닥으로 차양을 만들어 이마에 얹고도 눈살을 찌푸린 채 발걸음을 떼 놓았다. 오 분쯤 걸었을까. 이젠 시골도 웬만한 데는 다 노선버스가 들어가는데 여긴 아직도 이 모양이라며 짜증을 내던 참이었다. 언제부턴가 대여섯 걸음 앞에서 같은 속도로 가고 있는 빈 경운기 한 대가 신경이 쓰였다. 아무래도 내 걸음 속도로 가고 있는 것처럼 보였다. 그래 그런지 내가 태워달라길 기다리고 있는 것 같은 느낌이 들었다. 태워주려면 타라고 하면 될 텐데 그건 아닐 거라고 생각하면서도 계속 신경이 쓰였다. 먼지며 소음이며 냄새까지 경운기는 앞에서 신경이 거슬릴 만큼 계속 같은 속도로 갔다. 혹시나 아는 사람인가 하여 목을 빼고 운전자를 눈여겨보았다. 얼굴을 알아볼 수 없게 깊이 눌러 쓴 모자 그리고 그 밑으로 길게 내려온 머리채. 바로 그 사람이었다. 모자야 별 게 아니라 해도 한 동네에 대여섯 호를 넘지 않는 이런 농촌에서 머리를 길러 묶고 다닐 남자는 그 사람 한 사람밖에 없다.

작년 이맘때였다. 그때도 나는 육촌 오빠네가 선산을 지키고 있는 이곳 고향을 찾아왔었다. 그때 난 세상을 떠들썩하게 했던 조직폭력배의 살인사건에 휘말려 몹시 상심하고 있었다. 연일 언론에 화제가 되고, 사회학자나 정신과 의사의 진단이 소개되었던 사건이었다. 다행히 나는 무관하다는 판정을 받긴 했으나 사건이 일단락된 뒤에도 그 일에서 파생된 또 다른 일로 남모르게 가슴앓이를 해야만 했다. 실제로 내게는 세상을 경악하게 한 본 사건보다 그 사건의 파편 같은 또 다른 일이 더 크고 깊을 수밖에 없었다. 그때 충격에서 벗어나지 못한 나는 마치 밀물에 떠밀려 모래톱까지 올라온 죽은 조개처럼 이곳을 찾아들었다.

그날도 난 할아버지 산소 앞에서 무릎을 세우고 쪼그리고 앉아, 고향을 찾을 수밖에 없게 했던 어떤 기류에 대해 빠득빠득 화를 내고 있었다. 바로 눈 아래 주황색 슬레이트 지붕 위에 올망졸망하게 열려 있는 박이 더 시선을 끌 만도 한데 내 시선은 막무가내로 더 아래 신작로 끝 산모퉁이에만 가 닿아 있었다. 그 산모퉁이를 돌아 팔에 트렌치코트를 걸치고 오는 남자를 기어이 보고야 말겠다는 눈초리에는 잔뜩 힘이 들어갔다. 물론 그런 일은 해가 서쪽에서 떠도 일어나지 않으리란 걸 모르지는 않았다. 그 정도의 어떤 기적을 기다리는 마음으로 시선을 뗄 수가 없었다. 끝내 눈물이 흘렀다. 세운 무릎에 팔을 얹어 머리를 묻고 조금 울었다. 그러다 깜빡 잠이 들었다.

꿈에 나는 구치소로 누군가를 찾아갔다. 구치소는 높다란 담으로 둘러싸여 있었지만 면회는 밀폐된 공간이 아니라 마치 휴양소처럼 조경이 잘된 야외에서 하게 돼 있었다. 날은 화창했고 공기도 시원했다. 잘 가꾸어진 잔디밭 가장자리에는 같은 키로 전지된 사철나무가 일정한 간격으로 늘어서 있고, 군데군데 오래된 느티나무가 그늘을 품고 있고, 그늘 안에 벤치가 놓여 있었다. 나는 그 벤치에서 면회할 사람을 기다리고 있었다. 다른 나무 밑에 있는 벤치에서는 수의를 입은 한 여자가 두 남자와 만나고 있었다. 고개를 숙이고 있는 여자는 가끔씩 어깨를 들썩였다. 두 남자는 번갈아 여자의 어깨를 토닥토닥 두드려 주었다. 그네들을 물끄러미 바라보고 있다가 본관 건물 쪽에서 걸어오는 발걸음 소리에 고개를 돌렸다. 내가 만나러 간 남자였다. 남자는 미소를 짓고 있는 건지 햇살 때문에 찡그리고 있는 건지 구분할 수 없을 만큼의 거리를 두고 걸어오고 있는데, 발걸음 소리는 바로 귀밑에서 나는 것처럼 들렸다. 마치 마른 풀을 밟는 소리 같았고 바람도 일었다. 아직 남자는 내 앞에 오지 않았는데 그 소리에 잠이 깼다.

어렴풋이 눈을 떴을 때, 모자를 깊이 눌러 쓴 남자가 시야에 들어왔다. 깜짝 놀라 고개를 드니 그 남자 역시 흠칫 놀라 아주 잰걸음으로 산등성이를 넘어갔다. 너무 순식간의 일이라 꿈속에서 본 남자를 착각한 게 아닌가 하여 얼떨떨했다.

이젠 꿈까지… 망설이지 말고 면회를 다녀올 걸 그랬나 하는 생각이 잠시 들었지만 이내 머리를 흔들었다. 아직은 그를 만나는 게 무섭고 자신이 없었다. 내가 소중히 여기고 자랑스럽게 생각했던 일상들이 완전히 물거품이 된 상황을 굳이 확인하고 싶지 않았다. 어쩌면 물거품을 걷어내면 어떻게 회복할 수 있지 않을까 하는 미련을 갖게 될까 봐 더 갈 수 없었을지도 모른다.

세상을 경악하게 한 살인사건에는 사건 직전까지 나와 결혼을 약속한 남자가 연루되어 있었다. 그가 그 무지막지한 사건에 연루된 것도 믿을 수 없지만, 내 사람이 아니었다는 사실은 더욱 믿기지 않았다. 놀람과 아픔에 정신을 차릴 수 없을 만큼 가슴앓이를 해야만 했다. 그 아픔의 정체가 감당할 수 없을 만큼 혼란스러워 결국 고향까지 들어온 것인지도 모른다. 혼란스러운 걸 해결하려는 것도 아니고 잊으려는 것도 아니다. 마음 같아서는 여기 있다가 가면 모든 일이 잘 해결되어 아무 일도 없었던 것처럼 되어 있길 바라지만 그건 기적을 바라는 일이다. 더군다나 해결해야 할 사람이 구치소에 갇혀 있으니 꿈이나 꿀 수밖에 없었을 것이다.

모자 쓴 남자를 다시 본 건 오빠네 벼 베는 날이었다. 점심을 내가서 펼쳐 놓자 오빠와 다른 사람들은 모두 음식 주위로 둘러앉았는데 모자를 깊이 눌러쓴 남자 하나는 멀찌감치 떨어져 있는 콤바인에서 내려오지 않고 있었다. 할아버지 산소 앞에서 잠결에 본 듯한 짙은 갈색 모자였다. 할아버지 산소 앞에서 보았을 땐, 유난히 챙이 긴 모자만 인상 깊었는데 그날 보니 뒷목덜미에 한 가닥으로 묶인 긴 머리채가 내려와 있었다.

"어이 판길이, 어서 와."

몇 사람이 재촉해도 그는 꼼짝도 하지 않았다. 오빠는 언니에게 아무래도 쟤 때문에 그런 것 같으니 그냥 놔두고 데리고 들어가라며 턱으로 나를 가리켰다.

"그 사람 왜 그래요?"

할 수 없이 음식을 그대로 두고 집으로 돌아오는 길에 올케언니에게 물었다.

"얼굴에 심한 흉터가 있는데 그것 때문인지 좀처럼 사람들과 어울리지 않아요. 이발소에도 가기 싫어 저렇게 머리를 기르고 다닐 정도라니까. 그러니 낯모르는 아가씨가 있는 데로 오겠수."

"머리를 기르는 게 멋이 아니고 모자를 벗기 싫어서라고요?"

"에이그, 멋은. 남자가 유별나지. 그래도 이젠 늘 보아서 아무렇지도 않네."

"아니, 뭐 그렇다고 애들도 아니고 어른이 그것도 남자가 낯을 그렇게 가려요. 다른 이유가 있는 거 아녜요?"

"글쎄, 모르긴 해도 아마 다른 이유는 없을 거유."

"이 동네 사람은 아닌 것 같은데요?"

"응, 불기골이라고. 새텃말 앞에서 신작로를 따라 조금 더 가다 산모퉁이 하나 돌면 동네가 보이는데 그 동네 사람이야. 할아버지 산소 밑으로 길이 나 있잖우? 그리로 넘어가면 질러가는 길이지."

"아, 예."

할아버지 산소 밑으로 지름길이 나 있다니 그때 남자를 본 것이 꿈결이 아니라 생시인 것은 분명해졌다. 그러면 나를 본 것이 일부러 지켜본 것인지 아니면 그냥 지나치던 길이었는지가 또 미심쩍었다. 하지만 세상에다 사표를 던지듯 다니던 백화점에 사표를 던지고 고향에 간 나는 더 이상 그에게 관심을 가질 만큼 마음이 편칠 못했다. 그 후 할아버지 산소 부근에서 내가 밤을 줍고 있을 때 머리를 잔뜩 숙이고 잰걸음으로 사라지는 그를 한 번 더 보기는 했다. 모자 밑으로 한 가닥으로 길게 묶여 내려온 머리채가 인상적으로 남았다.

그 머리채가 분명했다. 혹시 작년에 본 나를 기억하고 있는 것일까. 속도를 내지 않고 천천히 가는 경운기가 더욱 내 신경을 곤두세웠다. 속시원히 경운기를 세우고 타라고 하면 얼른 타겠는데 그냥 느린 속도로만 가니 나도 그냥 걸을 수밖에 없었다. 얼마쯤 더 걸어가다 따가운 햇볕 때문에 힘도 들었지만 호기심이 생겨 부탁해 보았다.

"저, 새텃말까지 가는데 죄송하지만 좀 태워주시면 안 될까요?"

그는 아무 말 없이 경운기를 세웠다. 하지만 알아서 타라는 듯 고개도 돌리지 않았다.

"고맙습니다."

나는 비어 있는 경운기 짐칸으로 올라갔다. 내가 가장자리에 안전하게 걸터앉는 걸 확인하고는 경운기 속도를 내기 시작했다.

"텔레비전에서 올해 풍년이라고 하더니 정말 그런가 봐요?"

무렴히 가기가 어색해 인사성으로 말을 건넸다. 그는 '네' 하고 짧게 대답했다. 내가 타자마자 갑자기 속도를 내는 걸 보면 정말로 내가 태워 달래길 기다린 것 같은데, 막상 대답은 마지못해 하는 것 같았다. 조금 무안했다.

"추석이 지났는데도 논에 벼가 그대로 있네요."

그대로는 아니지만 날짜로 보아 많이 비어 있을 줄 알았는데 그렇지 않아 말을 더 붙여 보았다. 그렇게 말하면 올 추석이 일러서 그렇다든가, 지금 한창 추수 중이라든가 하는 정도의 대꾸는 있을 거라고 생각했다. 그러나 그는 아무런 대꾸도 하지 않았다.

"어디까지 가세요?"

불기골 사람이라는 건 알지만 정말 귀찮아서 그런가 하고 다시 구체적으로 물어보았다. 설마 이래도 대답을 안 할까 떠볼 셈이었다.

"불, 기, 골 요."

천천히 또박또박 끊어서 하는 발음이 어눌하게 들렸다. 귀찮은 것보다 어딘가 답답해하는 것 같았다.

"새텃말에서 먼가요?"

"아니요."

여전히 대답이 짧다. 아니요 했으면 그다음엔 얼마 안 돼요, 혹은 금방이에요 따위가 붙어 나와야 한다. 더군다나 여자 쪽에서 이만큼 운을 떼면, 새텃말 누구네 가는 거냐 혹은 내가 누군 줄 알고 있으면 여기가 고향이냐 하는 정도의 반응은 보이는 게 대접일 것이다. 그런데 간단하게 '아니요' 하고는 그만인 것이 일부러 말을 안 하려는 것 같기도 했다. 태워달라길 기다린 것 같다는 생각조차 헛짚은 건가 싶어 민망했지만 따가운 햇볕에 걸어갈 생각을 하면 후회는 되지 않았다. 공연히 헤프게 보일 것까지는 없겠다 싶어 나도 말없이 주변을 둘러보며 갔다. 군데군데 비어 있거나 추수가 한창인 논과, 색이 변하기 시작하는 산 외에는 색다른 걸 발견하지 못한 내 시선은 무연히 그의 뒷모습에 머물렀다.

검은 고무줄에 묶여 등허리까지 내려와 있는 그의 머리채에 검불 한 올이 붙어 미풍에 나풀거렸다. 머릿결은 들일을 많이 하는 농촌 사람이라 여겨지지 않을 만큼 가지런하고 윤기가 돌았다. 등판은 다부져 보이지만 나이를 짐작해 보기는 어려웠다.

새텃말로 갈라져 올라가는 갈림길에 도착하자 그는 내가 세워 달라기 전에 아무 말 없이 경운기를 세웠다.

"고맙습니다. 안녕히 가세요."

나는 경운기에서 내려 그의 등에 대고 인사를 했다. 그는 앞을 향한 채 고개만 끄떡하고는 경운기에 속도를 냈다. 아까 방미서 빈 차로 갈 때와는 완전히 다른 모습이다. 진작 저렇게 속도를 내고 갔으면 내가 태워 달랠 일도 없었을 것이다. 나는 한참 동안 그의 뒷모습을 지켜보았다.

'뭐야, 어떻게 인사에 대꾸가 없어. 내가 내리자마자 속도를 내는 걸 보면 정말 내가 태워달라길 기다린 것 같은데, 아닌가? 태워주고 싶으면 그냥 타라고 하지 왜 기다렸을까? 또 기다렸으면 왜 그렇게 묻는 말에도 대꾸가 시원치 않았을까? 정말 나를 기억하고 있는 걸까? 뭐야 저 사람.'

나는 그의 뒷모습에 의문부호 서너 개를 붙여 보냈다.

경운기가 멀어져 가자, 여섯 채밖에 없는 동네는 숨죽은 듯 정적에 휩싸였다. 복숭아씨가 복숭아 속에 들어 있기는 하지만 분명히 그 둘은 다른 것처럼, 고향은 세상 속에 있지만 분명 세상하곤 달랐다. 보이는 게 그렇고 숨쉬기가 그렇고 냄새가 그렇다. 그러나 작년에 왔을 땐 전혀 그런 걸 느끼지 못했다. 그때는 억울하고 분하고 창피한 마음에 세상이 온통 어둡고 짜증스럽게만 보였다. 좋고 나쁘다는 단순한 기분에서부터 행복과 불행 같은 큰 기분까지 사람의 느낌은, 마음가짐이 그렇게 느낄 수 있게 준비된 사람들에게만 찾아가는 것인지도 모른다. 경찰에게 무혐의 판정을 받긴 했지만 나는 여전히 세상 밖에 있는 것 같았다. 가장 소중한 것을 잃은 나로서는 그것을 찾을 모든 경우의 수를 세느라 정신이 없었다. 하지만 끝내 찾지 못한 내게 세상은 암흑일 수밖에 없었다. 그 속에 고향은 아예 의식조차 없었다. 그저 도피처를 찾은 것뿐이었다.

작년에도 무언가 심어져 있었겠지만 그때는 무심히 보아 넘겼던 우리 집터엔 가을배추가 그득하게 자라고 있었다. 난 이곳에서 초등학교에 입학할 무렵까지 살았다. 나나 동생이 방미에 있는 초등학교까지 다니기에도 힘이 들고, 오빠도 법원리에 있는 중학교에 입학한 터라, 교육열이 강한 아버지의 뜻에 따라 이십 리쯤 떨어진 법원리로 이사했다. 법원리는 면 소재지로 같은 농촌지역이긴 해도 여기에 비하면 도시인 셈이다.

부모님이 이곳 고향을 떠난 데는 또 다른 이유가 있었다. 아들이 오빠 하나지만 원래는 오빠 위와 아래로 하나씩 더 있었다. 그런데 큰오빠는 두 돌이 채 안 됐을 때 누구네 집에서 가져온 떡을 먹고 체했는지 며칠 앓다 죽었고, 셋째 오빠는 홍역으로 죽었다. 부모님은 자신들이 무식한 원인도 있지만, 의원도 약국도 먼 이곳에서 살다 보니 그리된 것으로 믿었다. 그래서 병원은 없어도 의원과 약국이 있는 법원리로 이사를 한 것이다. 어머니는 안 죽을 애들을 죽였다고 두고 두고 넋두리를 했다. 아버지는 한동안 법원리와 새텃말 중간에 있는 논으로 농사를 지으러 다녔다. 오빠가 서울로 대학을 들어가면서 아예 농토를 모두 처분하고 서울로 이사했다.

올림픽이나 아시안 게임이 열리는 동안, 텔레비전을 통해 금메달을 딴 선수들의 고향집에서 잔치를 벌이고 꽹과리 치는 모습을 볼 때면 나는 오빠가 대학에 합격하던 날이 떠오른다. 그날 꽹과리까지는 아니지만 부모님도 이웃 사람들을 불러 막걸리잔을 돌리며 젓가락 장단에 맞춰 목청껏 소리를 했다. 인근에서 대학에 간 사람도 거의 없었지만 시골 사람들도 대단하게 여기는 명문 대학에 아들이 들어갔으니 야학에 다닌 것이 고작인 부모님으로서는 춤을 추고 싶을 만큼 기쁘고 자랑스럽기도 했을 것이다.

서울로 이사하기 전까지 난 방학이 되면 동갑내기 육촌 언니와 어울리느라 반은 이곳에 와서 살다시피 했고 반은 언니가 법원리 우리 집에 와서 지냈다. 우리는 늘 붙어 다녔으며 다투기도 많이 했다. 어른들은 다투는 것은 야단을 안 치면서도 내가 언니라고 하지 않고 이름을 부르면 가차 없이 야단을 쳤다. 고작 석 달 손위인 언니는 언니라는 이유로 내게 양보를 해야 할 때가 더 많았다. 우리는 친자매처럼 지냈고 지금 이곳에 사는 오빠도 친동생인 언니나 육촌 동생인 나나 똑같이 대해주었다.

언니는 이 년 전 결혼해 용인에서 살고 있다. 내가 작년에 그 일을 당하고 나서 처음엔 언니네를 찾아갈까도 했다. 그런데 아무래도 며칠씩 있기엔 여러 가지로 부담스러울 것 같아 이리로 발길을 돌렸다. 작년에 여기 와서 오래 있다 갔다는 소리를 전해 들은 언니는 자기네 집에도 꼭 오라고 전화를 했다. 그러겠다고 는 했지만 작년에 와 보니 내 존재가 요긴할 뿐 아니라 내가 있기 에도 여기만큼 만만한 데는 없을 것 같아 올해 다시 이쪽으로 행 보를 잡았다.

"아이구, 작년에 우리가 하도 부려먹어서 다시는 안 올 줄 알았 는데 어떻게 또 오우. 이 바쁜 철에."

멍석에 널어놓은 고추를 뒤집던 올케언니가 두 손을 맞잡고 반 겨 주었다.

"그래도 눈코 뜰 새 없이 바쁜 여기나 와야 사람 대접받는 것 같아서요. 그동안 별일 없으셨죠?"

"그렇죠 뭐. 할머님과 아주머님도 안녕하시죠?"

"네."

"뜨거운데 걸어오느라 힘들었겠네. 어서 들어가요."

"아네요. 방미서부터 경운기 타고 왔어요. 그 모자 깊이 눌러 쓰고 다니는 사람이 태워줘서요."

"응? 판길이 그 사람이! 아니, 어떻게 그 사람이 아가씨를 다 태워줬을까. 별일일세."

"왜요? 빈 차로 가길래 내가 태워달라고 했는데."

"으응, 그랬구먼. 난 또 혹시 그 사람이 먼저 태워줬다구. 그래 도 별일은 별일이지 그 사람은 도무지 사람들에게 곁을 안 주기 때문에 말 붙이기가 쉽지 않았을 텐데."

"아녜요, 꼭 말을 걸어오길 기다리는 사람처럼 경운기를 천천히 몰더라고요. 그래서 내가 태워달라고 했더니 바로 서던걸요."

"그래! 허참. 그 사람이 그럴 때도 다 있나. 아무튼 어서 들어갑시다."

언니의 말로는 그는 사람들과 잘 어울리지도 않지만 원체 말이 없고 더듬기까지 한다고 했다. 나는 그제야 그의 어눌하던 말투가 내가 귀찮아서 그런 게 아니란 걸 알았다. 진작 그런 줄 알았으면 좀 더 말을 붙여 보는 건데 싶기도 했다.

그 사람에 관한 얘기를 들으며 언뜻 법원리 살 때 영배가 떠올랐다. 그 사람이 영배를 닮아서는 아니다. 왠지 둘 다 어떤 상징적인 인물이란 느낌이 들었다. 마치 고향하면 으레 있음직한 전설 담긴 바위나 당산나무 같은. 그렇다고 어떤 물체나 생물은 아니다. 복숭아에서 복숭아 향이 나듯 고향을 고향답게 해주는 어떤 향 같은 것이다.

어디 사는지 모르지만 영배는 오일장이 서는 장날이면 나타났다. 짧지도 길지도 않은 머리는 늘 쥐어뜯긴 듯 삐죽삐죽 엉켜 있고, 옷은 사시사철 무릎이 해져 걸을 때마다 살이 드러나는 국방색 작업복 차림이었다. 헝겊 허리띠에 두 손을 찌르고 늘 검정 고무신을 신고 다니는 영배는 정신적인 장애에 언어 장애도 있었다. 그래도 남의 말은 알아듣는지 누가 뭐라고 하면 그게 욕이든 놀림이든 칭찬이든 히죽 웃었다. 지금 생각해 보면 영배란 이름도 진짜 이름이 아닐 수도 있다. 누군가 부르긴 해야겠고 말은 안 하고 해서 임의로 부른 것이 그대로 이름이 된 것인지도 모른다. 그래서 우리 동네에서만 그렇게 불리고 다른 동네에 가면 다르게 불릴지도 모른다.

우리 집은 장마당의 중간쯤에 있는 싸전에 있었다. 어머니는 장날이면 밥을 해서 팔았다. 평일엔 마당들이 텅텅 비어 있다가, 장날이면 다른 집 마당엔 각종 곡식이 담긴 맷방석들이 채워지는데 우리 집 마당엔 드럼통 두 개를 벌려놓고 그 위에 빈지문짝을 얹은 식탁 서너 개가 들어찼다. 식탁 아래에는 아버지가 직접 만든 긴 나무 의자를 놓았다. 비나 햇빛을 막기 위해 흰 천막도 쳤다.

영배는 장날 점심때쯤 되면 마치 주인 잃은 개처럼 어슬렁거리며 우리 집에 나타났다. 밥을 사 먹으러 오는 손님들은 영배를 심심풀이로 놀렸다. 그때 손님들이 하던 말들 중에 가장 기억에 남은 말은 '야, 인마. 어디 ×지 한번 내놔 봐라. 장가갈 때 됐나 보게' 하며 킬킬대던 거였다. 그러면 영배는 무슨 뜻인지 아는지 모르는지 히죽 웃었다. 어른들 말로는 먹을 걸 주며 내놔 보라고 하면 정말 그런 적이 있었다고 했다. 그런데 누구 말로는 그러면 못쓴다고 된통 혼이 난 뒤부터 안 그런다고도 하고, 누구 말로는 그러면 장가 못 간다고 했더니 그다음부터 안 그러더라고도 했다. 히죽 웃는 모습만 보아서는 후자가 맞는 말인 것 같지만 워낙 아무 말에나 웃기 때문에 정확한 건 모른다.

점심때가 지나 자리가 나면 어머니는 영배에게 고봉밥을 주었다. 영배는 고개도 한 번 안 들고 밥과 국 반찬까지 먹어치웠다. 다 먹고 나서야 히죽 웃는데 그렇게 한번 히죽 웃는 게 그의 모든 감정과 의사 표시였다. 어머니가 돈 드는 거 아니니 제발 개울에 가서 벅벅 씻고 오라고 해도 영배는 그저 가운데가 벌어진 앞 윗니를 드러내며 히죽 웃는 게 대답이었다. 오빠가 입던 옷가지도 챙겨 주었지만 누구한테 주었는지 뺏겼는지 다음 장에 보면 여전히 그 무릎나간 국방색 작업복 차림이었다. 저녁나절 가마솥에서 긁은 누룽지를 종이 봉지에 담아줄 때도 영배는 히죽 웃으며 받아들고 어디론가 갔다. 어른들이고 애들이고 그저 놀려먹을 줄만 알았지 그가 어디 사는지 누구하고 사는지 아무도 관심없었다. 어머니는 장날 영배가 안 보이면 어디서 굶어 죽었거나 누구한테 얻어맞아 골병든 건 아닌지 모르겠다고 걱정했다. 정말로 어떤 날은 얼굴에 시퍼런 멍 자국이 있었다.

아주 한겨울엔 어머니도 밥장사를 쉬었는데 그때는 영배도 오지 않았다. 어머니는 영배가 얼어 죽을까 봐 걱정을 많이 했다. 어떤 날은 밥장사를 중단한 것까지 후회했다. 아무리 죽은 셋째 오빠와 비슷한 또래라고는 해도 어머니가 영배를 걱정하는 것은 좀 유별나 보였다.

이듬해 봄 개울가 버들강아지에 물이 오를 즈음 어머니는 다시 장사를 시작했고, 장날이 서너 번 지나고 났을 때 영배는 초췌한 모습으로 나타났다. 어머니는 집나간 자식이 돌아오기라도 한 듯 반겼다.

"아이구, 이눔이 용케 죽지 않고 살아 있었네. 용타 용해."

어머니가 워낙 극진하게 반가워하기 때문인지 다른 때는 그렇게 놀리던 사람들도 그때만큼은 사람 목숨만큼 모진 것도 없다며 모두 반색했다. 영배는 여전히 히죽 웃기만 했는데 난 그때서야 영배가 어머니에게 웃는 것과 다른 사람들에게 웃는 것이 다르다는 걸 발견했다. 어머니를 보고 웃을 때는 눈을 맞추고 웃는데 다른 사람들에게 웃을 때는 눈의 초점이 없었다. 아이들은 잃어버린 장난감을 찾은 듯 졸졸 따라다니며 막대기로 건드리기도 하고 놀려댔다. 영배는 비척비척 도망을 가거나 그냥 어깨를 잔뜩 웅크린 채 두 팔로 머리를 감싸고 버텼다. 그러다 정 못 견디겠으면 어머니 있는 데로 도망왔다. 어머니는 그런 아이들을 나무라서 쫓아주었다. 나는 어머니가 시켜서 누룽지를 주기도 했는데, 어머니처럼 웃으며 잘 가라는 인사 따위는 하지 않았다. 두어 번인가 마음속으로는 어머니처럼 하고 싶었지만 그런 걸 애들이 알면 놀릴 것 같아 영배가 누룽지를 받자마자 얼른 돌아서곤 했다. 나는 영배가 애들한테 당하고만 있는 걸 보면 영배의 팔을 잡아당겨 이렇게 때리란 말야, 하고 가르쳐주고 싶은 걸 꾹 참곤 했다. 애들보다 덩치가 커서 몇 번만 맞서면 애들도 다시는 그러지 못할 텐데 싶어 안타까웠다.

영배에게 맞지만 말고 애들을 혼내주고 아무 때나 웃지도 말라고 가르쳐주어야겠다고 속으로 벼르던 어느 날이었다. 어머니가 싸준 누룽지를 내밀며 잔뜩 벼르고 있던 말을 하려던 순간이었다. 그날따라 영배는 다른 날보다 더 큰 표정으로 씩 웃었다. 그것도 어머니에게처럼 내 눈을 맞추고 웃었다. 나는 나도 모르게 '몰라!' 하고 포달스럽게 쏘아붙이곤 눈을 흘겨주고 돌아서버렸다. 그래놓고 공연히 속이 상해 다시는 영배에게 누룽지를 안 주겠다고 어머니에게 짜증을 부렸다. 난 영배가 안 왔으면 했다. 영배가 손님들이나 애들에게 당하기만 하는 것도 보기 싫고, 나를 보고 웃는 것도 싫었다. 하지만 영배는 우리가 서울로 이사할 때까지 장날이면 꼬박꼬박 우리 집에 왔다.

꽁지머리 남자가 말도 더듬고 사람을 기피한다는 말을 듣고 영배를 떠올리긴 했어도, 가지런하고 윤기 흐르는 머리털의 그 사람과, 불쏘시개 같은 머리의 영배는 해와 달만큼이나 다르다. 하지만 그건 따져봤을 때 그렇고 얼핏 고향을 배경으로 한 두 사람의 그림을 그려보면 역시 해와 달만큼이나 닮았다. 외양을 초월해 순박한 속내를 지닌 듯한.

고향은 그런 곳인가 보다. 세상을 모나지 않게 하고 사람을 가리지 않고 늘 부화를 꿈꾸고 있는 곳. 소란스러운 세상에 부화뇌동하지 않고 영원할 속 삶을 간직하는 곳, 마치 복숭아 속에 들어 있는 복숭아씨처럼.

꽁지머리 남자

　전날 온종일 안 해본 일을 한 탓인지 아침에 일어나니 온몸이 뻐근했다. 내 행동이 굼뜬 것을 본 언니는 걱정이 되는지 무리하지 말라고 했다. 맹탕 놀고 있을 수는 없어서 일은 하되 무리는 되지 않은 일을 생각하다가 도토리를 줍기로 했다. 다래끼를 들고 집을 나서자 언니가 할아버지 산소가 있는 뒷산이 양지발라 아람이 잘 벌었을 거라며 그리로 가보라고 했다. 그렇지 않아도 작년에 쪼그리고 앉아 상념에 젖곤 하던 그곳으로 가려던 참이었다.

　동네는 신작로에서 경사로로 올라가 우묵하게 들어앉아 있고 그 주위를 포물선처럼 낮은 동산이 둘러쳐져 있다. 모양으로 보면 삼태기 형상이다. 문중 산이기도 한 그 산을 내가 좋아하는 건, 중턱에 자리한 할아버지 산소에서 내려다보면 동네는 물론 동네 앞 논 몇 마지기를 지나 신작로까지 훤히 내려다보여 마음이 탁 트이기 때문이다.

　신작로는 비포장길로 정기 노선버스는 안 다니고 경운기나 승용차만 다닌다. 휴전선이 가까운 곳이다 보니 군사도로로 닦인 것이다. 옛날엔 비상에 걸려 각종 군용차들이 굉음을 내며 줄지어 가는 모습을 심심치 않게 볼 수 있었다. 성긴 그물로 위장막을 치고 지나가는 군용차량들은 하나 같이 육중하고 소리도 요란했다. 사람의 목만 내놓은 탱크가 지축을 울리며 지나간 자리는 써레질해놓은 논바닥 같았다. 철모에 나뭇가지와 나뭇잎을 꽂고 얼굴엔 검댕칠을 한 무장 군인들도 줄지어 행군했는데 한국군 못지않게 미군들이 많아 사실 난 몇 년 전까지만 해도 고향에 대한 이미지를 그리 좋게 갖고 있지 못했다. 다행히 미군 철수 후 곳곳에 벙커 같은 군용 설치물 자리가 남아 있기는 해도 농촌 본연의 모습을 찾아가고 있어 여간 반가운 게 아니었다. 오빠 말로는 그동안 군인들이 잘 지켜주어 오염이 안 됐기 때문에 청정지역이란다. 아닌 게 아니라 청명한 공기에 조용하고 아늑한 분위기가 마치 그림 같았다.

작년처럼 할아버지 산소 앞에 앉아서 신작로를 내려다보았다. 작년에 비하면 태풍이 지나간 뒤 화창한 초가을 날씨처럼 마음이 한가로웠다. 그렇다고 작년에 속을 끓이던 일이 해결된 건 아니다. 그저 달이 가고 해가 바뀌면서 무뎌진 것뿐이다.

부드럽기로 말하면 물만 한 것도 없을 것이다. 너무 부드러워 형체조차 갖출 수 없지만 물은 단단한 바위와 돌덩이를 부수고 그 부서진 자갈을 날라 삼각주를 만든다. 세월이 유수 같다고 하는 건 단순히 빠르기만을 얘기하는 게 아니라 그런 물의 위용을 비유하는 게 아닐까. 그런 의미에서 내게 지난 일 년은 정말 유수 같았다. 세월이라고 하기엔 무색할 만큼 짧은 기간이지만, 벗어나고 싶은 마음으로는 살아온 시간보다 길고 느린 시간이었다.

그러나 엄청난 사건에 휘말려 있는 순간에는 시간 감각마저 없었다. 사건의 위용에 눌려 빠르기 따위는 느낄 겨를 없이 보낸 시간이었다.

나는 그 유수를 타고 작년으로 거슬러 올라가 상념에 젖었다. 그만큼 아직 해결된 게 없다는 뜻이다. 물론 사회적 사건이야 정리됐거나 잊히고 있다. 다만 내게 닥친 사건은 그냥 답보 상태다. 아니, 사건에 얽힌 다른 사람들은 법에 의해서라도 정리됐는데 나만 어정쩡하게 붙들려 있는지도 모른다. 그래서 상념도 그 언저리를 아직 헤매고 있는 것이다.

저 멀리 신작로에 승용차 한 대가 왼쪽 산모퉁이에서 나와 미끄러지듯 오른쪽 산모퉁이로 들어간다. 더 이상 차가 오가지 않자 조용한 신작로는 연극 무대가 된다. 신작로 양쪽 산모퉁이는 무대 가운데서 양쪽으로 접혀 들어간 무대막이다. 무대 한가운데에 한 남자와 두 여자가 경찰의 심문을 받고 있다. 남자는 이미 구속 중인 듯 수갑까지 차고 있고 여자 둘은 자유로운 차림이다.

"송경민씨! 이미 진술은 다 했지만 이 두 사람과 대질 신문을 하기 위해 다시 확인하는 거니까 사실대로 대답해 주세요. 그러니까 주식투자를 하다가 빚을 많이 지게 되자 옆에 있는 정연희씨에게 ○○백화점 카드고객 신상명세서를 받아내 범인들에게 돈을 받고 넘겼다는 말이지요? 그것도 고액 매출 순서대로 적힌 명단을."

형사는 거북이 발작 떼어놓듯 양쪽 검지로 컴퓨터 자판을 두드리며 묻는다. 자판 보랴, 모니터 보랴, 피의자 보랴 형사의 고개는 굼뜬 손과 달리 분주하다.

"네, 하지만 전에도 말씀드렸듯이 그 사람들이 그렇게 나쁜 사람들인 줄은 정말 몰랐습니다. 더군다나 고객 명단을 살생부로 삼을 줄은 꿈에도 생각하지 못했다고요. 그냥 여유 있는 사람들을 상대로 부동산 컨설팅을 한다기에… 정말입니다. 믿어주십시오."

남자는 수갑 찬 손으로 책상을 붙들고 엉거주춤 일어서며 애원하듯 말한다.

"그거야 더 조사해보면 알 테고."

형사는 남자의 조서를 마무리하는지 자판을 한참 두드리고 나서 가운데 앉은 여자에게 말을 돌린다.

"자, 정연희씨! 송경민씨에게 정연희씨가 근무하는 ○○백화점의 카드고객 신상명세서를 빼내 전해준 게 사실입니까?"

"네."

"송경민씨와는 어떻게 알게 되었습니까?"

"전에 같이 근무했습니다."

여자는 겁에 질려 울먹이는 목소리로 말한다.

"아, 그러니까 송경민씨가 지금은 증권회사에 다니고 있지만 전에는 같은 백화점에 근무했단 말인가요?"

"네."

"그 고객 명단을 송경민씨가 어디다 사용한다고 하던가요?"

"주식투자에 돈 있는 고객을 유치하기 위해 필요하다기에 그런 줄만 알았어요."

"송경민씨가 고객을 유치하는데 정연희씨가 그래야만 할 이유가 무엇입니까?"

"그냥 도와주고 싶었어요. 책임량을 못 채우면 회사에서 쫓겨날지도 모른다고 하도 걱정을 하길래….”

"그러니까 단순히 옛 동료가 걱정돼서 그랬다는 건가요?"

"네."

"송경민씨에게 어떤 대가를 받았나요?"

"아무런 대가도 받지 않았습니다."

수긋했던 여자는 고개를 들고 단호하게 말한다.

"아무런 대가도 안 받았다? 정말이죠?"

형사는 못 믿겠다는 말투다.

"네."

여자는 형사의 고압적인 말투 때문인지 먼저보다 주저하면서도 강하게 대답한다. 형사는 여자의 말에 대해 정말 그런가 어디 두고보자는 투로 말머리를 돌려 끝에 앉은 여자에게 묻는다.

"자. 강선숙씨! 정연희씨가 고객카드를 빼낸 사실을 언제 알았나요?"

"전, 전혀 몰랐습니다."

여자는 단호하게 말한다.

"강선숙씨는 정연희씨보다 선배고 담당자인데 이런 사실을 전혀 몰랐다는 게 말이 됩니까. 바른대로 말하세요. 어차피 다 밝혀지게 되니까. 송경민에게 대가를 받고 정연희를 묵인한 거죠?"

"아닙니다. 강선숙씨는 정말 모르는 일입니다."

수갑을 찬 남자가 또다시 책상을 붙잡고 몸을 반쯤 일으키며 강경하게 말한다.

　"아니, 강선숙씨한테 물었는데 송경민씨가 왜 그렇게 강하게 부인해요?"

　"사실이니까요."

　"정연희씨가 대답해봐요. 정말 선배인 강선숙씨 모르게 빼내 송경민씨에게 주었습니까?"

　"네."

　"그것도 단순히 옛 동료가 딱해 보여서 그랬단 말이죠?"

　"네."

　"그게 말이 돼요? 솔직히 말해 봐요. 두 사람 어떤 사이에요?"

　둘 다 대답이 없자 그들 뒤에서 모습은 보이지 않고 '그 여자 지금 임신 중입니다' 하는 소리가 들린다. 그 소리에 고개를 숙이고 있던 수갑 찬 남자의 고개가 번쩍 들린다. 동시에 명단을 빼낸 사실과 자기는 전혀 무관한 일이라고 하던 여자도 얼굴을 돌려 남자를 바라본다. 임신했다는 가운데 여자만 고개를 더 숙인다. 남자는 황당함을 감추지 못하고 입을 벌린 채 고개를 절래절래 흔들며 금방이라도 울음을 터트릴 듯한 표정으로 이 일과 무관하다는 여자를 바라본다. 그녀는 망연자실한 표정이다.

　오른쪽 산모퉁이에서 경운기 한 대가 나와 무대의 인물들을 몰고 왼쪽 모퉁이로 사라진다. 그렇게 상념은 멈추었다. 하지만 경찰서에서 조사를 받던 그날의 모습과 충격은 어제 일처럼 또렷이 각인되어 잊을 수 없다.

내가 무혐의로 풀려난 뒤 사건을 다룬 신문의 내용을 간추리면 이랬다.

'돈을 뺏기 위해 이미 여러 차례 고급 승용차를 타고 다니는 사람들만 골라 살인강도를 저지른 범죄조직 무적파는, 범행 대상을 물색하기 위해 송경민에게 거액을 주고 고액 매출 순서로 작성된 모 백화점 카드고객 신상명세서를 입수했다. 증권회사에 다니는 피의자 송경민은 주식투자로 빚더미에 올라앉게 되자 전에 같이 근무하던 애인 정연희를 시켜 백화점 우수회원 카드고객 신상명세서를 빼내 거액을 받고 이들 범죄조직에게 넘겼다. 평소 부자들을 혐오해온 범인들은 고액매출 순서대로 열 명을 죽이기로 했다고 자백했다. 명단 중에 이미 한 사람이 희생되었다. 다행히 두 번째 희생자가 될 뻔한 김 여인이 납치된 뒤 기지를 발휘하여 필사적으로 탈출한 뒤 경찰에 신고하여 이들을 일망타진하게 되었다.'

그때 세상은 한동안 이 희대의 흉악한 사건으로 떠들썩했고, 나는 이름까지는 안 올려졌지만 두 여직원을 조사 중이라 해서 정연희와 함께 휩쓸려 들어갔다. 백화점은 고객들의 항의로 발칵 뒤집혔고 신용판매과 전 직원은 석고대죄 상태였다. 우수고객 명단은 연말에 사은품을 차등해서 주기 위해 배출이 많은 순서대로 작성한 것이다. 사은품 행사가 끝난 후 정연희에게 폐기하라고 지시했는데 어떻게 실수로 남겨진 게 있었던 모양이었다. 다행히 두어 달쯤 뒤 사건은 그런대로 수습되었고 백화점은 평온을 되찾았다. 물론 정연희는 파면 당했고 나도 권고사직을 해야만 했다.

신문들은 가진 자에 대한 막연한 분노를 분출한 범인들에 대해 희대의 사이코패스라고 단정하고 집안배경 성장과정 전과사실 등으로 도배를 했다. 방송에서는 전문가라는 사람들을 불러놓고 빈부의 격차에서 오는 상대적 박탈감, 위화감을 조성하는 불로소득의 만연 등에 대한 사회적 문제점을 짚어보고 대책이랍시고 어려운 심리용어들을 나열하며 인성교육의 중요성에 열을 올렸다. 여기저기서 금전만능주의에 대한 개탄만 하다가 시간이 지나자 시나브로 공염불로 사그라들었다.

경악한 사건에 요란한 보도가 날마다 이어졌지만 정작 내가 알고 싶은 사실은 하나도 밝혀지지 않았다. 송경민이 우리 백화점에 근무할 때부터 나와는 결혼날짜만 받으면 되는 사이로 알 만한 사람은 다 알고 있는데 어째서 정연희가 애인이고 임신까지 하고 있는 건지, 언제부터 그렇게 된 건지, 왜 그렇게 된 건지, 그 말도 안 되는 현실을 나는 이해도 할 수 없고 받아들일 수도 없었다. 지금도 일의 내막은 알지만 그 내막의 진실은 알 수 없다. 아니, 내막 자체가 믿기지 않는다. 일 년의 세월로는 어림없다.

무대로 보여 상념을 풀어놓았던 신작로에서 눈을 떼고 일어났다. 발이 저려 제대로 디딜 수가 없다. 한참을 깨금발로 쩔쩔매다 천천히 숲 쪽으로 발길을 돌렸다.

가물어서 그런지 흙은 부슬부슬하고 두어 뼘씩이나 자란 풀들이 누렇게 탈색된 채 힘에 부친 듯 쓰러져 있었다. 발끝으로 이리저리 풀을 헤집고 다녀보았지만 도토리는 생각만큼 없었다. 헛걸음이었나 보다고 진력내고 있던 참이었다. 인기척에 허리를 펴보니 모자를 눌러 쓴 남자가 산등성이를 넘어와 새텃말 쪽으로 걸어가고 있었다.

그에 대해 알고 있는 것이라곤 언니에게 들은 몇 마디가 고작인데도, 옛날 영배를 떠올리게 했고 고향에 대해 생각해 보게 했던 탓이었을까. 친한 사람을 오랜만에 만나기라도 한 것처럼 반가웠다. 어쩌면 옛날 영배에게 포달스럽게 굴고 누룽지를 주지 않은 것에 대해 나도 모르게 미안한 마음을 갖고 있었는지도 모른다. 그러다 그 사람으로 인해 영배를 떠올리곤 그 미안했던 마음이 같이 떠올랐을 수도 있다.

"안녕하세요? 그저껜 고마웠어요."

나는 큰 소리로 알은 척을 했다. 그는 모자를 더욱 눌러 쓰며 말없이 허리를 조금 굽혔다 일으켰다. 조금 주춤하긴 했지만 발길을 돌리지는 않았다.

"생각보다 도토리가 별로 없네요."

나는 계속 얘기해보고 싶어 그를 향해 몇 발짝 떼면서 말을 건넸다. 그는 아무런 대꾸도 하지 않고 무언가를 찾는 듯 두리번거렸다.

"도토리는 들을 내려다보며 여문다면서요? 들이 풍년이면 도토리는 흉년이고 들이 흉년이면 도토리는 풍년이 든다고 하던데, 그래서 도토리를 구황식물이라고 하는가 보죠?"

그는 여전히 말이 없었다. 조금 뜨악했지만 그래도 경운기를 타고 오던 날만큼은 아니었다.

"그런데 올해는 들이 풍년이라 도토리가 적은가 봐요?"

모자를 쓴 이유가 다른 사람들처럼 햇볕을 가린다든가 보온을 위해서가 아니라 얼굴을 감추기 위해서라는 걸 안 이상 나도 똑바로 바라볼 수가 없어 땅바닥만 둘레둘레 살피며 물었다. 여전히 대꾸가 없었다. 조금 더 무안해졌다. 만일 다른 사람에게 이런 경우를 당했다면 무척 기분이 상했을 것이다. 하지만 무안하기는 해도 자존심이 상하거나 하지는 않았다. 고향에만 있는 어떤 전설적인 상징이란 느낌 때문인 것 같았다. 오히려 내가 괜히 지나가는 사람을 붙들어 그가 당황하고 있는 건 아닌가 싶어 미안해졌다. 내가 말을 붙인 게 정말 싫은 거라면 고마웠다는 내 첫 마디에 대강 대답하고 바삐 지나쳤을 텐데, 미적거리는 걸 보면 그런 건 아닌 것 같기도 했다. 아니, 그랬으면 하는 내 바람일 수도 있다. 이래저래 무르춤히 그를 바라볼 수밖에 없었다.

주위를 두리번거리던 그는 큼직한 돌덩이 하나를 주워들고 상수리나무로 오더니 머리 위로 쳐들었다가 나무를 냅다 쳤다. 우박 쏟아지듯 도토리가 우르르 쏟아졌다.

"아, 그렇게 하면 되는군요. 제가 한번 해볼게요."

나는 반색을 하고 그에게 다가갔다. 그는 들고 있던 돌을 내려놓고 손뼉을 쳐 흙을 털어냈다. 여전히 말은 없지만 그냥 지나치지는 않을 눈치였다. 최소한 내가 말을 걸어 실없게 보거나 불쾌감을 가진 건 아니지 싶었다. 그게 또 왜 그리 다행스럽게 여겨지는지.

나는 그가 내려놓은 돌을 겨우 허리춤까지 들어 올려 그가 한 것처럼 상수리나무를 향해 냅다 발걸음을 떼었다. 그러나 돌의 무게에 밀려 주춤거리며 몇 발짝 떼다가 겨우 나무를 찍었다. 그 반동으로 밀리면서 돌을 떨어뜨리고 뒤로 나가떨어졌다. 넘어지면서 다래끼를 발로 차는 바람에 기껏 주워 담은 도토리가 좌르르 쏟아졌다. 그가 웃음을 터뜨렸다. 민망함도 잠시 그 웃음소리에 나는 막연히 이젠 됐다 하는 안도감이 들었다. 그의 무대꾸에 대한 무안함도, 괜히 붙들었나 하는 미안함도 웃음소리에 다 날아가는 것 같았다.

"남은 아파 죽겠는데 뭐가 그렇게 재미있어요."

나는 몸을 일으켜 주저앉은 채로 왼손으로 오른 손목을 쥐고 까딱까딱해 보이며 애교 섞인 엄살을 떨었다.

"미, 미안해요. 괘, 괜찮아요?"

이런 경우도 보통 남자들이라면 얼른 다가와 손을 잡아주어 일어나는 걸 거들어 줄 것이다. 그는 내가 괜찮다며 일어나 옷을 툭툭 털 때까지 어쩔 줄 몰라 쩔쩔매기만 했다. 내가 웃으며 재차 괜찮다고 해서야 그는 다시 돌을 주워들고 도토리가 많이 달린 나무를 찾아 기웃거렸다. 나도 서둘러 도토리를 다시 주워 담고 그를 따라 발걸음을 옮겼다. 그 사람처럼 발밑은 보지 않고 상수리나무만 올려다보며 걸었지만, 도토리에는 관심없었다. 눈은 그의 행동에 맞춰져 있고 머릿속은 무슨 말을 해야 그가 관심을 보일까 하는 생각으로 가득 찼다. 그가 조심스러워하는 이상 나도 조심스럽기는 마찬가지였다. 공연히 되바라진 도시 여자 인상을 주고 싶지는 않았다. 한편으로는 이렇게까지 신경을 쓰는 것 자체가 이미 되바라진 행동 아닌가 싶어 그냥 그를 가게 내버려 둘

걸 그랬나 싶기도 했다. 그런데 이미 그는 나와 함께할 태도인 것 같아 따르기로 작정했다. 마음이 조금 편해지자 호기심이 발동했다. 그저께 경운기 태워준 날 초면은 아니지 않느냐, 혹시 내가 태워 달라길 기다린 거 아니냐고 물어보려던 참이었다.

갑자기 내 발밑에서 부우-웅 붕 하면서 한 떼의 벌들이 날아올랐다. 나무만 올려다보며 걷던 내가 땅에 있는 벌집을 건드린 것이다.

"엄마아!"

나는 들고 있던 다래끼를 내던지고 비명을 질렀다.

내 비명을 들은 그는 재빨리 돌을 던지고 점퍼를 벗더니 내 몸 주위를 마구 휘둘러 벌떼를 쫓았다. 벌떼가 잠시 물러나자 그는 점퍼를 내 머리 위로 덮어씌우고는 팔을 잡아끌고 마구 뛰었다. 나는 한 손으로는 머리에 씌워진 점퍼를 잡고 한 손은 그의 손에 잡힌 채 어딘지도 모르고 정신없이 뛰었다. 벌떼는 악착같이 따라붙었다. 너무 숨이 차 발을 멈추면 그는 점퍼를 벗겨 내 몸 주위를 마구 휘둘러대다가 다시 씌우고는 손을 잡아끌고 뛰었다. 그렇게 멈췄다 뛰기를 몇 번인가 한 뒤, 멀리 너더댓 채의 집이 보이는 데까지 와서야 벌떼는 떨어졌다. 숨이 턱까지 찬 나는 그만 털썩 주저앉아버렸다. 너무 숨이 차서 아무 말도 할 수가 없었다. 그는 선 채로 허리를 굽혀 두 팔로 무릎을 짚고 숨을 몰아쉬었다. 언제 쏘았는지 소매를 걷은 내 왼쪽 팔에 벌침 두 개가 박혀 있었다. 처음에는 경황도 없고 숨이 너무 차 통증을 못 느꼈는데 금방 벌게지면서 욱신욱신 쑤시기 시작했다.

"우, 우선 우, 우리집으로 가요."

내가 벌침이 박힌 왼팔을 들여다보며 고통스러워하자 그가 다가와 보곤 걱정스럽게 말했다. 뛰다 보니 불기골 그의 동네까지 온 모양이었다. 그의 말이 아니더라도 상황이 그럴 수밖에 없었다. 점퍼를 한 손에 움켜쥐고 성큼성큼 걷는 그의 뒤를, 나는 벌에 쏘인 왼팔을 오른손으로 받치고 주춤주춤 따라갔다. 좀 천천히 갔으면 하다가도, 어디든 빨리 가서 쉬고 싶었다. 하지만 어느 쪽도 내색은 할 수 없었다. 둘 사이의 거리는 금방 벌어졌다. 그는 뒤돌아서서 나를 기다리다 내가 쫓아가면 내 안색을 살피고는 다시 걸었다.

"아, 아무래도 안 되겠어요. 여, 여기서 조, 조금만 기다려요. 내가 겨, 경운기를 가져올게요."

또다시 간격이 벌어지자 안타깝다는 투로 그가 말했다.

"집이 먼가요?"

"아, 아니요. 저어기 보, 보이는 저 집이에요."

그는 손을 들어 파란색 슬레이트 지붕을 가리켰다. 우리가 서 있는 산자락 밑으로 논배미 하나와 밭 몇 뙈기 건너편이었다. 경운기를 타고 오려면 그 논과 밭을 빙 둘러 와야 하고, 걸어가면 논두렁 밭두렁으로 질러갈 수 있어 걷는 것이 힘은 들지만 더 빠를 것 같았다.

"저 정도면 그냥 가죠 뭐."

난 다시 기운을 내서 끌다시피 발작을 떼 놓기 시작했다.

"그럼 이, 이렇게라도….."

그는 제 점퍼의 두 팔을 한데 묶더니 내 목에 걸고 벌에 쏘인 팔을 받쳐주었다. 한결 편했다. 숨 쉬는 것도 훨씬 편해졌다.

"고마워요."

나는 찡그리고 있던 얼굴을 펴고 미소를 지어 보였다.

"조, 조금만 가면 되니까 히, 힘내요."

그는 뭘 더 해주고 싶은데 할 게 없어 안타까운 것처럼 받혀진 팔 높이를 점검해보고 매듭도 점검해보며 애를 썼다. 눈으로 보기에는 금방 갈 수 있을 것 같던 그의 집은 무엇에 속은 것처럼 지루하고 힘겹게 걸어 도착했다.

두 짝짜리 나무 대문은 늘 열려 있는 듯 안쪽으로 바짝 젖혀져 있었다. 그의 뒤를 따라 쭈뼛거리며 들어서자 마루에 있던 노인이 어리둥절한 표정으로 내려와 둘을 번갈아 보며 무슨 일이냐고 물었다. 언니의 말로 어머니와 단둘이 산다는 것으로 보아 그의 어머니인 듯싶었다.

"오, 옵바치에 쏘였어요."

그는 방으로 뛰어 들어가 속이 깊은 플라스틱 상자를 들고 나왔다. 상자엔 약 몇 가지가 담겨 있었다.

"이 처녀는 누구냐?"

그의 어머니가 나를 빤히 쳐다보며 물었지만 난 뭐라고 소개해야 할지 몰라 고개만 숙여 안녕하세요 하고 인사했다.

"새, 새텃말 며, 명식이네."

그는 내 팔에 박힌 벌침을 화투짝으로 밀어내다 핀셋으로 조심스레 빼고 병뚜껑에 솔이 달린 물약을 바르며 대답했다.

"으응, 명식이 엄마가 육촌 시누이가 왔다고 하더니… 아니, 너 어깨가…"

그의 어머니가 말을 하다 말고 소스라치게 놀라 소리를 질렀다. 나도 놀라 어머니의 시선을 따라 러닝셔츠만 입은 그의 어깨를 보았다. 양쪽 어깻죽지가 그야말로 벌집이 돼 있었다.

"이거 큰일났다. 병원에 가야지."

그의 어머니가 잔뜩 얼굴을 찌푸리며 걱정을 했다. 나는 너무 미안해서 쥐구멍이라도 찾고 싶은 심정이었다.

"어, 어머니 괘, 괜찮아요."

미안해하는 나를 생각해서인지 그는 어머니에게 아무렇지도 않다는 듯 말했다.

"옵바치 벌이 몸집은 작아도 얼마나 독한지 차돌배기 사람 하나는 옵바치에 쏘여 죽었단다. 이거 어떡하냐."

어머니는 사뭇 울상이었다.

"그, 글쎄, 괘, 괜찮대두요."

다소 언성을 높인 말투로 보아 모자 속의 그의 눈은 부라리고 있을 것 같았다.

"우선 침이라도 빼보자."

노인이 그에게 다가갔다.

"제가 해볼게요."

어디서 그런 용기가 났는지 그때까지도 기운이 없어 늘어져 있던 나는 순간적으로 몸을 일으켰다. 그의 어머니를 제치고 다가들어 그가 한 것처럼 화투짝으로 벌침을 밀어내다 핀셋으로 빼내기 시작했다. 손이 바들바들 떨렸다. 숨을 참아가며 양쪽 어깨에서 대여섯 개의 벌침을 빼내고 솔로 약을 발랐다. 그는 솔이 닿을 때마다 움찔움찔했다. 나도 너무 긴장이 되어 침을 다 빼고 나자 기진해 그대로 그의 가슴에 쓰러질 것 같았다. 하지만 온 힘을 다해 버텨냈다.

"정말 병원에 안 가도 괜찮을까요?"

"두 방 쏘인 처녀 팔은 벌겋게 부었는데 여러 방 쏘이고도 그리 심하지 않은 걸 보니 벌을 안 타는 모양이우. 벌도 옻처럼 타는 사람이 있고 안 타는 사람이 있거든."

미안함과 걱정에 몸 둘 바를 모르는 나와 달리 몹시 놀랐던 그의 어머니는 다소 안심하는 듯했다.

"제발 그랬으면 좋겠네요."

그는 연신 괜찮다며 오히려 내가 병원에 가봐야 하는 거 아닌지 모르겠다고 했다. 나는 너무 아파 정말 그래야 하는 거 아닌가 걱정이 되었지만 그에게 미안하여 괜찮다고 할 수밖에 없었다.

졸지에 폐를 끼치게 돼서 죄송하다며 그의 어머니에게 인사하는 동안 그는 벌써 마당에 나가 경운기에 시동을 걸었다. 점퍼를 입더니 벌에 쏘인 부분이 쓰린 듯 다시 벗어 운전대에 걸쳐놓았다. 나는 제법 익숙해진 경운기 짐칸으로 올라탔다. 황망한 듯 우두커니 서서 바라보는 그의 어머니에게 나는 말없이 고개만 숙여 인사했다. 경운기가 달리면서 덜컹거려 나도 모르게 나지막하게 앓는 소리를 냈다.

"아, 아까처럼 이걸로 다시 바, 받칠까요?"

그가 경운기를 멈추고 벗어놓은 점퍼를 들어 보이며 물었다.

"아녜요. 앉아서 가니까 견딜만해요."

"그, 그래요. 그럼 처, 천히 몰게요."

그는 정말 경운기를 아주 조심스럽게 운전했다. 불기골도 새텃말처럼 신작로까지는 경사진 길을 내려가야 했다. 나는 미안해 뭐라 말을 건넬 수도 없었다. 그나마 벌에 쏘인 그의 어깨가 빨긋빨긋 하기는 해도 나처럼 부풀어 오르지 않아 다행이었다. 하지만 그냥 그대로 나으면 다행이겠는데 나중에라도 탈이 날까 봐 여전히 마음이 놓이지 않았다. 그의 어깨에서 벌침을 뺄 때는 앞쪽인 데다 경황이 없어 몰랐는데 등 쪽에서 보니 러닝셔츠 속에서 뻗어 나온 번들번들한 흉터가 뒤쪽 어깨를 거쳐 팔꿈치까지 뻗어 있었다. 번들거리기는 하나 부위가 넓지는 않았다. 혐오감이 들 만큼 흉하지도 않았다. 얼굴에도 흉터가 있어 모자를 깊이 눌러 쓰고 다닌다고 했는데 말 못 할 크나큰 속사정이 있어 보였다.

'얼굴도 저 정도만 되면 사람을 기피할 정도는 아닐 것 같은데 얼마나 심하길래…'

나는 그의 얼굴에 있다는 흉터를 가늠해보았다. 하지만 어떤 가늠도 그의 아픔까지 짐작할 수는 없었다.

신작로로 접어들어서도 내려온 비탈길보다는 덜 하지만 여전히 털털거렸다. 신음을 내지 않으려고 팔을 가슴에 바짝 끌어안고 이를 앙 다물었다. 신작로는 완만한 산모퉁이를 안고 돌았다.

왼팔을 오른손으로 받쳐 든 채 잔뜩 인상을 찌푸리고 집으로 들어섰다. 깜짝 놀란 오빠와 언니가 조금 전 그의 어머니처럼, 따라 들어온 그와 나를 번갈아 보며 무슨 일이냐고 물었다. 누구냐고 묻는 그의 어머니 물음에 내가 그랬듯 그도 몹시 난처한 듯 뭐라 말도 못 하고 어정쩡하게 서 있었다. 내가 실수로 땅벌집을 건드려 벌에 쏘였는데 마침 거길 지나가던 그가 도와주었다고 설명했다. 물론 그냥 지나가는 사람을 내가 불렀다느니 돌로 상수리나무를 쳤느니 어쨌느니 하는 번거로운 얘기는 모두 생략했다.

"어이구, 자네가 애썼구먼."

"그러게. 하마터면 큰일 날 뻔했네."

"그래. 병원에 안 가 봐도 되겠니?"

오빠와 언니는 번갈아 내 상처를 들여다보며 걱정했다.

"네. 응급처치해서 그런지 욱신거리긴 해도 견딜만 해요."

"천만다행이네. 아니, 그런데 집으로 바로 오지 않고 어떻게 그리로 갔어?"

그의 공을 강조하느라, 그의 집에 가서 벌침을 뽑고 약까지 바르고 왔다는 말을 한 게 그만 언니에게 의구심을 산 모양이었다.

"아, 아―."

대답이 궁해진 나는 언니의 의구심을 돌릴 셈으로 벌에 쏘인 팔을 늘어뜨리고 몸까지 그 쪽으로 쓰러질 듯 비척거리며 앓는 소리를 높였다.

"많이 아픈 모양이구나. 어서 방으로 들어가 누워라."

"그러게. 덧나면 어쩌지."

오빠가 부축하자 그제는 언니도 다른 생각 없이 걱정했다. 그러고 나니 이번엔 또 그가 걱정할 것 같아 마음이 쓰였다.

"벌침도 뺐고 약도 발랐으니 곧 나아지겠죠 뭐."

그를 돌아다보며 힘겹게 말은 했으나 눈이 보이지 않아 그가 내 뜻을 알아들었는지는 알 수가 없었다. 그는 계속 바르라며 암모니아수 병을 오빠에게 건네주고 돌아갈 채비를 했다. 나는 반가웠고 고마웠고 미안하다는 뜻을 한꺼번에 나타낼 수 있는 말을 하고 싶었다. 하지만 반가웠다거나 미안하다고 하면 오빠나 언니가 이상하게 생각할 것 같아 어떤 말도 못 하고 망설이기만 했다. 그가 고맙다는 오빠의 인사를 받고 아니라며 서둘러 나갈 때 다급하게 '수고하셨어요'라고 내뱉었다.

방에 들어와 생각하니 그처럼 상황에 빗나가는 말은 없을 것 같았다. 그냥 안녕히 가시라고나 할 걸, 도대체 '수고하셨어요'라니. 고맙다는 당연한 말을 두고 생각할수록 어처구니가 없었다. 혹시 그가 건방지게 듣지 않았을까. 정말 그런 인상은 주고 싶지 않았다. 조만간 내 진심을 전할 기회가 꼭 있기를 바랐다. 기회가 없으면 만들어서라도 마음을 전하리라 다짐했다.

몸살

식구들이 모두 일어나 일상을 시작했다. 나도 일어나려는데 몸이 내 몸 같지가 않았다. 온몸이 물먹은 솜처럼 무거워 전쟁이 터진다 해도 꼼짝 못 할 것 같았다. 벌에 쏘인 팔이 퉁퉁 붓고 통증이 심해 어젯밤엔 제대로 잠을 잘 수가 없었다. 집에서라면 징징 짜면서 엄부럭을 떨었을 텐데 정신없이 바쁜 철에 찾아온 객의 입장이라 그럴 수도 없고 모로 누워 소리 없이 흐르는 눈물만 찍어냈다. 겨우 새벽녘에 잠깐 잠이 들었는데 시골의 아침은 이미 시작되었다. 간단한 집안일이나 돕던 몸이 오던 꼴로 집에서 한참 떨어진 고구마밭에서 고구마를 캐서 이고 오고, 다음날은 도리깨질로 붉은 팥을 떨고, 어제는 벌에 쫓겨 산등성이를 타고 넘으며 달음박질을 했으니 탈이 안 나면 그게 오히려 이상할 것이다. 결국 언니가 내준 쌍화탕 한 병을 마시고 몸져 눕고 말았다. 예방주사를 맞았을 때처럼 벌겋게 부어오른 팔뚝에 그가 두고 간 암모니아수를 몇 번 더 발라보았지만 당장은 큰 차도가 없었다. 언니는 된장을 바르고 헝겊으로 묶어주고는 나오지 말고 쉬라며 들일을 나갔다.

식구들이 학교로 들로 다 나가고 나 혼자 누워 있는 집 안은 적막만 흘렀다. 얼룩이란 놈마저 들에 쫓아갔는지 기척이 없었다. 가끔씩 까치 소리라도 안 들리면 무서울 정도로 고요했다. 대문도 항상 열려 있어 만일 누가 들어와 무슨 일을 저질러도 난 꼼짝없이 당하거나 구경만 해야 할 것이다. 잠시 불안한 생각도 들었지만 온몸이 욱신거려 곧 지워졌다. 병원이나 집 생각이 간절했다. 하지만 나 혼자선 속수무책이라 견딜 수밖에 없었다.

혼곤히 잠이 들다가도 몸을 뒤척일 때마다 팔의 통증으로 어렴풋이 깨곤 했다. 그때마다 내리누르는 듯한 나른함에 신음이 터지곤 했다. 잠이 깊게 들지 못해서 그런지 비몽사몽간에 단막극 같은 꿈이 어지럽게 이어졌다.

"걔가 그래? 내가 저한테 돈을 빌렸다고?"

"그럼 아냐?"

"빌리긴. 지가 적금을 탔는데 주식투자를 한 번 해보겠다고 도와 달라고 해서 내가 종목 선택이랑 몇 가지 조언만 해준 거지."

카페에 앉은 젊은 남녀가 토닥토닥 말다툼을 한다. 여자는 차분하고 남자가 흥분하는데 실상은 남자가 열세에 몰리고 있는 눈치다.

꿈속에선 장면이 자주 바뀐다. 사람은 아까 그 사람들인데 두 사람의 옷도 바뀌고 장소도 다른 곳이다.

"걔 정말 맹랑한 애더라. 아니, 우리 어머니 생신을 어떻게 알고 선물까지 사 들고 왔더라고."

"걔 말로는 초대를 받았다는데?"

"누구한테? 나한테? 걔 정말 사람 잡네."

남자가 주먹으로 제 가슴을 두드린다. 여자는 그런 남자를 뚫어질 듯 쏘아보기만 한다. 진심을 캐려는지 거짓이라도 남자가 더 변명해주길 기다리는지 아리송하다.

또 장면이 바뀌었는데도 여전히 남자는 비굴해 보인다. 여자는 무척 속이 상한 걸 참고 있는 눈치다.

"하도 주식값이 폭락해서 위로해주려고 만났던 거야. 본전에서 삼 분의 일도 안 남았거든. 이거 참, 주식이 빨리 올라서 어떻게 본전만 되면 이젠 알아서 하라고 떼 내 버려야지 괜히 도와준답시고 발목이 잡혀서 나 참! 정말 미치겠네."

여자가 묻지도 않았는데 남자는 열심히 변명해댄다. 여자가 남자의 눈을 똑바로 응시하자 남자는 시선을 피하며 쩔쩔맨다. 여자가 슬픈 눈으로 바라보다 천천히 몸을 돌려 걷는다. 남자가 허둥지둥 쫓아오며 애걸한다. 남자를 뿌리치고 걷는 여자의 눈엔 눈물이 어룽거린다.

"그건 실수였다고. 정말이야. 믿어줘."

남자가 소리치며 쫓아오려 하지만 발걸음이 떼어지지 않는지 버둥대기만 한다.

"실수도 실수 나름이지. 그리고 실수를 믿는다고 해도 이제 와서 무슨 소용이냐고!"

여자가 돌아서서 눈물을 흘리며 소리를 지른다. 하지만 목이 메어 소리가 제대로 나오지 않는다.

얼룩이가 돌아와 걷어찼는지 수돗가에서 양은 세숫대야가 어딘가에 부딪치는 소리가 나 잠이 깼다. 쌍화탕이 약이 되려는지 땀이 흠뻑 났다.

구치소 창살을 붙들고 눈물을 흘리던 송경민의 모습이 머릿속을 떠나지 않아 이런 꿈을 꾸는 것 같다. 작년 이곳을 다녀간 후 교도소로 그를 만나러 갔었다. 매듭을 짓자 싶어 갔으나 사람의 감정이란 게 생각대로 되는 게 아니다.

정말 내가 사랑을 하긴 한 건가. 사랑이라 굳게 믿었지만 실상은 그저 아름다운 이상에 젖어 있었던 건 아니었을까. 제 말로는 사랑이라고 하지만 정연희의 저돌적인 행동은 상식적으로 소유에 대한 집착으로밖에 볼 수 없는 것이었다.

송경민과 나를 바라보는 정연희의 눈길이 심상치 않다는 걸 감지했을 때만 해도 난 그냥 그러다 말겠지 했다. 우리가 각별한 사이라는 건 이미 백화점 내에 퍼진 사실이며 정연희도 모르지 않았기 때문이다. 하지만 '찍어만 놓았다고 임자냐 차지하는 사람이 임자지'란 뼈 있는 농담을 서슴지 않고 할 만큼 당돌한 정연희의 성격을 난 너무 안일하게 받아들였다. 나는 사랑에 대한 일종의 세금을 내는 것이라고 생각했다. 세금도 벌금처럼 달갑지는 않다. 벌금은 많이 나올수록 수치스럽지만 세금은 많이 나올수록 자부심을 느끼게도 한다. 아무도 관심 가져주지 않는 사람이 날 좋아해주는 것과, 죽자 사자 매달리는 사람이 있는데도 날 좋아해 주는 것은 다르다. 후자의 경우, 겉으로는 죽는 소리를 하지만 속으로는 자긍심으로 똘똘 뭉친 고액 납세자처럼, 겉으로는 몹시 고민스러워하지만 내심 흐뭇한 것이다. 내가 그럴 수 있었던 것은, 다른 사람이라면 몰라도 정연희 정도라면 내가 빠질 게 없다는 자긍심도 있는 데다, 아무리 네가 그래 봐야 손뼉도 마주쳐야 소리가 나지 별수 있겠냐 싶은 송경민에 대한 믿음 때문이기도 했다. 바라기는 정연희가 다른 마음을 먹지 못하도록 송경민이 단호한 태도를 보여 주었으면 했는데, 송경민은 정연희의 호의에 맞장구를 치지는 않았지만 은근히 즐기는 눈치였다. 난 한때 내 게 호감을 보이던 박 대리와 송경민을 놓고 저울질했던 때를 상 쇄하는 마음으로 송경민의 마뜩찮은 태도를 보아 넘겼다.

그래도 셋이 같이 근무할 때는 정연희도 내 눈치를 아주 안 보 지는 않았다. 송경민이 증권회사로 자리를 옮겼을 때 나는 이제 안 보니 정연희 마음도 멀어지겠거니 했다. 하물며 잘 됐다 싶기 도 했다. 정연희가 노골적으로 찾아다니리라곤 짐작도 못 했다. 정연희는 동료들이 모인 데서 나 들으라는 듯이 자기는 한 번 점 찍으면 무슨 일이 있어도 갖고 마는 성격이란 소리를 서슴없이 했다. 내 의사와는 상관없이 그녀와 나는 구경꾼들이 에워싼 사 각의 링 위에 마주 선 권투 선수처럼 되었다. 그녀는 눈빛을 번뜩 이며 달려드는 도전자였고 난 글러브로 얼굴을 가린 채 빙빙 돌 기만 하는 방어자였다. 동료들은 꿍꿍이속으로 내기를 하면서 우 리를 지켜보는 관중들이었다. 나는 그 수모를 정연희에게 보다는 송경민에게 책임 지우려 했다. 그때는 그게 내 체면을 살리면서 사랑도 지킬 수 있는 정석이라고 생각했다. 하지만 지금 생각해 보면 그건 귀찮은 일을 회피하려는 소극적인 태도에 불과했다. 송경민도 그제야 감당이 안 되는지 정연희에게 짜증을 냈다. 그 만하면 단념하려니 했는데 오히려 자존심이 상한 그녀는 그간 내게 보이던 일말의 양심마저 저버리고 저돌적으로 되어갔다.

송경민과 정연희가 겉으로나마 가깝게 된 것은 정연희가 송경민을 통해 주식투자를 하면서부터다. 물론 그건 송경민의 얘기고 정연희는 한사코 송경민에게 빌려준 거라고 했다. 송경민은 증권회사로 옮기자마자 백화점에서 받은 퇴직금을 주식에 투자했다. 돈이 좀 모이면 작은 아파트를 사서 결혼하겠다는 계획을 세우고 시작한 것이다. 나는 워낙 주식엔 관심이 없던 터라, 증권회사에 다니니 어련히 잘 알아서 하랴 싶어 무얼 묻거나 확인 같은 것은 하지 않았다.

정연희가 적금 탄 돈을 송경민에게 빌려주었다는 소리를 해서야 송경민에게 확인하는 과정에서 처음엔 제법 오르던 주식값이 형편없이 떨어져 손해를 많이 보았다는 얘기를 들었다. 송경민은 빌린 게 아니라 자기네 회사에서 주식을 사는데 도와준 것뿐이라고 했다. 누구 말이 진실이든 그 일이 있은 후 둘은 자주 만나는 눈치였다. 정연희는 과장하거나 왜곡해서 둘의 만남을 내게 경고하듯 전했고, 송경민은 늘 변명하느라 쩔쩔매었다. 혼란스러웠지만 난 나 자신을 믿기로 했다. 내 안목과 내 선택과 내 사랑과 내 운명을. 그 보잘것없는 것들을.

놓친 물고기에 대한 아쉬움을 잊는 가장 좋은 방법은 그 물고기가 아주 작고 맛이 없는 것이라고 생각하는 게다. 그래도 섭섭함이 안 풀리면 다시 낚시를 해야 한다. 고기가 잡히면 무조건 먼젓번 놓친 고기보다 크고 맛있다고 빡빡 우겨야 한다. 살기 위해선 그렇게 야무져야 한다. 평시엔 그런대로 야무지다는 말을 듣는 편인데 아직도 이런 꿈을 꾼 걸 보면 난 야무지기는커녕 미련스러울 만큼 집착을 버리지 못하고 있는 모양이다. 하지만 실제 행동으로는 뭘 어쩌지도 못하고 그저 속으로만 끙끙 앓았다.

얼룩이가 들어온 걸 보니 곧 오빠 내외도 점심을 먹으러 들어올 것이다. 새로 밥을 짓지는 못해도 아침에 해놓은 밥으로 상이라도 차리려고 몸을 움직여 보았다. 하지만 생각 뿐 '좀 어떻수?' 하는 언니의 음성이 방문 앞에 닿을 때까지 여전히 자리에서 일어나지 못하고 있었다.

오빠 내외에게선 들깨향이 풍겼다. 들깨를 베다가 들어온 모양이었다.

"아이구, 밥을 통 못 먹네. 아침도 못 먹더니."

그러잖아도 아주 안 먹으면 걱정할 것 같아서 밥 한술을 물에 말아 넘기고 숟가락을 놓으니 언니가 걱정스러운 표정으로 말했다.

"걱정하지 마세요. 몸이 나으면 많이 먹지요, 뭐."

"여보. 안 되겠수. 이장네서 닭이래두 두어 마리 사다가 고아야지."

"그러지 뭐. 내 이따 가서 잡아올게."

"전 괜찮은데."

"괜찮기는 인마. 핑곗김에 우리도 고깃국 좀 먹고 좋지 뭘."

그냥 가만히나 있을걸. 언니가 설거지는 저녁 할 때 한다며 개수대에 그릇을 몰아넣고 나가기에, 내가 해놓겠다며 힘겹게 방문을 나서자 도로 들어와 깨끗이 해놓고 나갔다.

나는 다시 고요 속에 묻혔다. 안마당에서 도토리껍질 터지는 소리가 탁탁 타다닥 멀리서 폭죽 터지는 소리처럼 들렸다. 식구들이 들며 나며 주워온 도토리가 양지바른 안마당 시멘트 토방 위에서 햇빛에 바짝 말라 저절로 터지는 것이다. 널어놓은 도토리 위엔 맷돌 한 짝이 얹혀있다. 누구든 틈날 때마다 맷돌을 문지르면 그 중량에 눌려 도토리껍질이 깨지면서 벗겨진다. 밤이면 낮동안 마른 도토리를 넓은 고무 함지에 담아서 방에 들어와 커다란 돌로 맷돌질하듯 썩썩 문질러 껍질을 벗기기도 한다. 껍질이 벗겨진 도토리는 한동안 물에 담가 우린다. 우린 도토리를 방앗간에서 빻아와 체로 걸러 앙금은 가라앉히고 윗물은 따라버린다. 가라앉힌 앙금은 햇볕에 널어 말린다. 이미 한 차례 걸러진 앙금이 장독대 한편에서 말라가고 있었다.

"엄마!"

명식이가 학교에서 돌아온 모양이다. 이른 봄 꽁꽁 얼었던 개울 바닥에 금이 가듯 고요하기만 하던 집안 공기에 균열이 갔다. 명식이가 엄마를 부른 건 도시 아이들처럼 정말 엄마를 부른 게 아니라 그저 학교에서 돌아왔다는 신호다. 집에 엄마가 없다는 것을 익히 알고 있는 명식이는 제 방이기도 한 내가 누워 있는 방의 문을 열고 책가방을 던지고는 도로 문을 닫았다. 그대로 밭으로 나가다 내가 안 됐다는 생각이 들었는지 다시 방문을 열고는 고모 아직도 많이 아프냐고 물었다. 내가 괜찮아질 거라고 했는데도 많이 아프면 제가 문산까지 가서 약을 사 오겠단다. 갔다 오자면 빨라도 두 시간은 걸릴 문산까지. 내가 거듭 괜찮다고 해서야 녀석은 방문을 닫았다.

청소 당번이라더니 형보다 늦게 온 명호도 명식이와 똑같이 엄마를 부르고 형을 부르고 방문을 열었다. 뻔히 없을 줄 알면서. 명식이처럼 약을 사 오겠다고는 안 해도 녀석도 나 혼자 두고 나가기가 안됐던지 들어와서는 책가방에서 무언가 꺼내 나를 흘끔흘끔 보면서 만지작거리고 앉아 있었다. 내가 엄마하고 형 들께 밭에 있을 거라고 가보라고 하자 그제야 기다렸다는 듯 나갔다. 이래저래 여간 미안한 게 아니었다.

오빠는 저녁에 닭을 세 마리나 사 왔다.

언니는 뼈를 발라낸 닭고기에다 대파와 들깻잎을 넣고 얼큰하게 탕으로 끓였다.

"얘 매운 거 잘 못 먹는데 백숙을 하지 그랬어."

"그럴까 하다가 뜨겁고 얼큰하게 먹어야 땀이 잘 날 것 같아서. 몸살엔 그저 땀 푹 내고 잠 잘 자는 게 그만이거든. 자, 한번 먹어봐요."

언니는 한 대접 퍼서 내 앞에 놓아주며 권했다. 오빠 말대로 매운 건 잘 먹지 못하지만 닭냄새가 나지 않아 백숙보다 입에 당겼다. 그래도 한 대접은 너무 많았다. 명식이 국그릇에다 반은 덜고 밥을 말아 땀을 뻘뻘 흘리며 먹었다. 왜 그것밖에 안 먹냐는 언니의 성화가 고마워서 그렇게나마 먹었다.

밤에는 그런대로 잠을 잘 잔 편이었다. 그래 그런지 아침에 일어나니 기분이 한결 가뿐했다. 무엇보다 팔의 부기가 가라앉기 시작해서 다행스러웠다. 하지만 기운이 없어 여전히 몸이 마음대로 따라주지 않았다.

　언니는 새벽같이 하우스에서 상추를 뜯더니 아침상을 물리자마자 문산 장에 낸다고 이고 나갔고 오빠는 벼 베기 품앗이에 나갔다. 집 안엔 또다시 적막과 나만 남았다.

　몸을 추슬러 바깥마당으로 나가 보았다. 내가 오던 날 언니가 뒤집고 있던 고추는 이제 다 말라 손으로 만지면 바스라질 것 같았다. 그 옆 멍석엔 그저께 떤 붉은팥이 널려 있고, 담벼락 밑에는 천막을 깔고 어제 베어온 들깻단이 나란히 세워져 있었다. 대엿새 말리면 된다니까 붉은팥이 광으로 들어가면 마당엔 들깨가 널릴 것이다. 작년대로라면 앞으로 콩도 널어야 하고 벼도 널어야 한다. 해도 그만 안 해도 그만이지만 고춧잎도 따서 삶아 말리고, 호박도 저며 말리고, 무청도 엮어서 말려야 한다. 가을 농촌은 부지깽이도 서서 다닐 만큼 바쁘다더니 햇빛도 여간 바쁜 게 아니다. 햇살 가득한 마당은 마치 화려한 조명 아래 순차적으로 펼쳐지는 공연무대 같았다.

　나는 해와 태양이 같은 단어임에도 다른 것처럼 느껴진다. 어릴 때 교과서에 실린 그림이 늘 머릿속에 박혀 있기 때문인지도 모른다. 그림에는 동산 뒤로 막 떠오르는 해님을 보며 아버지와 아들이 체조를 하고 있었다. 아무래도 그때 동산 위로 떠오르는 것은 해님이어야지 태양이라고 하면 안 될 것 같다.

　한겨울 내가 다니던 초등학교에는 변소 시멘트벽이 가장 햇빛이 잘 들어 따뜻했다. 조개탄을 때는 난로가 있긴 했지만 점심때까지 가면 다 타고 없다. 아이들은 햇볕을 잔뜩 머금은 변소 시멘트벽에 나란히 기대어 해바라기를 했다. 목덜미에 때가 한 켜씩 앉은 아이들은 해바라기를 하다가 무료해지면, 남자아이들은 말타기를 하고, 여자아이들은 가마솥에서 긁은 누룽지 밑바닥 같은 손등을 내밀어 묵찌빠를 하곤 했다. 그 지독한 변소 냄새도 겨울엔 꽁꽁 어는지 별로 나지 않았다.

흔히 '아' 다르고 '어' 다르다고 하는데 해와 태양도 다르다. 농촌이나 산에서는 따뜻하고 온화한 해가, 도시나 바다로 가면 피부가 탈 만큼 뜨거운 태양이 된다. 도시 매미들은 짝짓기를 위해 암컷과 수컷이 서로 교신할 때, 극심한 도시의 소음보다 더 크게 신호를 보내기 위해 목청을 돋운다고 한다. 그 소리는 시골 매미의 운치 있는 울음과 달리 너무 그악스럽다. 시골에서는 온화한 햇볕도 도시로 가면, 수많은 자동차나 빌딩의 냉방기에서 내뿜는 열기를 이겨내기 위해 그악스러워질 수밖에 없을 것이다. 바다로 간 해는 산에서처럼 그림자를 만들 수 없어 소금을 만든다. 옛날 시골 학교 변소 벽에 머금어진 해나, 산에 머무는 해를 태양이라고 할 수 없는 것처럼, 그악스러워진 도시의 태양이나 소금을 만드는 바다의 태양은 해라고 할 수 없을 것 같다. 겨울에는 따뜻한 해라고 해야 맞을 것 같고, 여름엔 작열하는 태양이라고 해야 할 것 같다. 지금 마당에는 해도 태양도 아닌 가슴은 뜨겁고 머리는 냉철한 오케스트라 지휘자 같은 가을볕이 가을걷이를 지휘하고 있는 것이다.

팥이 널린 멍석 한쪽 끝에 쪼그리고 앉아 나도 같이 해바라기를 했다. 오늘은 식구들이 모두 멀리 나가 얼룩이가 따라가지 못했다. 저만치 서서 나를 빠꼼이 보더니 내가 오라고 손짓을 하자 몇 번 위아래로 고갯짓을 하고는 슬며시 다가와 내 앞에 앉았다. 머리부터 등허리를 쓸어보니 털이 따끈따끈했다.

'바쁘지 않은 건 너와 나뿐이구나.'

등허리를 쓸어주자 녀석은 아예 배를 깔고 엎드렸다. 고요와 햇빛은 만물을 영글게만 하는 게 아니라, 다 된 배터리를 충전지에 넣어 재생하듯 상처 난 자연을 재생시키는 힘도 있는 것 같았다. 사람도 자연이고 보면 예외는 아니라고 믿고 싶었다.

작년에 내가 일을 당했을 때 많은 사람이 위로해 주었다. 어떤 사람들은 직장 잃은 것에 대해서, 어떤 사람은 실연당한 것에, 어떤 사람은 배신당한 것에, 어떤 사람은 무혐의로 풀려나왔지만 어쨌든 경찰서에 불려갔던 것에 대해 나름대로 다독여주었다. 만일 내 주위에 누가 나와 같은 일을 당했다면 나 역시 그랬을 것이다. 실제 그런 일이 아니더라도 안 좋은 일을 겪은 사람에게는 그렇게 해오기도 했다. 그러나 그런 위로들은 은연중에 자신들이 그런 일을 당하지 않은 것에 감사하거나 그런 일을 당하지 않길 바라는 기원 같은 것이라는 걸 일을 당하고 나서야 깨달았다. 심지어 놀리는 것도 같고, 재미있어 하는 것도 같고, 속으로 고소해하는 것 같기도 했다. 위로는 받는 사람보다 하는 사람에게 더 위로가 된다. 위로해 주는 사람들에게 고마워해야 하는 게 부담스러웠다. 아예 사람들을 만나고 싶지 않았다. 그래서 이리로 숨어들어왔는지도 모른다. 그리고 이 고요한 햇빛의 위로를 받으며 재생되길 바라고 있었는지도.

볼록렌즈를 통과한 빛을 받은 것처럼 등이 따가웠다. 몸까지 나른해져 방으로 들어갔다. 햇볕의 위로가 쌍화탕보다 더 약효가 있을 것 같았다. 햇볕으로 몸이 더워졌으니 한잠 푹 자고 나면 훌훌 털어버리고 일어날 수 있을 것만 같았다.

그 사람은 괜찮을까!

막상 방에 들어와 누우니 금방 들것 같던 잠이 달아났다. 잠이 밀려난 공간을 양쪽 어깨에 여러 개의 벌침이 박힌 그 사람의 모습이 채웠다. 그 사람의 모습에서도 햇빛에서처럼 고향의 냄새가 났다. 그 냄새를 음미하며 이미 머릿속을 메운 한 사람의 행동에 사로잡혔다.

모자를 깊이 눌러 쓴 한 남자가 숲속 언덕길을 내려온다. 남자는 내 인사에 차마 그냥 지나치지 못하고 쭈뼛쭈뼛 다가온다. 그렇다고 마냥 싫은데 억지로 그런 것 같지는 않다. 어쩜 경운기를 태워주고 싶었지만 먼저 말을 못 건넸을 때처럼, 나를 발견하고 내가 먼저 말을 걸어주길 기다렸을지도 모른다. 남자는 내가 넘어졌을 때 저도 모르게 웃음을 터트린다. 내가 엄살을 부리자 웃은 것에 대해 미안해 쩔쩔맨다. 내가 실수로 건드린 땅벌집에서 벌떼가 먼지처럼 솟아오른다. 벌이 내 주위를 포위하자 남자는 제 위험 같은 건 생각할 겨를도 없이 옷을 벗어 휘두른다. 점퍼를 내 머리에 씌우고는 엉겁결에 덥석 내 손을 잡고 정신없이 뛴다. 내가 너무 숨이 차 멈춰 서서 숨을 고르고 있으면 남자는 숨을 몰아쉬면서도 점퍼를 벗겨 쫓아온 벌떼를 향해 마구 휘두른다. 간신히 벌떼를 쫓아버리고 내가 땅바닥에 주저앉자 남자는 그 자리에 서서 두 팔로 무릎을 짚고 숨을 고른다. 남자는 저만치 앞서 가다가 뒤돌아서서 고개를 숙이고 한쪽 발 앞부리로 자근자근 땅을 구르며 뒤처져 오는 나를 기다린다. 안타까워 못 보겠다는 듯 제 점퍼의 양팔을 묶고는 내 목에 걸어 벌에 쏘인 팔을 조심스레 끼워준다. 의아해하는 어머니도 아랑곳없이 내 왼쪽 팔뚝에 박힌 벌침을 뽑고 후후 불며 약을 발라준다. 나를 경운기에 태워 바래다주면서 벌에 쏘인 내 팔이 울려 아플까 봐 경운기를 천천히 조심스럽게 몰려고 애쓴다.

매우 감동적으로 보았던 영화를 되새겨보듯 남자의 행동을 그려보던 나는 꽁꽁 언 손을 따뜻한 물에 넣었을 때처럼 온몸이 짜릿해졌다. 어제 송경민을 떠올릴 때와는 달리 가슴이 훗훗해지는 것도 같았다. 오래돼서 잊은 걸까. 송경민에겐 이런 식의 따뜻함을 느껴본 적이 없는 것 같았다. 없는 게 아니라 다른 것이다. 마치 같지만 다르게 느껴지는 해와 태양처럼.

송경민은 내가 입사한 초기부터 친근하게 대해주었다. 나도 그가 편하게 느껴졌지만 다른 여자들한테도 다 그렇게 대할 것이라며 몸을 사렸다. 고졸 출신에 내세울 것 없는 집안에 대한 나의 자격지심이었다. 누가 그 사람이 너를 좋아하나 보다고 귀띔해주어도 난 절대 그럴 리 없다고 일축했다. 속으로는 대학을 갈 수 없었던 형편도 야속하고 대범하지 못한 내 성격도 마뜩잖았다. 그의 호의가 점점 진하게 느껴질수록 억울하고 서러웠다. 중학교 삼학년 때 담임선생님의 간곡한 권유를 안 들은 게 가슴을 칠 만큼 후회되었다. 그때 고등학교를 실업학교로 진학하겠다고 했더니 내 우수한 성적이 아깝다며 선생님은 한사코 일반 고등학교로 진학해서 대학에 가라고 했다. 내가 집안 형편 때문에 대학진학을 포기하려는 걸 알고 선생님은 입시에 합격만 하면 장학금 등 여러 가지 방법이 있으니 계속 공부 할 수 있다고 설득했다. 하지만 당장 부모님 고생하는 모습만 눈에 밟혀 일찍 취직해서 돕겠다고 고집을 피웠다. 당시 부모님은 건설 현장에서 일꾼들에게 밥장사를 하는 함바식당을 했다. 작은 현장에서만 하다 보니 공사가 끝나고 연결이 안 되면 아버지는 현장 일용직으로 일하곤 했다. 더 강하게 권하지 않은 선생님도, 선생님처럼 말리지 않은 부모님이나 오빠도 원망스러웠다. 쓸데없이 일찍 철이 든 나도 미움스러웠다. 나는 송경민의 호의에 공연한 경계심으로 몸에 찬바람을 일으켰고, 그에 대한 내 호감이 노출될까 봐 될 수 있는 대로 마주치지 않으려고 애썼다. 하지만 직접 부딪치는 건 피하면서도 내 시선은 나도 모르게 그의 모습을 쫓곤 했다. 그가 조금 더 적극적으로 다가와 주길 가슴 졸이며 기다렸다.

그런 때에 마침 박 대리의 호의는 커다란 위안이 되었다. 박 대리는 평사원인 송경민보다 두 살 아래다. 외모도 준수한 편이고 집안의 뒷받침도 탄탄하다는 소문이 있었다. 객관적인 조건으로 볼 때 송경민보다 한 수 위인 것이다. 당연히 사내 미혼 여성들의 관심을 한 몸에 받았다. 그런 그가 나에게 관심을 보이는 건 불가사의한 일이기는 했다. 그는 누구는 외모는 쓸만한데 머리가 비었고, 누구는 머리에 든 건 많은데 얼굴을 봐주기 힘들고, 누구는 외모고 머리고 쓸만한데 더럽게 잘난 척한다고 못마땅해했다. 그런 그가 내게 관심을 보인다고 해서 내가 외모도 출중나고 머리도 좋고 겸손하기까지 하다는 건 아니다. 굳이 따진다면 빼어나진 않지만 못 봐줄 정도는 아니고, 똑소리 나게 똑똑하지는 않지만 대화가 안 통할 정도는 아니고, 언행도 꼿꼿하지만 건방지지는 않다는 추리는 해볼 수 있었다. 이유는 아무래도 좋았다. 그저 내게 관심을 가져주는 것이 그렇게 반가울 수가 없었다. 박 대리 정도의 사람이 나를 좋아할 수 있다면 송경민이 날 좋아하는 것도 충분히 진실일 수 있겠다 싶었기 때문이었다. 뿐만 아니라 내가 송경민과 어울리는데 그렇게 빠질 것도 없겠다는 자부심마저 들었다. 게다가 박 대리를 좋아하는 여자 동료들의 시샘은 한층 나를 고무시켰다.

난 비로소 송경민이 편해지기 시작했다. 그런데 박 대리가 내게 호감을 갖게 되자 이번엔 송경민이 내게 열등감을 가지는 눈치였다. 자기한테 꼿꼿하게 군 것도 내가 박 대리에게 마음이 가 있기 때문이라고 생각할 정도였다. 나는 그동안 혼자 속 태운 것을 보상받는 기분으로 그런 송경민의 억측을 한동안 즐겼다. 세상에 부러운 것도 부러운 사람도 없었다. 이해되지 않는 일이 없었고 용서 못 할 사람도 없을 것 같았다.

하지만 아무리 돌이켜 생각해봐도 꽁지머리 그 사람의 모습을 떠올리며 훗훗해지는 이 기분을 송경민에게서는 느낄 수 없었다. 그때는 안타까운 가슴을 뜨겁게 불태웠다면, 지금은 허허로운 마음을 은근히 데워주는 것 같았다. 뜨거운 햇빛의 충전만으로는 마음이 재생되지 못해 고향의 운김까지 보태가면서.

비록 모자 속에 감춰지긴 했지만 그의 모습을 놓지 않고 있으니 내 눈을 똑바로 보고 히죽 웃던 영배처럼 그도 웃고 있을 것만 같았다.

'혹시 상처가 덧나 고생하고 있는 건 아닐까!'

'그의 어머니 말마따나 다행히 벌을 안 타서 괜찮다면 내가 궁금해서라도 한 번쯤 들러줄 법도 한데…'

처음 송경민에겐 그토록 주눅이 들던 내가 어쩌자고 그 사람에겐 또 그토록 뻔뻔해지는 것인지, 나는 당연히 와야 할 사람을 기다리듯 그의 방문을 기대했다. 묘한 오지랖도 생겼다. 옛날 영배에게 애들한테 맞지만 말고 맞서서 혼내주고 아무한테나 웃지도 말라고 단단히 가르쳐주고 싶었던 것처럼, 사람들을 기피한다는 꽁지머리 남자에게도 뭔가 도와주고 싶었다. 만일 고향의 꽁지머리 남자와 도시의 송경민이 바뀌어 있다면 어떨까. 상상만으로도 그런 부조화가 없을 성싶다. 꽁지머리 남자는 포근한 고향의 일부분이고 송경민은 치열한 생활현장의 일부분이지 싶다. 그리고 나는 지금 생활현장에서 입은 상처를 고향에서 치유하고 있는 것이다. 누군가의 발걸음 소리를 기대하며 나는 개 짖는 소리에도 까치 소리에도 촉각이 곤두섰다.

오빠는 품앗이 간 집에서 저녁까지 먹고 왔다. 방문 밖에서 오빠에게 소출량이며 일꾼들을 물어보는 언니의 목소리가 들렸다. 나는 혹시 일꾼 중에 그 사람이 있었나 궁금하여 잔뜩 방문 밖으로 귀를 기울여 보았다. 하지만 오빠 입에서 그의 이름은 나오지 않았다.

'애초 품앗이 일꾼 중에 빠져 있었던 걸까, 혹시 있었는데 아파서 못 나온 건 아닐까!'

가을볕에 달궈진 마음은 화롯불에 올려져 끓고 있는 냄비뚜껑처럼 딸막거렸다.

배웅

오늘까지도 몸이 안 나으면 집으로 돌아갈 참이었는데 다행히 움직일 만했다. 입맛도 얼추 돌아왔다. 조반을 들고 내 거처로 와 잠시 쉬었다가 힘들지 않은 일부터 거들 양으로 밖으로 나갔다. 부엌에서 묵을 쑤고 있던 언니가 내 인기척에 돌아보며 놀랐다.

"아니, 왜 나와!"

"이젠 견딜 만해요. 그런데 웬 묵이에요?"

"아가씨도 오고 마침 도토리 앙금이 다 말랐으니 한번 쒀 먹어 볼려고. 정말 움직여도 괜찮겠수?"

언니는 아무래도 마음이 안 놓인다는 표정이었다. 물론 집에서라면 며칠이고 더 누워서 보냈을 테지만 갓난아이 손도 빌린다는 가을 농촌이라 그러기엔 염치가 없었다.

"네. 누워만 있으니까 자꾸 더 까라지는 것 같아요. 차라리 조금씩 움직이는 게 나을 것 같아요. 아니, 근데 언니는 잠시 잠깐 쉴 틈이 없네요. 이러니까 여자들이 시골로는 시집오지 않으려고 하지."

"에이그, 그래도 이젠 양반이지. 내가 갓 시집왔을 땐 냉장고가 있나 세탁기가 있나, 불 때는 게 좀 거식해서 그렇지 그때다 대면 지금은 양반이고 말고."

언니는 아궁이에 불을 때가며 가마솥에 끓기 시작하는 묵을
저었다.

"젓는 건 제가 할게요."

언니가 힘들어 보여 젓고 있는 주걱을 달라고 했다.

"아니, 이게 보긴 쉬워도 점점 돼지면 팔도 아프고 힘들어요.
저기 그러면, 텃밭에 가서 가지나 따다 갈라봐요. 다 따먹고 얼마
나 달렸는지 모르겠네."

"큰 걸로만 따야죠?"

"크나마나 끝물이라 별로 없을 거유. 그냥 다 따고 이제 뽑아버
려야지 뭐."

소쿠리 하나를 챙겨 들고 텃밭으로 나갔다. 별로 없을 거라던
가지는 큰 것만 골라 따 담았는데도 소쿠리로 하나 가득했다. 언
니가 일러준 대로 가지를 꼭지 부분만 조금 남기고 십자로 갈라
빨랫줄에 너는데 그것도 일이라고 이마에 땀이 송골송골 맺혔다.
이러다 덧나면 어쩌나 걱정도 되었지만 다시 들어가 눕고 싶지는
않았다.

어떤 일에 대해 의심을 품기 시작하면 그 의구심이 점점 커지
는 것처럼, 어제부터 일기 시작한 그에 대한 궁금증이 점점 커져
갔다. 벌에 쏘인 상처뿐만 아니라 그 사람 자체에 대한 궁금증이
좀체 지워지지 않았다. 궁금증은 점점 호기심으로 변해갔다. 그
것도 긍정적인 호기심으로 부풀어 갔다. 점심을 먹고 난 후 호기
심을 못 이겨 결단에 나섰다.

"언니, 이거 갖다 주고 와야겠어요."

점심 먹기 전부터 그 사람에게 가 볼 구실을 찾다가 겨우 생각해 낸 게 바르다 남은 암모니아수 병이었다. 내가 생각해도 구실치곤 너무 빈약했다. 방에 들어가 암모니아수 병을 들고 나오며 말하는데 어찌나 겸연쩍은지 얼굴이 다 화끈거리는 것 같았다.

"힘든데 나중에 오빠 왕래 있을 때 보내지 뭐."

"아녜요. 그날 고마웠다는 인사도 할 겸 제가 갔다 올게요."

"아직 몸도 성치 않은데."

"운동 삼아 쉬엄쉬엄 가죠 뭐."

언니는 마음이 안 놓이는지 자기가 가도 되고 명식이 보내도 된다고 만류했다. 그래도 내가 직접 가겠다고 하자 그럼 하루 더 쉬고 내일 가라고 했다. 내가 직접 가겠다는 건 고맙다는 인사를 하겠다는 명분이 있지만 내일 가라는 데는 할 말이 궁색했다. 그냥 생각난 김에 가겠다고 우기면서도 뭔가 숨기고 있는 속내가 드러나는 것 같아 여간 민망한 게 아니었다. 하지만 그 숨기고 있는 속내라는 게 딱히 어떤 것인지는 나 자신도 설명할 수 없었다. 그저 막연히 들켜서는 안 될 것 같은 느낌뿐이었다. 언니는 할 수 없다는 듯 조심해서 다녀오라며 비닐봉지에 도토리묵 한 덩이를 담아 들려주었다. 그러잖아도 고맙다는 인사를 하러 가면서 빈손으로 가는 게 마음에 걸렸는데 안성맞춤이었다.

"길은 알지?"

"네. 경운기 타고 온 길로 가면 되지요?"

내가 돌아서자 언니는 아참! 하더니 집이 비었을지 모르니 전화해보고 가라고 불러 세웠다. 정말 걱정도 팔자라고 핀잔해 주고 싶었다. 대문을 늘 열어놓고 있는 것 같으니 비었으면 적당한 데다 놓고 오겠다고 하고 서둘러 발길을 떼 놓았다. 또다시 붙들릴까 봐 종종걸음으로 집을 빠져나왔다. 마치 당장 못 가면 영영 못 가게 되기라도 할 것처럼. 아니, 그를 못 만나게 되기라도 할 것처럼. 그리고 그를 못 만나면 병이 도질 것처럼 빨리 걸었다. 이만하면 붙잡힐 일 없겠지 싶은 지점에 닿아서야 심호흡을 하고 천천히 걸었다.

경운기를 타고 왔을 땐 산모퉁이 하나만 돌아 나와 금방 온 것 같더니 막상 걸어보니 구불구불한 길을 한참 걸어야 했다. 산모퉁이가 뻔히 보이는데 거리는 꽤 멀어 다리품이 보통 드는 게 아니었다. 게다가 땡볕에 아직 완전히 낫지도 않은 몸으로 혼자 걸어가자니 힘에 부쳤다. 그래도 가면 반겨줄 사람이 있을 것만 같은 막연하면서도 엉뚱한 설렘 때문인지 후회는 되지 않았다.

저만치 벼를 베어나가고 있는 콤바인이 보였다. 혹시 거기에 오빠가 있을까 봐 또 발을 재게 놀렸다. 나를 보면 분명 어디 가냐고 물을 테니까. 그 사람 집에 간다고 말하는 건 대수롭지 않지만, 몸이 성치 않으니 자기가 대신 전해주겠다고 암모니아수 병을 달라면 기껏 언니의 염려와 만류에서 놓여난 것이 수포로 돌아가기 때문이었다. 거리가 있어 오빠가 부르면 못 알아들은 척할 생각까지 하며 서둘러 걸었다. 산모퉁이를 돌고 나서야 걸음을 멈추고 하늘을 올려다보며 길게 숨을 내쉬었다.

긴장이 풀려서 그런지 다리의 힘이 쭉 빠지는 것 같았다. 벌에 쏘인 날 그의 집에서 나오다 보니 새텃말과 마찬가지로 불기골도 신작로에서 갈라져 들어가는 길이 경사졌던데 올라갈 일이 까마득했다. 거기다 돌아올 일을 생각하면 내가 왜 이렇게 무모한 짓을 하나 싶기도 했다. 하지만 어떤 사명처럼 그를 만나고 싶었다. 전에 마음먹었던 대로 우선은 그날 반가웠고 고마웠고 미안했다는 말을 꼭 하고 싶었다. 그러나 정작 내 발길을 재촉하는 것은 내가 그런 말들을 했을 때 상상되는 그의 반응 때문이었다. 그건 돼지꿈을 꾸고 나서 복권을 사놓고 일등에 당첨되면 무얼 할까를 상상해보는 것만큼이나 즐거운 일이었다. 언니 걱정대로 집이 비어 있거나 그가 반기지 않을지도 모른다는 생각은 그의 집에 거의 다 가서야 들었다. 들떴던 마음이 불안으로 가라앉았다. 그래도 이미 온 거리를 돌아보면 별수 없었다. 비어 있거나 반기지 않더라도 약병을 전해주면 그만이다 마음먹고 대문으로 향했다.

그의 집은 벌에 쏘여 들어갔던 날처럼 대문이 다 안쪽으로 바짝 젖혀져 있어 안이 들여다보였다. 안마당에서 그와 그의 어머니가 두루마리 비닐뭉치를 서로 자기가 지겠다커니 이겠다커니 실랑이를 벌이고 있었다.

"안녕하세요?"

나는 대문간에 서서 안을 들여다보며 조금 큰 소리로 인사를 했다.

"아니, 명식이네 처녀 아뉴?"

"네. 약도 돌려 드릴 겸 걱정이 돼서 왔어요."

왜 왔냐고 물은 것도 아닌데 난 문전박대라도 당할까 봐 지레 변명하는 사람처럼 말하며 들어섰다.

그는 반사적으로 모자를 더욱 눌러쓰며 고개를 한 번 끄떡했다.

"덧나지 않았어요?"

그에게 물었지만 그는 그냥 고개만 끄떡하고는 말았다.

"이틀을 된장 바르고 엎드려서 지내더니 이제 그만한가 보우. 저 비닐 두루마리를 한사코 지가 지겠다고 하는 걸 보니. 그래 처녀는 괜찮우?"

늘 그래 왔던 듯 그의 어머니가 대신 대꾸했다.

"네. 이 약 덕분에요. 그날 도와주시지 않았으면 정말 큰일 날 뻔했어요."

그에게 할 말을 그의 어머니에게 하자니 말이 겉도는 느낌이었다.

"그만하기 다행이우."

"일하러 나가시던 길인가 봐요?"

"여름내 벗겨놨던 비닐하우스에 다시 비닐을 덮으려고 했는데 짬날 때 하려는 거지 급한 건 아니우. 이리로 올라와요."

그의 어머니는 마루 끝에 있던 걸레로 마루를 대강 쓱쓱 문지르며 내게 오르길 권했다.

"정말 괜찮으세요?"

이번에는 얼굴을 그에게 향하고 대놓고 물었다. 우두망찰 서 있던 그는 조금 주춤했다. 괜찮으면 찾아올 줄 알았는데 안 찾아와 걱정했다는 뜻이란 걸 알아챘으면 싶지만 아무래도 무리일 것 같았다. 아주 잠깐 송경민이라면 내 말투와 표정만으로 바로 알아차릴 텐데 하는 아쉬운 생각이 스쳤다.

"네. 어, 어서 올라가, 가세요."

그는 당황한 듯 두어 걸음 물러서며 손바닥으로 마루를 가리켰다. 어차피 바로 되짚어 돌아갈 힘이 없기도 했다. 나는 마루로 오르며 언니가 싸준 도토리묵을 그의 어머니에게 내밀었다. 그의 어머니는 그 집은 손이 많아 벌써 도토리묵을 쑤었나보다며 반가워했다. 그는 마루 끝에 걸터앉아 끼고 있던 면장갑을 벗어 한 손에 모아 쥐고 한 손으로 연신 훑어 내리고 있었다. 그의 어머니는 모처럼 손님이 왔는데 내놓을 게 변변찮아서 어쩌냐며 고구마라도 쪄야겠다며 다시 마루를 내려가려 했다. 나는 방금 수저를 놓고 오는 길이라 아무 생각 없다고 얼른 도로 눌러 앉혔다. 땡볕에 걸어오느라 지쳐 조금만 쉬어가겠다고 변명처럼 말해 놓고 좀 머쓱해서 주위를 둘러보았다. 마루 한쪽에 마른 고추가 수북이 담긴 고무함지가 눈에 뜨였다. 꼭지를 따서 쪼개려고 했는지 그 옆에는 빈 소쿠리와 가위도 있었다.

"쉬는 동안 저 고추 꼭지나 좀 따 드릴게요."

나는 손이라도 움직이면 어색함을 좀 덜 수 있을 것 같아 고무함지를 끌어당겼다.

"아유, 매울 텐데, 그만둬요."

"잠깐이라도 그냥 앉았느니 꼭지라도 따죠 뭐. 오빠네 보니까 농촌에서는 잠시 잠깐이라도 손을 놀리면 안 되겠더라고요."

"농촌은 그래요. 서울 처녀가 싹싹하기도 하지. 내 욕심대로만 하자면…"

그의 어머니가 한숨으로 말끝을 흐렸다. 순간적으로 그가 뭔가 주의를 주려는 듯 '어, 어머니' 하고 단호하게 못을 박았다.

"그러게 욕심이라고 하지 않냐."

그의 어머니도 지지 않고 짜증스럽게 대꾸했다.

"두 분이서만 사세요?"

언니한테 둘이 산다는 얘기는 들었지만 어색한 분위기를 돌리려고 물었다.

"그렇다우. 쟤가 장가를 들어야 식구가 늘 텐데 그런 날이 오기나 오려는지. 쟤가 장가만 들면 내 그날 죽어도 원이 없겠수."

어머니의 넋두리가 듣기 민망했던지 그는 벌떡 일어나 비닐 두루마리를 어깨에 둘러메고 밖으로 나갔다.

"에이, 무슨 말을 그렇게 하세요. 민망하니까 그냥 나가시잖아요."

내가 어색한 분위기를 무마시키기 위해 농담처럼 말을 받자 그의 어머니는 그런가 보다며 깔깔깔 웃어넘겼다. 그의 어머니는 이왕 꼭지를 따준다니 같이 하자며 함지로 다가앉아 꼭지를 따기 시작했다.

"짚신도 짝이 있다지만 다 옛말이지. 멀쩡한 총각들도 농촌이라고 홀아비로 늙어가는 마당에, 낼모레면 마흔에다 학교라곤 초등학교 나온 게 고작이고, 얼굴마저 저 지경이니 누가 시집을 오겠수. 내가 처녀라도 안 올 거고, 딸이 있어도 안 줄 거유. 너나없이 먹고살기 힘들었던 시절에는 입 하나 덜려고 내쫓듯 시집이라고 보내는 일도 적지 않았고, 육신 어디 한 군데가 부실하거나 정신이 좀 모자라는 사람도 더러 있었는데 요즈음엔 통 눈 씻고 봐도 없으니."

그의 어머니는 깊은 한숨을 토해내며 나를 바라보았다. 일부러 나를 보려고 본 게 아니라 호흡을 고르는 동안 무심히 눈길을 주어본 것뿐일 텐데 이상하게 그 시선은 내 가슴을 쿡 찌르는 것 같았다. 도둑이 제 발 저린 격이라고나 할까. 조금 비약하긴 했지만 당시 내 처지에 대한 상심이 크다 보니 별말이 다 신경 쓰였다.

한때 고졸 학력으로 열등감을 느끼긴 했으나 그건 이상향에 대한 개인적 열등감이었지 결혼 상대로서의 열등감은 아니었다. 게다가 내게는 과분하다고 여겨지는 송경민이나 박 대리로부터 호감을 받고 있는 동안 오히려 나도 모르게 소위 콧대가 높아져 있었는지도 모른다. 하지만 그 콧대를 유지하기는 마음이 편칠 못했다. 아버지가 미장이로 일을 하고는 있었지만 고정적이 아니라서, 오빠 하나에 여섯 식구가 매달려 있는 셈이니 살림은 궁색할 수밖에 없었다. 할머니는 연로하시고 어머니와 올케언니는 살림을 맡고 있고 동생은 학생이니 유일하게 나만 군식구인 셈이다. 동생이 고등학교 진학할 때 부모님은 나처럼 실업고등학교로 진학해서 일찌감치 취직을 하라고 했다. 그런 걸 내가 대학 학비를 대겠다고 고집을 피워 인문 고등학교에 진학시켰고 재수까지 해서 대학에 들여보냈다. 내 딴에는 내 아픔을 동생에게는 겪게 하지 않겠다는 우애였다. 내가 백화점을 그만둔 후 이왕 들어간 대학 그만두게 할 수도 없어 학비를 대야 하는 오빠는 오빠대로 힘들고, 동생은 동생대로 아르바이트해가며 눈치를 보고 나는 아예 모르쇠 하는 처지다.

그뿐인가, 사정이 어찌됐든 그토록 믿은 송경민에게 버림받은 처지가 아닌가. 그런 처지고 보면 웬만한 자리면 감수해야 하겠지만 아직도 차라리 혼자 살면 살았지 송경민 정도의 사람이 아니고는 안 된다는 생각을 하고 있는 걸 보면, 정신적으로도 문제가 있는지도 모른다. 그러니 좀 꿰맞추는 감은 있어도, 입 하나 덜려고 시집을 보내는 사람이나 정신이 모자란 사람이란 말에 가슴이 찔린 것도 무리는 아니지 싶었다.

"얼굴은 왜 그렇게 되었는데요?"

"으휴, 그때 생각하면 참 기가 멕휴."

그의 어머니는 자세를 고쳐 앉으며 길게 한숨을 토해냈다. 옛날 일을 더듬는지 눈을 내리깐 채 고추꼭지 여남은 개를 따는 동안 말없이 눈을 몇 번 끔벅이고 나서 말을 이었다.

"지금도 그리 넉넉한 건 아니지만 쟤를 낳을 때는 그야말로 땅이라곤 송곳 하나 꽂을 데 없는 궁한 살림이었수. 그때는 아들이 재산이라는 생각에 딸 셋을 낳고서도 또 낳아 다행히 저것을 얻었지. 그러니 쟤 아버지하고 나는 내 일 남의 일 가릴 것 없이 한시도 쉬지 않고 일독에 빠져 살 수밖에 없었수. 하루는 큰아이는 학교에 가고 둘째한테 셋째하고 저것을 맡기고 들에 나갔는데 둘째가 감자를 찌려고 아궁이에 불을 지피다가 불을 내고 말았수. 밭에서 한참 일하다 무심히 허리를 펴고 집을 바라보니 집에서 연기가 치솟지 뭐유. 쟤 아버지하고 죽어라 달음박질해 오긴 했으나 이미 불길이 너무 커졌수. 둘째는 놀라 저 혼자 뛰어나오고 재 아버지가 뭐에 씌운 사람처럼 불길 속에 뛰어들어 간신히 저 것 하나만 안고 나오고… 셋째는 화장을 하고 말았수."

'아, 그게 그 흉터였구나.'

나는 그의 등 쪽에 러닝셔츠 밖으로 뻗어 나온 번들번들한 흉터를 떠올렸다.

그의 어머니는 두어 번 재채기를 하더니 코를 휑 풀어 마당으로 뿌리고 두 손가락을 앞자락에 쓱쓱 문지르고는 다시 고추 꼭지를 따며 얘기를 계속했다. 나는 말 중간중간에 추임새 넣듯 '네에, 그래서요, 그렇지요, 그랬겠네요' 하며 말장단을 맞춰 주었다. 흔히 나이 든 아낙들이 자신의 얘기를 책으로 쓰면 서너 권은 될 거라고 하듯 그의 어머니도 모처럼 말 상대를 만나서 그런지 끊임없이 얘기를 했다. 자신이야말로 입 하나 덜려고 시집올 만큼 어려운 친정얘기, 딸만 내리 셋 낳아 구박받던 얘기, 아들 낳고 처음으로 미역국 먹으며 눈물 흘리던 얘기. 남편이 병들어 제대로 치료도 못 해보고 보낸 얘기, 큰딸이 겨우 초등학교만 나와 서울로 올라가 공장에 취직해서 살림이 나아진 얘기 등 고달팠던 삶의 여정을 풀어냈다. 나는 한 사람의 단순한 인생사라기보다 한 시대의 변천사를 다룬 다큐멘터리처럼 들었다. 그의 어머니가 고단한 삶을 얘기하는 동안 그는 세 번이나 대문을 들락거렸다. 들어올 땐 무얼 찾는 시늉을 하지만 막상 나갈 땐 빈손이었다.

"너 뭐 찾냐?"

또다시 재채기를 거푸 하고 코를 풀어 버리고 손가락을 앞자락에 쓱쓱 문지르던 참에 그가 들어오자 그의 어머니가 물었다.

"아, 아녜요."

"근데 왜 그리 들락거리냐. 다른 때 같으면 저녁밥 다 지어놓고 지켜 서서 가자고 해야 들어오던 애가."

"저어 가, 갈 때 말해요."

그는 누구를 지목하지 않고 그냥 누구든지 그러라는 듯 말했다. 아마도 자기가 밭에서 일하는 동안 내가 말없이 그냥 가버릴까 봐 걱정이 돼서 하는 말인 것 같았다.

"어머, 저 때문에 신경 쓰이나 봐요. 저 이거 다 해 드리고 저녁 밥 얻어먹고 가려고 했는데."

나도 모르게 불쑥 내뱉고는 너무도 뜻밖의 반죽이라 정말 내가 한 말인지 나 스스로도 어리둥절했다. 아마도 내심 그들 모자에 게 호감 갖고 있다는 걸 보여 주고 싶었던 것 같다. 하지만 그 말 이 호감을 드러낸 말인지는 알 수 없어 쑥스러웠지만 어쩐지 그 들은 그렇게 생각해 줄 것만 같았다. 그만큼 그들 모자에겐 이상 한 친화력이 있었다. 마치 지방 사람들이 표준말을 잘 하다가도 고향 사람을 만나면 자기도 모르게 사투리를 쓰게 되는 것 같은. 그보다는 그의 어머니 얘기를 들으면서 정말 힘들었겠다는 공감 이랄까 위로랄까 긍정적인 관심을 보이고 싶은 마음에 불쑥 나간 말인지도 모른다. 그렇다고 해도 줄 생각도 안 하고 있는 사람에 게 저녁 먹고 가겠다는 말은 무례일 수도 있다. 이미 뱉은 말 주 워 담을 수도 없어 농담으로 눙칠 만한 말을 찾느라 미소만 짓고 있는데 다행히 그의 어머니가 얼른 받아주었다.

"아니, 그게 정말이유. 살다보니 오늘 같은 날도 다 있구려. 저

담벼락 같은 화상하고 사느라 말도 잃어버릴 지경이더니 모처럼 숨통도 트이고 사람 사는 것 같네. 애 너 얼른 선유리 가서 고기 좀 사 와야겠다.”

“아녜요, 아주머니. 그냥 드시는 대로 밥 한 그릇 주시면 먹고 가고요 그렇지 않으면 그냥 갈래요.”

나는 당장이라도 갈 것처럼 자리에서 일어났다. 나 스스로 무안해 정말 도망가고 싶기도 했다.

“알았수, 알았수. 소탈하기도 하지.”

그의 어머니는 내 손을 잡아 앉혔다. 그는 표정을 모자 속에 감추고 다시 밖으로 나갔다.

“저게 필경 나가서도 일이 손에 안 잡히는 모양이우. 왜 안 그렇겠수. 저도 총각인데 이렇게 참한 처녀가 집에 와 있으니. 사실 말이지 쟤가 어려서는 무척 총명했수. 학교에 들어가면서 애들한테 징그럽다고 놀림을 당하고 따돌림을 당하더니 숫기도 없어지고 말도 적어지더구먼. 결국 말더듬이만 돼 가지고 겨우 초등학교만 마쳤다우. 그것도 안 다니겠다는 걸 어르고 달래서 마쳤지. 그러니 중학교는 아예 들어갈 생각도 안 했지. 열다섯 살 먹어 아버지가 돌아가셨는데 그 후 소처럼 말도 없이 일만 해댔다우. 그 덕에 이리로 들어와 땅도 사고 집도 새로 지었지. 그런데 서른이 넘어가면서부터 무슨 도사라도 되려는지 책만 사들이면서 사람들과는 어울리지도 않고 책 속에 빠져 지내지 뭐유.”

그러고 보니 벌에 쏘인 날, 방에서 약상자를 들고 나온 그의 뒤로 책이 빼곡히 꽂힌 서가가 보였다. 그에 대한 궁금증이 처음엔 염려에서 시작되었으나 이제 호기심을 지나 점점 관심으로 치달았다.

"원래부터 불기골에서 사신 게 아니었어요?"

"그래요. 쟤 어렸을 땐 문산에서 살았지. 여기 들어온 지는 한 이십 년 되나 그럴 거유."

'그랬구나.'

동네가 큰 것도 아니고 저렇게 머리를 기르고 모자로 얼굴을 가리고 다니는 사람이 있었으면 금방 표시가 날 텐데 내가 모르고 있었던 이유를 알 것 같았다. 그러니까 내가 가끔씩 올 때는 이사는 왔어도 동네 사람들과 어울리지 않았던 모양이었다.

"특별히 가깝게 지내는 친구도 별로 없나 보죠?"

"쟤?"

"네."

"그럼. 그러니까 내가 속이 상하지. 동네가 작아도 학교만 다녔으면 다른 동네 친구라도 있을 텐데, 학교도 안 다닌 데다 지가 워낙 사람을 받자 하지 않으니 친구가 있을 턱이 있나. 그저 사람은 사람끼리 어울려야지 백날 그까짓 책이나 들여다보면 무슨 소용이 있겠냐구."

그래도 농토가 늘고 기계로 농사를 지으면서부터는 할 수 없이 품앗이도 다니고 많이 나아진 편이라고 했다. 진작 그랬더라면 혹시 장가도 들었을지 모른다고 그의 어머니는 아쉬워했다. 나는 그의 어머니가 자신의 얘기를 할 때는 그대로 받아주고 추임새도 넣었는데 그에 대한 얘기는 무의식적으로 어레미로 걸러서 들었다. 자식을 향한 애틋한 어미의 마음에 무작정 빠져들었다간 공연한 오해를 살지 모른다는 방어적인 생각에서다.

그의 어머니가 밥을 해야겠다며 부엌으로 들어갔다. 내가 언니에게 전화했으면 한다고 하니 아무 거리낌 없이 안방에 전화가 있으니 들어가서 하라고 했다.

방문은 창호지를 바른 두 짝짜리 여닫이문이었다. 방문을 여니 바로 맞은편 벽에 그의 아버지인 듯 액자 속에 흑백 사진이 넘어가는 햇살을 받고 있었다. 아랫목엔 누런 종이에 호박씨가 널려져 있고 그 위를 파리 몇 마리가 기어 다녔다. 윗목에 미닫이 장롱이 있는 데도 방바닥에 옷 몇 가지가 널려 있었다. 윗목 구석엔 사기요강도 있었다. 방주인이 도시 사람이라면 이렇게 어질러놓을 리도 없지만, 어질러진 방을 그렇게 스스럼없이 들어가라고도 하지 않을 것이다. 나 또한 도시라면 흉을 보았을 것이다. 하지만 방주인이 그래서 그런지 나도 스스럼없게 느껴졌다. 오히려 깔끔했더라면 조심스러워 들어가지 못하고 전화를 내다 달라거나 대신 걸어달라고 했을 것이다.

나는 마치 언니네 안방을 들어가는 기분으로 들어갔다. 전화는 사진이 걸려 있는 벽 아래에 텔레비전과 나란히 놓여 있었다. 방문을 열어 둔 채 언니에게 전화를 걸었다. 힘이 들어서 조금 쉬었다 가려고 했는데 저녁 먹고 가라고 붙들어서 그러려고 한다고 얘기하는데 거짓말 탐지기를 가슴에 대면 붉은 경고등이 요란하게 울릴 것 같았다. 내가 먼저 밥을 먹고 가겠다고 했다고는 할 수 없는 노릇 아닌가. 언니는 병이 덧친 거 아니냐고, 데리러 가야 하는 거 아니냐고 걱정이었다. 나는 그런 정도는 아니라고, 정말 괜찮으니 아무 걱정 말라고 했다. 그래도 낯선 집에서 밥까지 먹을 정도면 힘들어서 그런 거 아니냐며 오빠를 보내겠다고 했다. 내가 연신 괜찮다며 뭣하면 바래다 달라고 하겠다는 소리까지 했을 때였다.

언제 왔는지 방문 밖에서 그가 '자, 잠깐만요' 하고는 방으로 들어왔다. 그 소리에 나도 전화기에 대고 '잠깐만요' 하고 그를 기다렸다. 그는 내게서 송수화기를 받아들고 '아, 아무 걱정 마세요. 제, 제가 모셔다 드, 드릴게요'라고 했다. 언니가 뭐라는지 그는 거듭 '네, 네'라고 대답하고는 송수화기를 다시 내게 내밀었다. 언니는 밤공기가 차니 아주머니 스웨터라도 빌려 입고 오라는 당부를 하고서야 전화를 끊었다.

"어, 어디 아, 아프세요?"

그가 걱정스러운 말투로 물었다. 물론 얼굴 표정도 안 보이고 말까지 더듬어, 걱정스럽다는 건 순전히 내 주관적인 느낌이었다.

"실은 몸살을 좀 앓았어요."

"그, 그럼 그냥 쉬, 쉬시지 고추는 뭐, 뭐하러….."

"괜찮아요. 지금은 다 나았어요."

역시 내 주관적인 생각이지만 그가 미안해하는 것 같아 난 정말 괜찮다는 뜻으로 밝게 웃어 보였다.

밥을 먹을 때도 그는 모자를 벗지 않았다. 가까이서 옆모습을 보니 모자 밑으로 광대뼈 조금 아래까지 살이 엉겨 붙은 흉터가 삐져나와 있었다. 그의 어머니는 구운 굴비를 손으로 반을 잘라 살이 많은 아랫부분을 내 밥그릇 위에 얹어 놓으며 많이 먹으라고 했다. 추석 때 큰딸이 사 온 건데 아껴두길 잘했다고 기꺼워했다. 굴비는 어른 손바닥보다 작았다. 세 마리뿐인 그 굴비가 다 내 밥그릇 위에만 얹혔다. 그가 두어 번 제지하고 눈치를 주었지만 소용없었다. 밥상을 받자마자 밥을 덜어내지 않았다면 성의를 사양할 수도 없고 곤혹스러울 뻔했다.

저녁상을 물리고 일어날 구실을 찾고 있는데 그의 어머니가 벽장에서 작고 붉은 상자 하나를 꺼내왔다. 뚜껑에 인삼이 그려진 탄탄한 상자다. 그녀는 뚜껑을 열고 누렇게 탈색된 사진 몇 장을 꺼냈다. 그는 별걸 다 끄집어내고 난리라며 민망해하면서도 말리지는 않았다. 대부분 누나들 사진 속에서 그의 어머니는 몇 안 되는 그가 있는 사진만 강조해서 지목했다. 지금은 비록 흉터 때문에 얼굴을 가리고 살지만 원래는 이렇게 잘 생겼다는 것을 강조하고 싶은 눈치가 역력했다. 그러나 누렇게 탈색된 흑백 사진 속의 그는 겨우 서너 살 무렵인 데다 누나들이나 어른들 사이에 끼어 있어 오종종하게만 보였다. 그나마 한 장 있는 독사진도 당시 시골 애들이 다 그렇듯 촌스러운 데다 햇빛 때문인지 찡그리고 있어 그의 어머니 생각처럼 잘 생겼다고는 느껴지지 않았다. 그것으로라도 모자 속에 감추어진 그의 모습을 유추해 볼 심산으로 관심 있게 보았다. 그런 내 태도가 흡족한지 그의 어머니는 그 사진 찍을 때의 정황이나 사건들을 상세히 들려주었다. 정황이나 사건이 중요한 게 아니라, 그때 그가 얼마나 똑똑했는지를 들려주고 싶은 눈치였다.

누나들 사진은 꽤 성장한 모습도 보이는데, 흉터 때문에 아예 사진을 찍지 않았는지 찍었는데 없애버렸는지 성장한 그의 사진은 없었다. 그는 어머니가 자기 사진에 대해서 얘기할 때는 아무 말 안 하더니 누나들 사진을 보며 얘기할 때는 간간이 끼어들어 얘기를 보충하기도 하고 수정하기도 했다. 큰누나의 결혼식 때 사진도 있었다. 신랑 신부만 있는 것과 가족이 함께 있는 사진이었다. 거기에도 죽은 그의 아버지도 있는데 그는 없었다. 결혼식 내내 있더니 사진을 찍을 때는 어디로 갔는지 뵈지도 않더란다. 그의 어머니는 쟤가 없으니 자신도 찍기 싫었지만 그러면 큰애 맘이 언짢을 것 같아 마지못해 찍었단다. 어쩐지 잔칫날인데 사진 속의 표정이 너무 굳어 있어 사진을 별로 안 찍어 봐서 그런가 했는데 그런 속사정이 있었다. 저 혼자 떠들던 텔레비전이 아홉 시 뉴스를 시작할 때에야 난 그의 도움으로 그의 어머니에게서 놓여났다.

언니 말대로 밤공기가 제법 서늘했다. 하늘엔 반달이 수굿이 내려다보고 있었다. 온 누리는 달빛을 덮고 잠들어 있었다. 그 잠을 깨우고 싶지 않아 나는 그가 경운기로 데려다준다는 걸 한사코 마다했다. 모처럼 달빛 속을 걸어보는 것도 좋을 것 같으니 새텃말 입구까지만 바래다 달라고 했다. 그의 어머니는 이 동네 사람 같으면 또 놀러오라고 하겠지만 그게 어디 가당키나 하겠냐며 조심해 가라고 했다. 빈말이라도 또 오겠다거나 다시 뵙겠다고 하는 게 예의인 줄은 알지만 그랬다간 정말로 그렇게 알아들을 것처럼 간절해 보여 나는 그냥 '네'라고만 대답했다. 신작로로 내려가는 길이 달빛에 가르마처럼 하얗게 도드라져 있었다. 그의 어머니는 그 길의 반이나 따라 나와 배웅을 했다. 우리가 신작로로 들어서며 돌아보니 그때까지 서서 지켜보고 있었다. 무슨 생각으로 저렇게 우리를 바라보고 있을까. 아들이 결혼만 하면 그날 죽어도 원이 없겠다던 말이 켕겼다.

"우리 아직 정식으로 통성명 안 했죠. 저 강선숙이라고 해요."

신작로로 들어서서 말없이 걷다가 내가 뻘쭘해져 먼저 말을 건넸다.

"기, 김판길입–니다."

그는 자신을 한 번도 소개해 본 적이 없는 사람처럼 무척 쑥스럽게 제 이름을 말했다.

"호칭을 뭐라고 해야 할지… 그냥 이름을 부르기엔 나이 차이가 너무 많은 것 같고…."

"부, 부르라고 지은 이, 이름인데 어떻습니까."

"그럼 그럴까요."

"저, 정말 히, 힘들지 아, 않겠어요? 아까 겨, 경운기로 가, 간다고 했는데 나중에 혀, 형님한테 혼나는 거 아, 아닌지 모르겠네."

"아, 아까 언니가 경운기로 데리고 오라고 했나 보죠? 괜찮아요. 정 힘들면… 쉬면서 가지요, 뭐."

'정 힘들면 업어 달래죠 뭐'라고 하려다 당황할까 봐 말을 돌렸다. 나이 차이 때문인지 순박해 보여선지 나는 은연중에 어리광도 부려보고 싶고 장난도 치고 싶어졌다. 하지만 그랬다간 자신을 업신여긴다고 생각할 것 같아 자제했다. 편하게 여긴다는 느낌은 주되 업신여긴다는 느낌을 주어서는 안 된다고, 헤프게 보여서도 안 되지만 건방지게 보여서는 더욱 안 된다고 내게 주지시켰다.

"저어, 오늘 제가 너무 실례를 한 건 아닌지 모르겠네요."

"아, 아닙니다. 우, 우리 어머니 얘기 듣느라 히, 힘들었죠? 치, 친척도 별로 없고 찾아오는 사람도 없어 사, 사람이 그리워서 그런 거니 이, 이해하세요."

"아니요, 재미있었어요."

"재, 재미요? 주로 제, 제 얘기를 많이 하는 것 같던데."

몇 차례 드나들며 어머니와 내가 나누는 얘기를 귀담아 들었나 보다. 그만큼 내게 신경을 많이 쓰고 있었다는 반증이라 나는 반가웠다.

"아니, 재미라고 해서 텔레비전 연속극 같은 그런 의미가 아니라 뭐랄까 진솔한 삶의 현장감과 연민 그런 게 어우러진 왜 그, 그런 거 있잖아요."

내가 재미있었다고 한 말을 단순한 오락으로 받아들일 것 같아 변명하면서도 정확한 내 심경을 표현할 말을 찾지 못해 나도 말을 더듬었다.

"내, 내가 불쌍하다고 느, 느꼈나보죠?"

내용으로 봐서는 불쾌하다는 말 같은데 말을 더듬어 진의를 짐작할 수가 없었다. 섣불리 짐작하고 대꾸했다간 무례로 받아들일지 몰라 긴장되었다.

"불쌍하다기보다 불운하다는 게 옳겠죠."

"그, 그러니까요. 부, 불운하니까 불쌍한 거죠. 그, 그렇게 생각하셔도 괜찮아요. 사, 사실이니까요."

"불운하다고 해서 다 불쌍한 거라면 세상에 불쌍하지 않은 사람이 어디 있겠어요. 자신에게 닥친 불운을 어떻게 대처하느냐에 따라 정말 불쌍하게 될 수도 있고, 오히려 그 불운이 전화위복이 될 수도 있겠죠. 그런데 사실이라뇨? 그럼 자신을 불쌍하게 생각하신다는 뜻이에요?"

"부, 불쌍하기만 하겠어요. 그, 그런데 부, 불쌍한 게 아니라 부, 불운한 거라면서요?"

"네? 아, 그래요. 어릴 때 그러니까 아버님이 돌아가실 때까지는요. 그 이후는 아니고요. 안 그래요?"

위로는 하되 동정으로 느끼게 해서는 안 된다. 나는 또 내게 그렇게 단단히 주지시켰다. 마음 같아선 그의 불운을 보편화시켜 그 자신을 보통 사람으로 인식시켜 주고 싶었다. 하지만 안타깝게도 내게는 그런 언변이 없었다. 더군다나 그에 대해 아는 건 그의 어머니에게 들은 게 전부고, 그의 얼굴에 있는 흉터와 아픔도 모르면서 섣불리 말을 할 수가 없었다. 답답했다.

"아, 아버지 돌아가신 이, 이후가 다 그런 건 아니고요. 오, 오늘 하루는 그, 그런 것 같네요."

"오늘 하루요?"

"네. 제, 제게 오늘 하루만큼은 세, 세상 그 누구의 하루보다 조, 좋은 날일 거예요."

난 무슨 말인지 못 알아들었으면 싶었다. 하지만 이미 마음은 알아들었는지 두근거리기 시작했다. 아니, 알아들어서가 아니라 그저 내 마음이 엉뚱한 생각을 한 것인지도 몰랐다.

"어, 농담도 하실 줄 아시네요? 그래도 오늘 하루만이라는 건 너무했다."

"지, 진담인데 농담이라니 농담 한 번 더 하, 할까요. 오, 오늘이라는 말은요, 내일이 와도 오늘이라고 하고 모, 모레가 와도 오, 오늘이라고 하고, 그, 글피가 와도 역시 오늘이라고 하지요. 그, 그러니까 오늘은 매일일 수도 있고, 여, 영원히 안 올 수도 있죠."

"그러니까 지금까지는 불운했다고 볼 수도 있지만 오늘 이후로는 그렇지 않을 거라는 말씀이군요. 맞아요. 앞으로가 중요하지 지나간 거야 뭐 대수롭겠어요."

"그, 그렇다고 앞으로 죽 오늘 같을 거라는 건 아, 아니구요. 오, 오늘 같은 날도 이, 있었다는 사실이 내일모레 글피가 불운하더라도 위, 위로해 줄 거라구요."

가슴이 점점 더 뛰었다. 못 알아듣는 척 딴청을 피우고 싶었다. 하지만 그를 실망시키고 싶지는 않았다. 내가 못 알아듣거나 불쾌하게 여기면 그는 아마 상처를 받을지도 모른다. 그의 오늘을 아주 길게 해주고 싶었다. 그러나 성의는 다하되 주제넘어서는 안 된다. 나는 또 그렇게 내게 주문을 덧붙였다.

"오늘이 왜 그렇게 큰 의미가 있는 건데요?"

그에게 말을 더하게 하고 싶어 물어보았다. 그런데 그가 갑자기 걸음을 멈추고 우뚝 서서 나를 바라보았다.

"왜 그러세요?"

나도 발걸음을 멈추고 그를 바라보았다.

"오, 오늘의 의미가 어, 얼마나 큰지, 왜 그, 그렇게 큰지, 지금 다시 한번 보, 보는 거예요."

"어머! 판길씨. 정말 재미있는 분이네요. 이렇게 재미있는 분이 왜 사람들과 잘 안 어울리세요."

나는 무안해서 가볍게 그의 팔을 뚝 쳤다.

"어유, 여, 역시 쎈데요. 가볍게 쳤는대두 가, 가슴까지 쿵쿵 울리는 걸 보니 조, 조금만 더 세게 치면 와, 완전히 무너지겠는데요."

그는 손으로 가슴을 움켜잡으며 비척해 보였다.

"어머 점점."

친근하게 대하되 애정으로 보이게 해서도 안 되고, 애정을 느끼게 해서도 안 된다. 나는 또 주문을 추가했다. 걷잡을 수 없이 일어나는 흥분을 가라앉히기 위해 침을 한 번 삼켜보나 소용이 없었다. 왜 이렇게 단속을 해야 하는지 우습기도 했다. 누가 어쨌다고 미리 진을 치나 싶어 스스로 미욱스럽기도 했다. 아닌 말로 송경민에게는 그가 보이는 애정 어린 호감에 자격지심으로 경계를 했다지만, 지금 이 사람은 그저 단순히 오늘 일에 대한 심경만 털어놓는데 무슨 고백이라도 듣는 것처럼 허둥대는 내가 가소롭다는 생각도 들었다.

"앞으로는 그렇게 사람들과 재미있게 지내세요. 아주머니께서 걱정이 많으시더라구요."

그는 양손을 점퍼 주머니에 넣은 채 묵묵히 걸었다. 내가 무슨 실언을 했나 걱정도 되고, 공연히 그의 마음을 심란하게 할까 봐 말을 더 붙이기가 조심스러웠다. 옷에 주머니도 없고 손에 아무 것도 들지 않아 걷는데 손이 무척 어색하고 허전했다. 문득문득 그의 팔에 팔짱이라도 끼고 싶었지만, 그가 당황할까 봐 두 손을 뒤로 잡았다 앞으로 잡았다 하며 나도 말없이 걷기만 했다. 비포장 길에 자바락 자바락 두 사람의 발소리가 교교한 달빛에 섞여 침묵의 공간을 메웠다. 가끔씩 서늘한 바람이 훗훗해지는 가슴을 훑고 숲 속으로 날아갔다. 그때마다 나무들이 진저리를 치며 잎을 떨구었다. 추수가 끝난 논엔 참새조차 겁내지 않는 허수아비가 두 팔을 벌리고 달빛을 마시고 있었다.

그는 묵묵히 걷다가도 속이 타는 사람처럼 한 번씩 고개를 들어 별이 총총한 하늘을 올려다보며 깊은숨을 토해내곤 했다. 얘기하면서 걸을 때는 보폭을 맞추더니, 무슨 생각을 하는지 그는 그냥 놔두면 마냥 혼자 갈 것처럼 생각에 골몰해 저만치 앞서갔다. 나는 그의 발밑에서 나와 그의 키보다 길게 뻗친 그의 그림자를 쫓아가다 머리 부분이 밟힐 때쯤 해서 제자리에 우뚝 서버렸다. 무심히 앞서가던 그가 깜짝 놀라 되돌아와 '왜요?' 하고 물었다.

"뭐가 그리 급해요."

"마, 많이 힘들어요?"

"아니요, 그래서가 아니라…."

조금이라도 더 같이 있고 싶어서 그런다면 그는 당혹스러워할 것이다. 같이 있고 싶은 마음을 그가 아무렇지도 않게 받아들일 수 있는 정도로만 표현할 수 있는 말이 떠오르지 않았다.

"그냥요."

내가 천천히 발걸음을 옮기자 그도 다시 발걸음을 옮겼다. 이번에는 보조를 맞추려 무척 애쓰는 눈치다. 단둘이 있으면 으레 말을 하거나 들어야 한다. 그렇지 않으면 엄청 불편하기 마련이다. 그런데 이 사람과는 아무 말 없이 있는 데도 아주 자연스럽고 편했다. 하긴 둘만 있는 건 아니다. 은은한 달빛은 싸한 공기를 데워주고 두 사람의 발걸음 소리는 장단을 맞추고, 한 번씩 스쳐 지나가는 바람은 두 사람을 묶어주었다. 하지만 편한 건 나뿐이었나 보다. 그는 내 숨소리가 조금 높아지자 불안을 더는 참지 못하겠다는 듯이 '어, 업히세요' 하면서 내 앞에 쭈그리고 앉았다. 내가 먼저 그래 달랠까 하는 생각도 했으면서 막상 그가 그러니 선뜻 행동으로 옮기기가 망설여졌다.

"괜찮아요. 저 이래 보여도 꽤 나가요."

"전 파, 팔십 키로 벼 하, 한 가마니씩 지고 다녀요. 서, 선숙씨 벼 한 가마보다 무거워요?"

"그건 아니지만 혹시 오빠가 마중나왔다가 보면 어쩔려구요."

"아, 그, 그렇군요. 미, 미안해요."

그는 얼른 일어나 한 손은 바지 주머니에 찌르고 한 손은 뒤통수를 쓰다듬으면서 머쓱해 했다. 그는 사양하는 것과 경계하는 것을 구분하지 못했다. 정말 나이 사십이 다 된다는 말이 맞는지 의심스러웠다. 이럴 줄 알았으면 그냥 업힐 걸 그랬다. 그러고 싶을 만큼 피곤한 게 아니라 내가 그냥 업혔더라면 그가 그토록 무안해 하지는 않았을 것 아닌가. 그는 다시 묵묵히 걸었다. 새텃말 여섯 집에서 나오는 불빛이 밤하늘의 별처럼 드문드문 보이기 시작했다. 약속이나 한 것처럼 둘의 발걸음 소리는 아주 느려졌다. 신작로에서 새텃말로 접어들자 얼룩이가 짖었다.

"이제 다 왔네요. 아까 낮에 나 혼자 판길씨네 집으로 갈 때는 꽤나 멀게 느껴지더니만 어느 틈에 이렇게 다 왔죠. 아쉽네요."

나는 걸음을 멈춘 채, 가뜩이나 입밖에 보이지 않는 데다 달을 등지고 있어 윤곽만 보이는 그의 얼굴을 보며 말했다. 얼룩이가 쫓아나오며 몇 번 짖다가 나를 알아보고는 꼬리를 흔들었다.

"그, 그럼 드, 들어가세요."

"네. 조심해서 가세요. 오늘 정말 즐거웠어요. 실은 벌에 쏘인 날, 다시 만나서 반가웠고 또 벌떼로부터 구해주셔서 고맙고 그리고 미안하다는 인사를 하려고 갔는데 융숭한 대접만 받았네요."

"고, 고마운 건 저죠. 오늘을 마, 만들어 주셨잖아요."

그는 더 하고 싶은 말이 있는데 차마 하지 못하고 있는 것처럼 망설망설했다.

"또 만났으면 좋겠네요."

이러면 마음 놓고 무슨 말이든 더 하겠지 싶어 나는 손을 내밀어 악수를 청했다. 그가 주머니에서 손을 빼내 막 내 손을 잡으려는 순간, '아가씨유?' 하는 말소리와 함께 신발 끄는 소리가 들렸다. 얼룩이 신호를 듣고 언니가 나오는 모양이었다.

"그, 그럼 가, 갈게요."

그는 멈칫하며 내 손을 잡으려던 손을 거두고 서둘러 인사를 하고는 뒷걸음으로 몇 발짝 떼다가 이내 돌아서서 성큼성큼 걷기 시작했다. 모르는 사이도 아니니 언니에게 인사를 해도 되련만 그는 도둑질하다 들킨 사람처럼 서둘렀다.

"안녕히 가세요."

내가 목소리를 조금 높여 인사를 하자 그는 돌아서서 손을 한 번 번쩍 들어보이곤 다시 되돌아서 갔다. 아까 나를 배웅하던 그의 어머니도 이랬을까. 언제 또 볼 수 있냐고 묻고 싶은 심정이. 그러나 그 심정의 의미는 모호했다. 적어도 송경민과 헤어질 때 들던 마음은 아니다. 그렇다고 친구와 헤어지면서 드는 마음은 더욱 아니다. 다시 만날 일 없는 사람이라서일까. 일이야 만들면 될 수도 있겠지만 일을 만들 이유가 없는 것이다. 설사 만난다 해도 그건 그저 같은 시간대에 둘이 거기 있는 것일 뿐이다. 그런 일이라도 있기나 할는지 아쉬움에 그의 뒷모습에서 눈을 뗄 수가 없었다.

"저기 가는 사람 판길이 그 사람 아뉴?"

"네. 그 사람이에요."

"들어왔다 가지, 왜 저렇게 꽁지가 빠지게 가. 아니, 걸어 왔수?"

"네. 경운기로 데려다준다는 걸 제가 달도 밝고 하니 걸어가자고 했어요. 서울에서는 이런 경험 해볼래야 해볼 수 없잖아요."

사실을 말하는데도 거짓말을 하는 것처럼 말이 뜨고 가슴이 두근거렸다. 어둡기 망정이지 밝는 데라면 화끈거리고 붉어진 얼굴 때문에 곤란했을 것이다.

 "그렇기야 하지만 몸이 성치 않으니 그렇지."

 "이젠 다 나았어요. 어서 들어가요."

 나는 언니를 앞세워 놓고 그가 멀어져간 길을 돌아다보았다. 그는 어둠 속 내리막길로 사라지고 있었다. 제가 무슨 짓을 한지도 모르고 눈치 없이 꼬리를 흔들어 대는 얼룩이를 향해 나는 '으이그' 하고 인상을 쓰며 주먹다짐을 했다.

 전화로 늦는다고 했을 때만 해도 내 몸 건강 상태만 걱정하더니, 천연덕스럽게 달밤에 남녀 둘이서 걸어왔다니 언니는 좀 뜨악한 표정이었다. 언니에게서 자초지종을 들었는지 이튿날 오빠 눈치도 뜨악했다. 오빠와 언니는 집에서 걱정들 안 하시겠냐며 은근히 빨리 가 주었으면 하는 내색도 감추지 않았다. 하지만 나는 꼭 마무리 지어야만 할 무슨 일이라도 있는 것처럼, 눈치껏 들깨도 떨고, 호박도 저며 채반에 널고, 무도 뽑아 무말랭이용으로 썰어 말리며 미적거리고 있었다. 그 사람만 생각하면 올 듯 올 듯하면서도 비는 오지 않고 잔뜩 흐려만 있는 마른장마처럼 마음 한구석이 답답했다. 그에게 다가가기에도 어떤 벽이 막고 있는 것 같고, 뒤로 물러서려 해도 역시 벽이 막고 있는 것 같았다. 결코 내 의지나 힘으론 깰 수도 피할 수도 없는 벽. 운명이라 할 수 있는 어떤 일이 일어나야 벽은 깨지든지 열리든지 할 것이다. 잠자리에 들면서는 오늘 하루 아무 일도 일어나지 않은 것이 서운했고, 잠자리에서 일어나면서는 오늘도 아무 일 없으면 어쩌나 걱정이 되었다. 우리가 걸어오던 그 밤 그가 왜 그리 '오늘'에 의미를 깊게 두는지 궁금해서 나도 덩달아 매일 매일의 오늘이 예전 같지 않았다.

도토리와 다래끼

명식이 형제는 내일이 소풍이라며 아침부터 부산스러웠다. 명
호야 엎드리면 코 닿을 곳인 자운서원으로 가서 별 게 아니지만,
버스까지 대절해서 소요산으로 가는 명식이는 무척 들뜨는 모양
이었다. 학교에 가기 위해 집을 나서며 두 아이는 소풍갈 때 싸줄
것들을 엄마에게 주문했다. 특히 이번엔 꼭 소시지 넣은 김밥을
싸 달라고 신신당부했다.

학교는 다르지만 자운서원은 내가 초등학교 다닐 때도 단골 소
풍 장소였다. 거리는 여기서 가는 것보다 멀었지만 우리도 걸어
서 갔다. 그때는 자운서원이라 하지 않고 그냥 율곡산소라고 했
다. 지금은 율곡 기념관과 교육관도 짓고 주변도 공원화하여 입
장료까지 받을 만큼 성대한 묘역으로 조성해 놓았지만, 그때만
해도 무덤 몇 기 있는 것이 고작이었다. 그렇게 승격된 것은 묘
의 주인인 이율곡이나 신사임당의 업적이 갑자기 더 위대해져서
가 아니라 승격시킨 위정자의 뜻과 힘 덕분이다. 죽어서도 사람
만 잘 만나면 신세가 달라진다.

저녁나절 언니는 달걀을 사러 간다며 다래끼를 찾았다. 문산에
나가 애들이 주문한 것들을 사 오면서도 달걀은 양계장 하는 이

장네서 산다고 그냥 왔다.

"이상하네, 다래끼가 어디 갔지?"

중얼거리며 여기저기 다래끼를 찾던 언니가 내게 다래끼 못 보았냐고 물었다. 그제야 벌에 쏘인 날 팽개치고 온 게 생각났다.

"어참, 벌에 쏘인 날 팽개치고 와선 아직 안 찾아왔네요. 제가 곧 가서 찾아올게요."

언니는 급할 것 없다며 소쿠리를 들고 나갔다. 생각난 김에 나도 다래끼를 찾으러 나섰다. 무슨 생각을 골똘히 하면서 걸어갈 때는 앞에서 아는 사람이 마주 와도 못 알아보는 것처럼, 그에게만 너무 골똘해 있었던 탓에, 벌에 쏘인 날 일은 생생하면서도 다래끼는 까맣게 잊고 있었다. 그러고 보니 벌써 열흘 전 일이다. 오빠나 언니가 뜨악하게 생각할 만했다. 종가이고 어릴 때부터 한 집안으로 여기고 살아온 터이긴 해도 친가는 아닌데 느닷없이 와서 열흘을 있다는 건 평범한 일은 아니다. 바쁜 철이라는 명분이 있긴 해도 긴 시간이다. 사실 그 명분은 핑계였다. 애초 아직 마음을 잡지 못한 내가 택한 군색한 핑계였고, 마침 그 핑계가 통했을 뿐이다. 사실 나도 이렇게 오래 있으리라곤 생각하지 못했다. 한 사나흘 정도 예상하고 왔다. 그런데 예상치 못한 일로 나는 머무를 명분을 만들어 갔다. 그렇다 해도 그 명분마저 효력을 다 해가고 있는 시간이다.

시간 가는 줄 모르게 정신없이 보내는 동안 숲은 많이 허룩해지고, 땅바닥엔 나뭇잎이 쌓여 폭신폭신했다. 여름과 겨울은 길고 봄가을은 짧기도 하지만 올가을은 더 빨리 지나가는 것 같았다.

가을이란 계절 자체를 의식하지 못했다. 계절로는 의식하지 못했지만, 가을의 속성은 그 어느 해보다 강하게 누리고 있었다. 이번에는 할아버지 산소를 들르지 않고 바로 그날 도토리를 줍던 곳으로 갔다.

아무리 둘러봐도 다래끼가 보이지 않았다. 또 벌집을 건드릴까봐 조심조심 발걸음을 옮기며 주변을 돌아다녀 봤지만 없었다. 폭우가 쏟아졌다던가 태풍이라도 불었다면 비에 쓸려갔거나 바람에 날려갔겠지만 요 며칠 동안 계속 맑았다. 그렇다고 이 궁벽한 시골에 그걸 가져갈 사람도 없는데 정말 이상한 일이었다. 혹시 애들이 집에다 가져다 놓은 걸 모르고 있나 생각해 보았지만 애들에게도 여기 올 시간은 없었다. 동네 사람들 역시 자기네 것이 아니면 이 집 거냐고 물으러 올 사람들이지 그냥 쓸 사람들은 아니다. 난 다시 한번 꼼꼼히 살펴보았다. 하지만 다래끼는 눈에 띄지 않았다. 그래도 모른다 싶어 더 넓은 반경을 살펴나갔다. 할아버지 산소 앞까지 갔을 때였다. 나는 깜짝 놀라 발걸음을 멈춘 채 멍해졌다.

벌초한 지 얼마 안 된 잔디 위에 도토리가 하나 가득 채워지다 못해 흘러넘쳐 허리까지 덮여 있는 다래끼가 동그마니 놓여 있었다.

'아니, 어떻게!'

다른 집 다래끼라면 나중에 가져가려고 담아 놓은 건가 할 수도 있었다. 그러나 암만 봐도 우리 다래끼였다. 그렇다고 우리 식구 누가 그랬을 리는 없었다. 그 사람이라고밖에는 달리 생각해 볼 수 없었다. 어제 논에서고 집에서고 아무 낌새를 못 챘는데… 도대체 언제 왜 그런 것일까.

어제는 오빠네 벼 베는 날이었다. 늘 바쁘긴 했지만 더욱 바쁜 날이었다. 그만큼 내 마음은 편했다. 내가 더 머무르려면 바빠야 하기 때문이다. 조금이라도 한가하면 내가 있어야 할 명분이 없다. 갈 데가 없는 것도 아니고, 그렇게 눈치를 보면서도 왜 떠나지 못하는지 나 자신도 면구스럽긴 했다. 그래도 김판길이 그토록 소중하게 여긴 '하루'에 대한 의미가 좀체 발걸음을 놓아주질 않았다. 그가 말한 하루는 단순히 어느 한 날짜를 말하는 것 같지는 않다. 물론 내가 그의 집을 방문했다가 밤길에 같이 온 날을 지칭하는 것이겠지만 분명 그날만을 의미하는 건 아니었다. 내가 그날을 만들어 주어 고맙다지 않은가. 더군다나 왜 오늘의 의미가 그리 크냐고 물으니, 우뚝 서서 나를 바라보지 않았던가. 왜 의미가 있는지 얼마나 큰지 보겠다며. 그 순간이 떠오르면 가슴이 저릿해지곤 했다. 그날 그가 충격이나 감동받은 건 분명해 보인다. 그런 데에는 내 역할도 적지 않으리라. 또 내일모레가 불운하더라도 오늘이 위로해 줄 거라고 한 것으로 보아 그가 말한 오늘은 미래를 포함한 일상이다. 그렇다면 뭔가 달라져 있지 않을까. 어떻게 얼마나 달라졌을까. 그런 그가 궁금해서라도 오빠가 억지로 떠다밀기 전에는 갈 수가 없는 것이다. 그래서 바쁜 게 천만다행이고 고마웠다.

점심밥은 언니가 밑이 넓은 광주리에 담아 이고 내갔다. 나는 한 손에는 국이 담긴 들통을 들고 한 손에는 물 주전자를 들고 따랐다. 콤바인이 지나간 논바닥에 벼를 담은 부대가 드문드문 떨어져 있었다.

포장을 깔고 가지고 간 음식을 퍼놓자, 오빠가 일꾼들을 불러들였다. 예상대로 그 사람도 있었다. 혹시나 작년처럼 나 때문에 피하면 어쩌나 했는데 그의 집까지 가서 통성명한 터여선지 순순히 합석했다. 나는 특별히 누구를 지목하지 않고 그냥 '안녕하세요' 하고 인사했다. 눈은 마주치지 못하지만 그도 제게 한 인사라는 걸 모르지는 않으리라. 그는 손을 모자에 대어 시늉으로만 벗는 듯하고 허리를 조금 굽혔다 폈다. 언니가 밥통에서 밥을 퍼 놓는 대로 나는 국을 떠서 짝을 채워놓았다.

"아니, 얘 선숙이 아냐?"

덕만 오빠가 반색했다.

"안녕하셨어요?"

이번엔 덕만 오빠에게만 따로 인사했다.

"그래, 왔단 소리는 들었다. 그런데 무슨 큰 백화점에 다닌다고 하지 않았나?"

"작년에 그만두었잖아."

내가 머뭇거리자 오빠가 대신 대답했다.

"맞어, 얘 작년에도 여기 왔었지. 그때 시집가려고 그만둔 줄 알았는데 어떻게 된 거야? 임시 직장 그만두었으면 평생직장 찾아야지 여긴 왜 자꾸 와."

"여기가 어때서요."

"그래, 너한테는 고향이지. 야, 아주 고향으로 시집와라. 여기

애네들 이래 봬도 숫총각들이다. 어때?"

오빠가 애네들이라고 손가락질 한 세 사람 중에 그도 끼어 있었다. 일꾼 다섯 명 중에 세 사람이 미혼이라는 얘기다. 결혼만 안 했다는 것이지 연령대는 얼핏 보기에도 모두 중장년으로 보였다.

"에이그, 싱거운 소리 그만하고 어서 밥이나 들어요. 국 다 식겠네."

언니가 농담 삼아 퉁명을 주었다.

"아무튼, 놀러다니기도 바쁠 텐데 그래도 해마다 일손 거든다고 찾아오니 기특하다."

"많이 드세요."

말은 덕만 오빠를 보고 하면서 곁눈질로 그를 보았다. 그가 먹기엔 반찬이 좀 멀었다. 그는 국에다 밥을 말아서 가끔씩 가장 손이 닿기 쉬운 김치만 집어다 먹었다. 나는 그의 어머니가 내게 그랬던 것처럼 고등어 조림과 북어찜을 그의 밥 위에 얹어주고 싶었다.

"언니, 반찬을 두 개씩 담아올 걸 그랬나 봐요."

"왜? 어, 그러고 보니 판길씨가 멀구나. 이리 좀 바짝 다가앉아요."

"괘, 괜찮아요."

옆에 앉은 사람들이 '그래 그래' 하며 자리를 당겨주는데도 정작 그는 꼼짝하지 않았다.

"가만있어 봐."

언니는 밥통 뚜껑에다 고등어 한 토막과 콩나물무침과 두부조림을 담아 그 사람 앞으로 놓아주었다. 그제야 안타깝던 내 마음이 조금 풀렸다. 내가 컵에 물을 따라 주욱 바닥에 놓아주자 다른 사람들은 고맙다거나 잘 먹었다며 집어다 마시는데 그는 말없이 고개만 끄덕하고는 들어다 마셨다. 그리고 제일 먼저 자리에서 일어나 일하던 곳으로 갔다. 나머지 사람들은 그대로 앉아 담배를 피우기도 하고 한담을 나누었다.

"이거 꽤 가무는데. 비가 겨우 먼지잼만 하고 안 온 지가 벌써 며칠째야."

"그러게 말야. 옛날에 짚신 장수 아들과 우산 장수 아들을 둔 어미가 비가 와도 걱정 안 와도 걱정이었다더니 꼭 그 짝이지 뭐야."

"그게 무슨 말이에요?"

덕만 오빠 말에 내가 물었다.

"채마밭을 생각하면 비가 와야 하고, 나락 생각하면 안 와야 하니 하는 말이지."

"아, 벼에는 비가 안 좋은가 보죠?"

"말라야 하니까. 추수할 때 비가 너무 오면 얼른 베지 못해서 벼가 쓰러지기도 하고 또 쓰러진 벼에서는 싹이 나는 수도 있거든. 하지만 배추나 무 같은 채마밭에는 비가 참참히 와야 잘 자라고."

"아, 예."

일꾼들은 요 며칠 수확한 집들의 소출에 대해 한참 더 얘기하다 자리를 털고 일어났다. 그는 다른 사람들이 쉬는 동안 논바닥에 군데군데 떨어져 있던 벼 부대를 한 데 모으고 있었다. 내가 없으면 그도 같이 앉아 쉴 텐데 나 때문에 저렇게 혼자 일하나 싶어 미안해졌다. 하지만 웬만하면 누가 좀 쉬었다 하라고 할 만한데 아무도 그러는 사람이 없는 걸 보면 천성인가 싶기도 했다.

오후 새참엔 비빔국수를 했다. 또 내가 나가면 그가 불편해할까 봐 이번엔 명식이에게 막걸리병을 들려주어 따라가게 했다.

일을 마치고 일꾼들은 집으로 들어왔다. 어제 두부를 하고 남은 비지에 돼지갈비와 김치를 넣고 얼큰하게 찌개를 끓였다. 벼 타작하는 날 단골 음식이기도 하고, 여기나 와야 제 맛을 느낄 수 있는 음식이기도 하다. 나는 혹시 나 때문에 그가 안 오면 어쩌나 했는데 다행히 다른 사람들과 같이 왔다. 상은 마루에다 차렸다. 나는 그가 불편해할까 봐 부엌에서 나가지 않고 언니만 들락거리며 시중을 들었다. 모두들 왁자지껄하게 떠들고 술도 마셨지만 그의 목소리는 들리지 않았다. 그가 다정다감하고 재치 있는 사람이라고는 아무도 짐작하지 못할 것이다. 나는 아무도 모르는 그의 비밀을 나만 알고 있는 것 같아 은밀하고 친근하게 여겨졌다. 어쩌면 내게만 다정다감했을 거라는 추측 때문에 그럴지도 모른다. 중구난방으로 떠드는 사내들 목소리보다 그의 침묵이 더 크게 느껴졌다.

그와 나는 서로 따로따로 비밀을 만들고 있었던 모양이었다. 도토리에 둘러싸여 있는 다래끼가 눈에 들어오는 순간 그동안 안정을 찾아가던 내 가슴이 다시 먹먹해지고 뛰기 시작했다. 어찌할 바를 몰라 다래끼 주위를 빙빙 돌며 주변을 기웃거려 보았다. 이따금 부는 바람에 나뭇잎 떨어지는 소리만 들릴 뿐 그림처럼 고적했다. 무엇에 홀린 것처럼 도토리에 둘러싸인 다래끼 앞에 앉았다. 이 바쁜 가을철에 한가한 사람도 아니고 이만한 양의 도토리를 주우려면 잠깐씩이라도 날마다 왔어야 한다. 한참을 들여다보고 있던 내 눈에 단순한 도토리와 다래끼가 아니라 한 덩어리로 된 다른 무엇으로 보였다. 그게 무어라고 말할 순 없지만 생명이 있어 숨을 쉬고 말을 하고 있는 것만 같았다. 물론 내게 하는 말이다. 정확한 말은 모르지만 어쩐지 의미는 알아들을 것 같기도 했다. 이즈음 나는 그에 관해 어떤 초능력이 생긴 것 같았다.

오늘도 오려나? 이미 왔다 갔을까? 이걸 주우면서 무슨 생각을 했을까. 나를 기다린 것일까. 온통 질문이 머릿속을 메웠지만 답은 어느 것 하나 알 수가 없었다. 알 수 없는 게 아니라 내 나름대로 추측을 해서 그림을 그렸다. 내가 그 사람에 대한 감정을 상쇄시키려고 송경민에게 매달려 있을 동안도 그는 계속 나를 기다리고 있었을 것만 같은 생각에 설명할 수 없는 애틋함마저 들었다.

무심히 다래끼 밑에 쌓인 도토리를 두 손으로 그러 올려보았다. 손을 떼기 무섭게 도토리는 주르르 굴러떨어졌다. 문득 두어 개만이라도 도토리가 더 올라앉으면 그가 나타날 것만 같은 주술적인 생각이 들었다. 한 번 마음이 그리 쓰이자 조바심까지 일었다. 다시 간절하게 조심조심 그러 올렸다. 손을 떼기 무섭게 어림없다는 듯 도토리는 굴러떨어졌다. 다시 한 번만, 이번이 진짜야, 그렇게 조심스럽게 그러 올리길 몇 번. 그러나 야속하게도 그러 올린 수만큼 도토리는 번번이 굴러떨어졌다.

'정말 오늘은 벌써 왔다 간 걸까! 내일도 올까!'

나는 다시 일어나 이쪽저쪽 기웃거리며 서성대 보았다. 어떤 방법으로든 나도 그의 행동에 상응하는 행동을 보이고 싶었다. 그와 나만이 통하는 무슨 방법이 없을까. 마음만 허둥대질 뿐 도무지 뾰족한 방법이 떠오르지 않았다. 땅거미가 드리워지기 시작했다. 급한 마음에 겨우 생각해 낸 것이 가장 고전적 방법인 메모였다. 그러나 마땅히 필기구나 메모지가 없으니 지형지물을 이용하는 수밖에 없었다.

담길 수 없는 도토리!

나는 산소 앞 잔디밭에다 다래끼에 흘러넘친 도토리를 주워 그림을 그리듯 그렇게 늘어놓았다. 특히 느낌표는 '리'자의 'ㅣ'보다 위아래로 한 개씩 더 늘어놓고 밑에다 세 개를 뭉쳐 놓았다. '다래끼에 담길 수 없는 도토리의 마음은 얼마나 안타까울까요'라고 쓰고 싶었지만, 도토리로 그렇게 쓰기에는 번거로워 암호처럼 늘어놓은 것이다. 그런데 정작 왜 안타까운지는 설명하기 어렵다. 단순히 그의 마음을 받아들일 수 없어 안타까운 건 사실이나 왜 받아들일 수 없는지는 모르겠다. 하긴 그가 내게 마음을 준다고 한 적도 없으니 받아들일 수 없다는 생각 자체가 말이 안 된다. 더군다나 지레 안타까워하는 건 교만일 수도 있다. 한편으로는 딱히 이유는 설명할 수 없어도 내가 안타까워한다는 걸 그가 알면 예기치 못한 일이 생길지도 몰라 두렵기도 했다. 메모를 들여다보고 있자니 안타까운 내 마음을 그가 알아도 걱정이고 모르면 섭섭할 것 같았다. 그냥 지워버릴까 생각하다가 그래도 고맙다는 표를 하는 게 최소한의 예의는 될 것 같아 그대로 두기로 했다. 솔직히 예의라기보다 연정에 가깝다. 그렇게 모호한 마음으로 만든 메모지만, 그로서는 다래끼에 담길 수 없을 만큼 많이 주워주어서 고맙다고 한 것으로밖에 달리 생각하겠나 싶기도 했다. 그냥 단순하게 생각하는 것이 서로를 위해 좋은 거라고 두망방이질 치는 마음을 달랬다.

어차피 도토리를 한꺼번에 다 가져갈 수 없어 나중에 부대에 담아 가려고 그냥 돌아섰다. 내려오면서 혹시 늦게라도 그가 오는가 싶어 대여섯 발작 뗄 때마다 뒤를 돌아다보았다. 그는 기척도 없는데 점점 산 너머로 기우는 해가 야속했다.

다래끼를 찾아오겠다고 나가서는 빈손으로 들어가기가 뭣해 대문 밖에서 쭈뼛거리며 안을 살펴보았다. 다행히 언니도 아직 안 돌아왔다. 왜 그냥 오냐고 물으면, 어디다 팽개쳤는지 안 보인다며 내일 다시 찾아보겠다고 속으로 대사 연습까지 해 두었는데 굳이 그럴 필요가 없게 되었다. 안도하며 마당에 널린 빨래를 걷어 가지고 들어갔다. 그래도 아주 안심이 되는 건 아니다. 언니가 나중에라도 찾으면 어쩌나 했다. 하지만 늦게 돌아온 언니는 저녁이 늦다는 오빠의 불평을 듣고 허둥지둥 밥을 짓느라 다래끼 같은 건 안중에도 없는 눈치였다. 더군다나 이장네 부부싸움을 중재하다 오던 참이라 언니는 오빠에게 중계방송하느라 여념이 없었다. 싸움의 발단은 이장이 닭을 넘기고 받은 돈의 일부를 장에서 만난 사람들에게 선심을 쓰고 온 데서 시작됐나 보다. 얘기를 듣던 오빠가 이장을 두둔하자 언니는 이장댁을 역성 들고 나왔다. 뿐만 아니라 그때 당신도 그래서 그랬느냐며 참외 넘기고 난 돈을 친구 병원비로 내준 얘기를 꺼냈다. 오빠는 왜 다 지난 얘기 또 꺼내냐며 역정을 냈다. 이제 다래끼 걱정은 정말 안 해도 될 것 같았다.

애들은 자기네들이 주문한 것을 엄마가 제대로 다 준비해놨는지 점검하고 몫몫을 나누느라 들떠 있었다. 자기들이 주문한 것은 순조롭게 챙겼는데 언니가 나름대로 생각해서 더 사 온 과자들을 놓고는 티격태격이었다.

명호는 내일 비가 올까 봐 걱정이었다. 봄 소풍 때는 비가 와서 놀지도 못하고 점심도 못 먹고 왔단다. 비 오는 날 학교 소사 아저씨가 구렁이를 잡아서 학교의 중요한 행사가 있는 날이면 비가 온단다. 내가 초등학교 다닐 때도 그런 얘기는 있었다. 서울로 이사 가니 거기 아이들도 그런 얘기를 했다. 비 오는 날 소사 아저씨가 구렁이를 죽여 학교의 큰 행사 때마다 비가 온다는 얘기는, 시간과 공간을 초월해 곰이 동굴 속에서 백일 동안 마늘만 먹고 여자가 되었다는 단군신화만큼이나 친숙한 얘기가 된 것 같다.

명식이는 멀미가 걱정되나 보다. 용인 고모네 갔다 오다 멀미로 무척 고생한 경험을 얘기하며, 아침에 멀미약 사오라는 걸 깜빡했다고 계속 구시렁대었다. 친구들하고 같이 떠들고 노래도 하면서 가면 괜찮다고 달래주었지만 도무지 마음이 안 놓이는 모양이었다. 잠자리에 들긴 했지만 애들은 애들대로 나는 나대로 잠을 못 이뤄 계속 부스럭거렸다.

그는 무슨 생각을 하며 날마다 도토리를 주웠을까! 물론 내가 올 걸 염두에 두고 그랬다는 건 짐작이 간다. 하지만 나를 기다리는 마음이, 단순한 인간적인 호의인지, 이성으로서 애정을 의미하는지, 애정이라면 어느 정도인지 전혀 감을 잡을 수 없었다. 아니, 어쩜 그저 재미 삼아 주워다 놓은 것일지도 모른다. 그러면서 내가 어떤 반응을 보일지 상상해 보았을 것이다. 그는 내가 어떤 반응을 보일 거라고 생각했을까. 지금 어찌 받아들여야 할지 몰라 쩔쩔매는 내 모습이 그가 상상한 모습일까. 내가 남긴 도토리 메모를 보고 어떤 느낌을 받았을까? 온전한 얼굴을 알면 놀라거나 반가워하는 표정이라도 상상해 볼 수 있겠는데 모자밖에 떠오르지 않아 답답했다. 이리 뒤척 저리 뒤척 아무런 답도 못 찾고 시간만 축내다가 자정이 훨씬 넘어서야 잠이 들었다.

어젯밤 늦게 잠이 들었는데도 애들은 깨우기도 전에 일어났다. 애들은 일어나자마자 날씨부터 살폈다. 아직 해가 뜨지 않아 불안한 표정이다. 안개가 낀 걸 보니 오늘 날씨는 맑고 덥겠다고 언니가 안심시켜주었다. 늘 일찍 일어나기 때문에 김밥을 싼다고 해서 다른 날보다 더 일찍 일어날 필요는 없다. 잠도 설친 데다가 애들이 들떠 수선을 피는 바람에 멍한 느낌이었다. 언니가 김

밥을 말아놓으면 나는 썰어 도시락을 쌌다. 아침은 김밥 꽁다리 댓 개로 대신했다. 가까운 데로 가는 명호는 늦게 가도 되련만 늘 같이 가던 습관인지 소요산으로 가느라 일찍 나서는 형을 따라 나갔다.

애들이 나가고 나자 언니는 마당에 세워 두었던 콩 포기를 골고루 펴놓았다. 나흘 전에 베어 마당으로 가져다 세워 말린 것이다. 마당에 드리워졌던 집 그림자를 햇살이 서서히 몰아내고 마당 그득히 퍼지면서 도리깨질이 시작됐다. 나는 여기 온 후로 내 일과가 돼버린 집 안 청소를 끝내고 합세했다. 도리깨질을 하면서도 마음은 온통 산으로 가 있었다. 그가 온 흔적이 있으면 있는 대로 없으면 없는 대로 감정을 추스를 자신이 없어 선뜻 그쪽으로 발길을 떼 놓을 수가 없었다. 흔적이 없으면 그가 아직 안 왔다 간 것일 게다. 그러면 아직 내가 남긴 메모도 못 보았다는 것인데 그냥 도토리를 가져올 수는 없는 게 아닌가. 메모를 보았다면 뭔가 흔적을 남겼을 텐데 어떻게 했을까, 좀체 가늠이 되지 않아 마음만 두근거렸다. 도리깨 날개가 제대로 돌지 못하고 자꾸 등과 팔뚝에 부딪혔다.

"집 생각이 나서 그러나 애인 생각이 나서 그러나. 어째 때리라는 콩은 못 때리고 자꾸 엉뚱한 데만 때려!"

도리깨질을 웬만큼은 익혔을 텐데 자꾸만 헛돌리며 몸에 부딪히자 언니가 놀렸다. 늘씬하게 태질을 당한 콩 포기는 깍짓동으로 묶어놓았다. 소를 기를 때는 콩깍지만 훑어내서 소여물에 섞기도 했는데 소가 없는 지금은 말려서 땔감으로 쓴다. 오빠가 콩

알갱이를 키에 담아 높이 쳐들고 흔들흔들하며 천천히 쏟아내렸다. 나는 바로 뒤에 세워놓은 바람개비 발판에 올라서서 냅다 손잡이를 돌렸다. 검불은 바람에 날리고 알갱이와 무게가 나가는 이물질만 땅에 떨어졌다. 바람개비를 돌릴 때는 재미도 있어 잘 모르지만 어깨와 허리 다리에 무척 힘이 들어갔다. 땅에 떨어진 콩과 이물질을 키질로 분리하던 언니는, 숨이 차 씩씩거리는 나를 보고 또 그러다 몸살 나는 거 아닌지 모르겠다고 걱정했다. 벌에 쏘인 날 달음박질을 한 걸 모르는 언니는 전날 팥을 떨고 나서 몸살이 난 것으로 안다. 언니가 키질로 이물질을 걷어낸 콩을 부대에 담았다. 광으로 들어가려면 하루이틀 더 해바라기를 해야 할 것이다.

해거름에야 똬리와 쌀부대 하나를 찾아들고 산으로 향했다. 걸음이 허방허방 디뎌졌다. 할아버지 산소가 가까워지면서는 마른 침이 자꾸만 넘어갔다. 밤새 바람이 불었던가? 불었다면 늘어놓은 도토리가 흐트러졌을 수도 있는데…. 그러면 그건 메모가 아니라 그냥 도토리일 뿐이다. 다래끼가 저만치 눈에 들어왔다. 도토리 양도 변함없고 모습도 어제 그대로인 듯 보였다. 발걸음에 힘이 빠지고 느려졌다. 어쩜 그는 날마다 온 것이 아니라 한 사나흘 왔다가 만 것일지도 모른다. 그나마 지금쯤 자신의 행동이 부질없었다고 후회하고 있는지도 모른다. 별별 추측을 다 해보다 할아버지 산소까지 가서 다래끼 앞에 섰을 때 모든 의심이 사라지며 어제보다 더 놀라 숨이 멎는 듯했다.

담을 수 없는 다래끼!!

　잔디 위에는 '담길 수 없는 도토리'라고 늘어놓은 도토리가 그렇게 바뀌어 놓여 있었다. 그것도 나는 느낌표를 하나만 했는데 그는 두 개를 만들어 놓았다. 와락 겁이 났다. 마치 냇가에 놓인 징검다리를 하나씩 건너는 도중 막 앞의 돌을 디디려는 순간 돌이 갑자기 밑으로 쑥 빠지는 듯한 느낌이었다. 어디선가 그가 숨어서 보고 있을 것만 같아 어제처럼 주위를 기웃거리며 살펴보았다. 하지만 그는 일부러 피하기라도 한 듯 어디에도 없었다. 나는 다시 한번, 마치 처음 한글을 익힌 사람처럼 천천히 메모를 들여다보았다. '담길 수 없는 도토리'라고 만든 메모에 '담을 수 없는 다래끼'라고 했으니 기막힌 대구다. 정말 내 마음을 꿰뚫고 답을 달아놓은 것만 같았다. 설마! 마음을 알아서가 아니라 단순히 문장에 대한 대구를 만든 것이겠지 싶었다. 그래야 속이 편할 것 같았다. 그러나 내 마음을 들여다보고 있는 듯한 도토리 메모는 글도 그림도 아닌 신통한 점괘 같았다. 다시 무슨 메모를 남길까 하다가 공연히 암호를 주고받는 모양새가 될까 봐 그만두었다. 암호는 남긴 사람의 마음과 상관없이 보는 사람 마음대로 해석하게 된다. 그가 할 해석을 상상만 해도 겁이 났다.
　바닥에 있는 도토리를 쓸어 담고 다래끼에 담긴 도토리까지 부대에 쏟아 머리에 이고 산을 내려가기 시작했다. 다리가 후들거렸다. 도토리 무게 때문이 아니라 마음의 무게 때문이었다. 그러면서도 그 사람이라면 모를까 다른 사람을 만날까 봐 마음 놓고 쉴 수도 없었다.

어제는 내가 산에 갔다 올 때까지 언니가 이장네서 돌아오지 않아 무사히 넘어갔는데, 오늘 다 저녁때 나가 도토리를 한 부대나 이고 들어가면 그것 역시 의아하게 생각할 것이다. 어제처럼 대문 밖에서 도토리 부대를 내려놓고 안을 살펴보았다. 마침 집 안엔 아무도 없었다. 얼른 도토리를 들고 들어가 안마당 한 귀퉁이에 널어놓았던 도토리를 고무함지에 담고 가져온 도토리를 빈자리에 쏟아 펴놓았다. 일부러 눈여겨보면 널어놓은 도토리가 불었다는 걸 알 테지만 지금 식구들은 너무 바빠 도토리에 신경 쓸 여유가 없다. 게다가 귀가가 늦어지고 있는 명식이 때문에도 도토리는 눈에 띄지조차 못할 형편이었다.

소풍을 턱 밑으로 갔던 명호는 벌써 돌아왔는데 소요산까지 간 명식이는 어두워졌는데도 돌아오지 않고 있었다. 마당을 들락거리며 걱정하던 언니가 학교에 가봐야겠다고 나섰다. 그때까지도 방정맞은 생각하지 말라며 불안해하는 언니를 나무라던 오빠가 자기가 가보겠다고 언니를 불러들였다. 나도 걱정을 하긴 하지만 마치 바람난 남편이 고뿔 든 본처 걱정해주는 것처럼 건성이었다. 마음이 그런 게 아니라, 명식이 늦는 것하고 '담을 수 없는 다래끼!!'란 영상이 한 덩어리가 되어 서로 방해하고 있었다. 걱정하는 언니에게 선생님의 인솔 하에 갔으니 별일이야 있겠냐고 하면서도 너무 뻔한 말이라 겸연쩍었다. 차라리 밥이나 하는 게 낫겠다 싶어 부엌으로 들어가 쌀을 안치고 불을 땠다. 아궁이의 불길을 바라보면서도 도토리 영상은 머릿속을 떠나지 않았다. 그저 단순히 내 메모에 대구를 단 것뿐이라고, 재미있는 문장을 만든 것뿐이라고 생각하면서도 억지라는 느낌까지 떨쳐버릴 수는 없었다. 영상은 자꾸만 무얼 강요하고 있는 것만 같았다. 불장난일 수도 있고, 얇은 얼음판 위의 얼음지치기일 수도 있다. 어떤 경우든 위험하달 수밖에 없다. 묘하게도 그 위험을 경험해 보고 싶었다.

다행히 나간 지 얼마 안 돼 오빠가 명식이와 함께 돌아왔다. 소요산에서 돌아오는 중간에 버스가 고장이 나서 고치고 오느라고 늦었단다. 집안을 걱정의 도가니로 몰아넣었던 명식이는 아무 일 없었다는 듯이 나무토막을 이어 만든 뱀 모양의 장난감을 내보이며 명호를 약 올렸다. 뱀이 기어가는 형상을 명호 얼굴에 들이대며 약을 올리는 명식이와 그걸 뺏으려는 명호로, 숙연했던 집안 분위기가 금세 어수선해졌다. 명식이가 선물이라며 내민 효자손으로 번갈아 등을 긁어보는 오빠 내외도 평상을 되찾았다. 이제 '담을 수 없는 다래끼!!'라는 영상은 아무런 방해 없이 내 머릿속에서 갖가지 추측을 펼쳤다.

저녁상을 물리고 텔레비전을 보는 동안 나는 다른 날과 달리 아무 말 없이 멀거니 화면만 바라보았다. 눈길은 화면에다 박아두고 있지만 그게 무슨 내용인지는 몰랐다. 그저 화면에 그가 남긴 도토리 메모 영상을 덧입혀 놓고 보고 있는 게다. 어디 몸이 안 좋은 거 아니냐고 언니가 물을 때도 그냥 건성으로 아니라고 대답했다. 그 대답은 정말 안 좋다고 한 것보다 더 안 좋아 보이게

126

하는 모양인 듯 오빠까지 나서서 걱정했다. 난 온전히 '담을 수 없는 다래끼!!'란 영상에만 젖고 싶어 조금 피곤해서 그런가 보다며 내 거처로 건너갔다.

어제 내가 남긴 도토리 메모를 보고 당혹해하는 그의 모습이 고스란히 담겨 있는 그의 도토리 메모는, 여기 와서 해본 일 중 가장 나를 힘들게 했다. 몸이 힘든 거야 잠이라도 푹 자고 나면 괜찮아지지만 이건 오히려 잠까지 쫓아내며 무엇인가를 욱대기고 있었다. 벌에 쏘인 날도 통증이 심해 소리 나지 않게 눈물을 찍어내야 했지만, 오늘처럼 감당이 안 되지는 않았다. 객관적인 정보가 없거나 미약할 때는 어쩔 수 없이 내가 주관적으로 해석할 수밖에 없다. 느낌표를 두 개 만든 것은, 내 마음이 어떤 것이든 자기는 한 개를 만든 나보다 두 배는 더 하다는 뜻일 것만 같았다. 내가 다래끼에 담길 수 없어 안타깝다는 뜻으로 메모를 남겼으니 대구대로 해석하자면 그는 다래끼에 담을 수 없어 안타깝다는 뜻이 된다. 무언가 맹렬히 가슴속으로 파고드는 기운과 대치하고 있는 것처럼 답답했다.

송경민에게 호감을 경계심으로 위장하고 있을 때도 이렇게 답답했다. 그러나 그때와는 또 다른 답답함이다. 뭔지 모르게 너무 모자라거나 너무 넘치는 것 같다.

화장을 처음 하고 간 날이었다. 기초화장 위에 비비그림을 얇게 바르고 립크로스 정도만 바르고 나갔는데 송경민은 금방 알아봤다. 다른 사람은 알고도 무심히 지나쳤는데 그 사람만 알은체한 것인지도 모르지만 아무튼 유일하게 그 사람만 인사를 했다.

"어? 미스 강 오늘 화장했네. 이쁘게 보일 사람 생겼나 봐?"

"어, 그러고 보니 정말이네. 이왕 하는 거 제대로 하지 그랬어."

그제야 영애 언니도 내 얼굴을 자세히 들여다보며 얘기했다.

"어머, 이상해요?"

난 순간적으로 얼굴이 화끈해져 손으로 얼굴을 감쌌다.

"아니. 별로 표시도 안 나는데…. 그러고 보니 송경민씨 눈썰미 예민하네요. 여자 화장에 대해 예민한 거예요 아님 미스 강한테 예민한 거예요?"

영애 언니가 두 사람을 번갈아 보며 놀렸다.

"글쎄요. 아무튼 선숙씨가 예쁘게 보이고 싶어 하는 사람이 누군지 되게 부럽네."

"그냥 미스 강한테 예민하다고 하는 것보다 더 예민하게 들리네."

"언니, 왜 그래요."

민망해서 얼른 딴청을 피워 자리를 모면하긴 했지만 그날 송경민의 눈길은 내 얼굴에 자주 머물렀다. 그때마다 농담이라고 생각하면서도 누군지 되게 부럽다는 말이 몹시 마음에 걸렸다. 그냥 아무 의미 없는 농담이라고 털어버리려 했지만 그러면 그럴수록 평소 실없는 소리나 농담을 잘 안 하는 사람이라는 생각에 자꾸 되걸렸다.

박 대리가 마음에 켕겼다. 그즈음 박 대리는 내게 점심을 같이 하자고도 했고 퇴근 후 차 한잔하자고도 했다. 송경민에게 듣고 싶은 말을 엉뚱하게 박 대리에게 듣고 보니 조금은 서운하면서도 상대가 콧대 높은 박 대리라는 점에서 뜨악했다. 점심은 그저 직장 상사의 호의로 받아들여 동료 두엇을 대동하고 같이 먹었고, 퇴근 후 차 한잔하자는 제의는 퇴근 시간이 늦은 걸 핑계로 특별한 일 아니면 다음날 말씀하시면 안 되겠냐고 양해를 구했다. 특히 그는 여럿이 있는 데서 나를 지목하고 시간을 내달라는 말을 곧잘 했다. 그건 제게 관심을 보이는 다른 여자들에게 관심 없다는 걸 표시하는 방법이었다. 반면 내게는 너를 선택했으니 영광으로 알라는 태도였다. 그런데 내가 영광으로 알지 않아서 그런지 그는 태도를 바꿨다. 내가 점심을 먹으러 자리를 뜰 때 지키고 있었던 것처럼 뒤따라와서 같이 먹자고 했다. 어차피 점심을 먹으려던 참이니 꼼짝 못하고 함께 할 수밖에 없는 처지를 만든 것이다. 내 일 처리에 대해 전에 없이 과분하게 치하하기도 했다. 그걸 송경민이 오해한 건 아닐까 싶었다. 누군지 되게 부럽다는 말에 뼈가 있어 보였다. 기분이 나쁘지는 않았다.

며칠 후 그는 나 외에 아무도 없는 틈을 타서 립스틱 하나를 내밀며 그 행복한 사람을 위해 바르라고 했다. 난 너무 갑작스러운 일이라 내게 그런 사람이 어딨냐고 펄쩍 뛰었다.

"아, 그래. 난 그런 사람이 따로 있는 줄 알고 가슴이 철렁했잖아."

립스틱을 내밀 때도 엷은 미소를 띠고 있긴 했지만 '철렁했잖아' 하고 가슴을 쓸어내리는 시늉을 하면서는 눈을 크게 뜨고 미소를 지었다.

"네?"

"마음이 놓인다고. 나 이런 거 처음 사봤는데 기분 괜찮더라고. 그런데 이걸 선물했다가 무안당하면 어쩌나 걱정했거든. 미스 강이 따로 좋아하는 사람이 없다면 설마 그럴 일은 없겠지."

그는 멀뚱하게 바라보기만 하는 내 손에 립스틱을 직접 쥐여주고 씽긋 웃고는 자리를 떴다.

하루 종일 그의 말이 머리에서 떠나지 않았다. 그 말의 의미를 새겨보느라 하루해가 어떻게 지나는 줄 몰랐다. 그저 허물없는 사람끼리의 농담이겠지. 그럼 그와 내가 허물없는 사이인가? 혹시 그도 내게 관심이 있는 건 아닌가. 설마. 추측과 의심과 희망 사이를 수없이 오가며 끙끙 앓다시피 지냈다. 퇴근 후 저녁을 사겠다는 박 대리의 청을 못 이기는 척 받아들인 것도 그 생각에 매달려 있는 내가 빙충맞아 보였기 때문이었다. 그러면서 박 대리와 같이 있는 동안 또 왜 그리 죄를 짓고 있는 것만 같던지.

그가 준 립스틱을 바르고 나가던 날은 그와 눈도 마주치지 못했다. 그가 먼저 '예쁘네'라고 말했을 때야 겨우 바라볼 수 있었다.

"난 안 바르길래, 선물한 사람이 마음에 안 들어서 그러나, 색깔이 마음에 안 들어서 그러나 고민했잖아. 그런데 예쁜 건 미스 강인데 왜 내가 신나지!"

그는 정말 싱글벙글했다. 나는 얼굴 전체에 립스틱을 바른 것처럼 달아올랐다. 점심을 먹고 나서 지워진 립스틱을 다시 바르지 못했을 때는, 그가 보고 섭섭해하면 어쩌나 싶어 집에 두고 온 걸 내내 후회했다.

어느 날. 퇴근 후 회식 자리에서 직장 생활에 대한 염증을 얘기하고 있을 때였다. 처음엔 일반적인 직장 생활에 대해 얘기하다가 우리 직장인 백화점에 대한 불만들이 쏟아졌다. 술이 몇 순배 돌았을 때 그가 느닷없이 선언하듯 목소리를 높였다.

"나는 단 한 가지 이유로 이 백화점에 근무하는 것이 즐거울 수 있어."

누군가 그게 무엇이냐고 물었다.

"이 백화점에 강선숙이라는 여자가 있기 때문이지."

내게 시선도 주지 않았을 뿐더러 마치 그 자리에 내가 없는 것처럼 말했다. 듣기 따라서는 농담 같기도 하고, 술기운을 빌어 고백하는 것 같기도 하고, 따로 누구 들으라고 선포하는 것도 같았다. 일행은 우우 환호성을 올리며 박수를 치고 술잔을 부딪쳤다. 나는 민망해서 강선숙이 누구냐며 엉너리를 쳤다. 곁눈질로 대각선으로 떨어져 앉아 있던 박 대리를 훔쳐보았다. 내 오른쪽으로 두 사람 건너 앉아 있는 정연희는 마음으로 보았다. 조금 으쓱해지는 기분이 들었다. 다른 사람들은 만취했지만 그와 나는 말짱했다. 그리고 처음으로 그가 우리 집까지 바래다주었다. 집까지 오는 동안 우리는 의식적으로 백화점 얘기만 했다. 조금이라도 다른 얘기를 했다간 무슨 사고라도 칠까 봐 겁내는 사람들처럼.

집에 거의 다 와 갈 무렵 내가 이제 다 왔다고 헤어질 채비를 하자 그는 발걸음을 멈추고 나를 바라보았다. 그 진지한 눈빛에 조금 긴장이 되었다. 그가 내 어깨에 한 손을 얹어 놓을 때는 온몸이 감전되는 듯 움찔했다.

"아까 회식 자리에서 내가 한 말 진짜 농담이라고 생각하진 않겠지?"

"무슨 말?"

몰라서가 아니라 대답할 말을 몰라 모른 척했다.

"그래, 당황스러웠겠지. 동료들 앞이라 쑥스럽기도 하고, 민망하기도 하고. 그래도 펄쩍 뛸 줄 알았는데 천연덕스럽게 농담으로 넘기더라. 설마 나 짝사랑하고 있는 거 아니지?"

그는 정색하고 물었다. 대답을 요구하기보다 다짐을 두는 듯한 말투다.

"그−건⋯."

"됐어."

그는 내 어깨에 얹혀있던 팔을 내 목 뒤로 휘감아 나를 끌어안았다.

"이제 우리 이렇게 울타리 치자. 아무도 넘보지 못하게 튼튼한 울타리를."

나는 순간적으로 숨이 멎는 듯했다. 완주한 마라톤 선수가 결승선을 통과한 후 바닥에 널브러지듯, 뛰는 가슴을 주체하지 못하고 그의 가슴에 얼굴을 떨어뜨렸다.

기쁨도 다가오는 양상은 슬픔과 비슷했다. 문득문득 이게 현실인가 싶기도 하고, 느닷없이 복받치는 감정으로 눈물도 흐르고, 앞으로 전개될 일이 걱정되는 게 그랬다. 다르다면 괜히 옆 사람에게 말을 걸고 싶고, 별 얘기도 아닌데 재미있게 들리고, 시도 때도 없이 콧노래가 나오고, 웬만한 일로는 화도 나지 않는 것이다.

그런데 지금 그때처럼 또 한 남자가 가까이 느껴졌다. 그러나 그때는 답답하면서도 그럴수록 기대감도 컸는데, 지금은 설레면서도 그럴수록 막막했다. 마치 일생을 좌우할 만큼 중요한 시험에 임하고 있는 것처럼 긴장도 되었다. 시험은 너무나 까다로웠다. 어떻게 해야 시험을 무난히 통과할 수 있는지 도무지 갈피를 잡을 수가 없었다.

예측하고 있던 일이 현실로 나타났을 때, 그것이 좋은 일일 때는 즐겁고 나쁜 일일 때는 슬프다. 그러나 예측하지 못한 일이 발생했을 때는 겁부터 난다. 특히 비중은 크게 느껴지면서 실체는 파악되지 않은 일은 더욱 그렇다. 그가 도토리를 주워다 놓은 것부터 전혀 예측하지 못한 일이라 난 앞으로 더 무슨 일이 일어날지 겁이 났다. 게다가 무슨 일이 일어난다면 그건 내가 일으킬 것만 같았다. 그리고 그건 일어나면 안 되는 일일 것만 같았다. 여기를 떠나야만 하는 이유가 생긴 것이다.

어젯밤 잠도 자는 둥 마는 둥 했지만 오늘 아침도 먹는 둥 마는 둥 하고 나는 애들이 학교에 가고 나서 얼마 되지 않아 도망치듯 집을 나섰다. 언니는 이틀 후가 문산 장이니 그때만 지나서 가라고 붙들었다. 품삯이라기엔 뭣하지만 무얼 내다 팔아서 용돈이라도 주고 싶은 눈치였다. 내가 불기골 그의 집에 갔다가 한밤중에 그와 함께 오던 날은 내심 어서 가주었으면 했던 오빠도 무얼 좀 싸 보내야 한다며 점심이나 먹고 가라고 붙들었다. 하지만 더 지체했다간 아예 주저앉아 버릴지도 모르고 또 그랬다간 무슨 일을 저지를지 몰라 가다가 누굴 만나야 한다고 서둘러 나왔다.

얼룩이가 앞서거니 뒷서거니 하며 따라왔다. 차돌배기쯤 와서
녀석은 거기까지가 제 행동반경인 듯 우뚝 멈추었다. 나는 녀석
의 머리를 쓸어주며 잘 있으라고 인사를 했다. 녀석이 대답이라
도 하는 양 고개를 치켜들고 컹 하고 짖었다. 몇 발짝 걸어가다
뒤돌아보니 얼룩인 그때까지 서서 나를 보고 있었다. 나는 팔을
크게 흔들며 '이제 들어가' 하고 소리쳤다.

'녀석이 아니라 그 사람이었으면…'

엉뚱한 바람이 자꾸 커져 나는 발길을 재촉했다.

면회

    밥상에 둘러앉아 밥을 얼추 다 먹어갈 즈음이면 밥상 밑으로 누군가의 발이 내 다리를 툭툭 쳤다. 굳이 좌중을 훑어볼 것도 없이 어서 상 들고 나가 설거지하라는 할머니의 신호다. 밤늦게 책을 보고 있으면 돈 한 푼 못 벌어오면서 전기만 달인다는 지청구가 쏟아졌다. 할머니가 그러는 것도 전에 없는 일이지만, 그런 소리를 듣고도 아무 대꾸 없이 한 귀로 듣고 한 귀로 흘리는 나도 예삿일은 아니었다. 남의 집 딸들은 연애만 잘해서 시집도 잘 가더라만 어째 너는 주변머리가 그렇게도 없냐는 어머니의 말도, '내가 너의 집에 시집와서…'로 시작되는 이런저런 넋두리 중의 하나로 흘렸다. 마치 본가에 들어와 살게 된 소실의 소생 같다는 느낌이 들면서도 이상하게 노엽지도 않았다. 무슨 약에라도 취한 사람처럼 그저 그렇거니 하고 멍한 상태로 지냈다. 새텃말에서의 일들을 돌이켜보는 것만으로도 내 감정은 힘에 부쳤다.

    집에서는 내가 혼기를 넘겼다고 보았다. 서른이란 나이가 애매하긴 했다. 만일 내가 계속 직장을 다니고 있거나 어떤 수입원이 있다면 아마 결혼을 하겠다고 해도 이르다고 했을 것이다. 경제 능력이 없는 나는 어쩔 수 없이 혼기를 넘긴 군식구로 평균 수명을 넘긴 할머니 신세와 비슷했다. 그래서 둘이 더 부딪치는지도 몰랐다.

'여자는 나이 차면 그저 제 밥 찾아 먹어야지'라고 말하는 할머니 표정과 어조는 '사람은 그저 늙으면 죽어야지'라고 할 때와 똑같았다. 할머니는 걸핏하면 '내가 무슨 죄가 많아 이렇게 오래 사는지 몰라'라고도 했다. 그건 나만 아니면 네가 덜 눈치 보일 텐데 하는 미안함과 너라도 시집가면 내가 덜 미안할 텐데 하는 원망이 섞인 한탄이기도 했다. 그래서 평균수명을 넘긴 여자와 혼기를 넘긴 여자가 하루 종일 들어앉은 방엔, 철거명령 떨어진 난민 수용소처럼 무거운 공기가 떠다녔다. 그래도 내가 시집가면 누구보다 섭섭해할 사람은 할머니고, 할머니가 돌아가시면 누구보다 많이 울 사람이 나라는 걸 둘은 잘 안다.

대거리할 때는 그런다고 면박이다가 막상 고분고분하자 어머니는 그것도 마음에 안 드는지 무슨 죄졌냐고 퉁명을 부렸다. 새언니가 입덧을 시작하면서는 더욱 그랬다. 자연히 집안일은 거의 내가 도맡다시피 할 수밖에 없었다. 그런 나를 보고 있는 어머니의 심사는 더욱 불편한 눈치였다. 내가 설거지를 하고 있을 때 '비켜라 시집가면 평생 할 거' 하며 나를 부엌에서 몰아내기도 하는데, 차라리 내가 하고 말지 하는 안타까운 표정과 말투다. 하지만 나는 할머니나 어머니와 입씨름 할 여념이 없었다. 눈물이 그렁그렁한 송경민과 웃으면 고른 치열이 드러나는 김판길에 대한 생각만으로도 내 머릿속은 포화상태였다. 한 사람은 남의 새장 속에 갇힌 내 새 같고, 한 사람은 내 새장 속에 날아든 남의 새 같

있다. 남 보기에 나는 아무 생각 없이 사는 사람 같을 것이다.

내가 교도소로 송경민을 찾아갔던 것은 지난해 살인사건 직후 백화점을 그만두고 도망치듯 새텃말에 갔다가 돌아온 후 두어 달쯤 되었을 때다. 새텃말에서 힘에 부칠 만큼 일에 몰입해보았으나 쉽게 마음을 잡을 수는 없었다. 특히 카드 고객 명단을 내게 부탁하지 않고 정연희에게 부탁한 송경민의 행동이 배려인지 배신인지 갈피를 못 잡아 속을 끓였다. 경찰서에서 한사코 나의 무관함을 입증하려고 애쓰는 걸 보면 배려가 분명해 보이고, 정연희가 임신한 걸 보면 배신이 명백했다. 배려라면 입에 발린 변명일지언정 정연희의 임신에 대한 해명을 들어야 직성이 풀릴 것 같았고, 배신이라면 그에 상응하는 분풀이를 해야만 직성이 풀릴 것 같았다. 물론 그래봤자 우선 당장의 기분이나 조금 풀릴 뿐 오히려 마음에 맺힌 응어리는 안으로 곪을지도 모르지만 그래도 가만히 있을 수만은 없는 노릇이었다. 그러나 영어의 몸인 그를 상대로 뭘 어째 볼 수는 없었다. 부등부등 애만 태우다가 분연히 그를 찾아가게 된 건 희대의 살인사건 1심 재판 결과가 실린 신문기사를 읽고서였다.

단순히 부자들에 앙심을 품고 애먼 사람을 생매장해 살인한 범죄조직 주범에겐 사형이, 공범들에게는 무기징역과 징역 15년, 그들에게 돈을 받고 백화점 카드고객 명단을 넘긴 송경민에겐 징역 3년, 애인의 부탁을 받고 카드고객 명단을 빼내 준 백화점 직원 정연희에게는 징역 6개월에 집행유예 2년이 선고되었다. 그들 모두는 항소를 포기했다. 나는 다른 사람들의 형량이나 그들이 항소를 포기한 것에는 관심 없었다. 다만 송경민의 삼 년이란 형량이 많게 느껴졌고 더구나 항소를 포기한 건 납득이 되지 않았다. 어쩐지 항소할 것을 대비해 조금 많게 매겨진 형량인데 포기한 것만 같은 생각도 들었다. 애정 때문인지 분풀이를 위한 독기 때문인지 구분은 되지 않았지만, 어쨌든 만나는 봐야 한다는 생각에 더 망설일 수가 없었다.

금성이나 화성처럼 말로만 익숙할 뿐 실체는 낯설기 그지없는 교도소는, 공기도 맑고 한적해 겉으로 보기엔 식품이나 화장품 따위의 정갈한 제품을 생산하는 공장처럼 보였다. 대기실은 잘 정돈돼 있었고, 빈 의자도 많았다. 하지만 난 편안히 앉아서 기다릴 수가 없었다. 사람들은 많지 않았는데 호명되길 기다리는 동안 영치금이나 영치 물품을 신청하기도 했다.

난 그곳을 가기 전까지만 해도 죄인을 가둔 곳인 만큼, 면회 간 사람은 어딘가 음울한 표정을 짓고 있을 것이고, 면회를 위해 기다리는 장소는 음산할 것이라고 생각했었다. 그러나 고속버스 대합실 같기도 하고, 큰 회사 매점 같기도 한 그곳은 오히려 아늑해 보였고, 사람들도 환한 표정이었다. 우울한 건 나뿐이었다.

어쩌면 죄인이란 직접 죄를 저질러서라기보다, 어떤 행위가 미친 범위로 인해 결정되는 경우가 많을지도 모른다는 생각을 하게 된 것도 그곳 분위기 때문이었을 것이다. 만일 고층 아파트 베란다에서 실수로 어떤 물건을 떨어뜨렸을 때, 공교롭게도 그 밑을 지나가던 사람이 그 물건에 머리를 맞고 죽었다면 그는 과실에 의한 살인범이 된다. 하지만 그때 물건을 훔쳐가던 도둑이 그 떨어진 물건에 맞고 쓰러져 검거할 수 있었다면 오히려 감사장이라도 받게 될 것이다. 전쟁을 일으켜도 이기면 영웅이 되지만 지면 전범이 된다. 설사 같은 죄를 지어도 적발되면 죄인 되고 그렇지 않으면 그만이다. 그리고 법망이라는 것도 힘 있는 사람에게는 종이망일 수도 있지만 그렇지 못한 사람에게는 철망이다. 그러고 보면 여기에 수감된 사람들은 운이 없는 사람들이거나 힘이 없는 사람들일 수도 있겠구나 싶었다. 물론 극히 일부겠지만.

면회 시간은 십 분이라고 했다. 꼭 그래야만 하는 것도 아닌데 이상하게 그 십 분 안에 그간의 모든 감정을 정리해야 할 것처럼 쫓기는 기분이 들어 무슨 말을 해야 할지 두서가 잡히지 않았다. 단순한 산술적 계산으로 둘이서 사용할 시간이 십 분이니 한 사람에게 할당된 시간은 오 분이다. 그 짧은 시간에 무슨 말들을 할 것인가. 나는 대충 속으로 꼽아보았다. 속으로나마 일일이 말로 하면 꼭 해야 할 말을 미처 생각해 내지 못할 것 같은 조바심에 그림을 그리듯 영상으로 내용을 꼽았다. 그러나 두서가 잡히지 않기는 마찬가지였다. 어떻게 나한테 그럴 수가 있느냐는 일갈이 맨 앞에서 요지부동으로 움직이지 않아, 다른 문제 이를테면 배려냐 배신이냐, 건강은 어떠냐, 또는 향후 나에 관한 생각이며 연희가 가진 애 문제는 머릿속에서 뒤죽박죽이었다. 삼십 분쯤 기다렸을 때 마이크를 통해 내 이름이 호명되었다.

옛날에 어느 바보가 어머니가 시킨 심부름을 잊지 않기 위해 입속으로 그 심부름 내용을 계속 중얼거리며 걸어갔다는 것처럼, 나도 대기실에서 면회실로 걸어가면서 계속 아까부터 연습한 말들을 잊지 않으려고 되뇌었다. 하지만 바보가 도랑을 건너뛰다가 그만 심부름 내용을 잊었듯이 면회실 복도에 들어서자 머릿속이 하얗게 비어버렸다. 복도는 시골 여인숙처럼 이마에 번호를 붙인 문 대여섯 개가 한쪽으로 일정한 간격을 두고 붙어 있고, 그 맞은편에는 긴 의자 몇 개가 잇대어 있었다. 나는 그 문 중에 5라고 쓰인 문 앞에 섰다. 선뜻 들어가지 못하고 망설이다 복도 입구에 앉은 교도관이 들어가라고 재차 얘기를 해주어서야 손잡이를 비틀고 들어갔다.

내가 밖에서 망설이고 있는 동안 그는 먼저 들어와 있었다. 그와 나 사이는 그의 눈에 고인 눈물도 보일 만큼 가까웠다. 그러나 사격 과녁처럼 동그라미를 따라 작은 구멍이 뚫린 아크릴판에 안으로 쇠창살이 덧댄 것도 모자라 경직된 교도관까지 있어, 은하수를 사이에 둔 견우 직녀만큼이나 멀게 느껴졌다. 등받이 없는 둥근 의자가 하나 있었지만 난 앉을 생각도 못했다. 그도 앉지 못했다. 속 편한 교도관만 나를 흘깃거리며 앉았다. 짧게 깎은 머리에 가슴에 숫자가 새겨진 짙푸른 옷은 사람을 사정없이 초췌해 보이게 했다. 손가락셈을 하기 시작하면서부터 익혀왔고 손바닥의 손금보다 더 자주 들여다보며 살아온 아라비아 숫자가 그토록 낯설고 살벌하게 보일 줄이야. 옷을 땐 온순해 보이지만 입을 다물고 정색을 하면 강인해 보이던 그의 모습은 어디에도 없었다. 잘 있었냐든가, 지낼만 하냐는 등의 지극히 의례적인 인사말조차 무색하게 만드는 곳이라 난 아무 말도 할 수가 없었다. 더군다나 무얼 따져본다는 것은 상상도 못 했다. 그도 아무 말 없이 바라보기만 했다.

"다시는 못 볼 줄 알았는데….."

핼쑥한 얼굴이지만 엷은 미소를 머금고 그가 먼저 말을 꺼냈다.

"왜 항소하지 않았어?"

아까 대기실에서 연습할 땐 어떻게 그럴 수가 있느냐는 일갈이 다른 말을 가로막고 있더니 막상 그의 얼굴을 보고는 연습할 땐 생각도 나지 않던 말부터 나갔다.

"너무 구차스러워서."

"무슨 말이야?"

"똑같은 변명 또 하고 또 하고. 꿈에서라도 보기 끔찍한 사람들하고 한 데 엮여 끌려 다니고, 그래서 사람들이 잊을 만하면 또 기억을 되살리고. 생각만 해도 끔찍해. 나도 빨리 그 일을 잊고 싶고 사람들에게도 잊히고 싶어."

"그래도 참고 항소해서 형을 깎아야지."

"의원데. 넌 삼 년도 작다고 생각할 줄 알았는데."

"물론 작지. 삼 년이 아니라 종신형 아니, 사형이라도 주고 싶지. 판사가 아니라 내가 말야. 그런데 여기 이러고 있으니 뭘 어쩌겠냐고."

나는 그렇게 빨리 눈물이 나올 줄 몰랐다. 입을 앙다물고 눈을 깜빡거리며 고개를 돌렸다. 그리고 침을 한 번 삼켰다. 호흡을 가다듬느라 얼른 말을 이을 수가 없었다.

"많이 힘들구나. 당연하겠지. 정말 미안하다는 말밖에 할 말이 없다. 일이 이렇게 되고 보니 그나마 그 일을 연희가 해준 게 천만다행이다 싶다. 지금 내게 가장 위안이 되는 것도 그거야."

"왜 연희한테 부탁한 건데?"

묻고 싶어도 차마 꺼낼 수 없던 말인데 그가 먼저 말을 꺼내 얼른 말꼬리를 잡았다.

"실은 너한테 부탁해 볼 참이었어. 정말이지 난 그 사람들이 그렇게 흉악범이라고는 상상도 못 했어. 그냥 순수하게 부동산 중개업을 하는 고객인 줄만 알았다구. 그 사람들 얘기로는 부동산과 주식은 피차 돈 있는 사람들을 확보해서 그 사람들에게 부동산이든 주식이든 자꾸 샀다 팔았다 하게 유도해야 공생할 수 있다는 거야. 그때 내가 너무 빚에 부담을 느끼고 있던 터라 회유가 그럴듯하게 들리더라고. 물론 돈을 준다니까 더 솔깃해졌기도 했겠지. 그런데 어느 날 연희가 자기 생일이라며 저녁이나 같이 먹자고 찾아왔어. 저녁을 먹고 답례로 내가 술을 사면서 무심히 그 사람들 얘기를 하게 됐는데, 너한테 부탁하면 들어줄지 모르겠다고 했더니 굳이 여러 사람에게 말 낼 게 뭐 있냐며 자기가 해주겠다고 하더라고. 그래서 그러면 그래 달라고 했지. 그때는 아무리 제가 해준다고는 했지만 그래도 선배인 너한테 상의할 줄 알았어. 그 생각만 하면 안도의 숨이 나가기도 하고, 한편으로 네가 알았다면 그렇게 쉽게 들어주지 않았을 거란 생각에 가슴 처지기도 해. 게다가 내가 연희에게 권유한 주식이 곤두박질쳐 미안하기도 한 참이라 그날 이래저래 같이 술을 너무 마셨는데, 그게 돌이킬 수 없는 화근이 될 줄이야…."

알만했다. 그녀로서는 그를 가로챌 절호의 기회라고 여겼을 게

142

뻔했다. 그리고 그 기회를 놓치지 않은 것이다. 하지만 고객명단
이야 그렇다 쳐도, 아무리 술에 취해서 그랬다고는 하지만 성인
남녀가 실수로 잠자리를 같이했다는 건 어딘지 석연치 않았다.
더군다나 내게는 그렇게 감정을 잘 절제하던 사람이 아니던가.
그러나 이미 그걸 따져본다는 것 자체가 부질없는 일이었다.

"내게 부탁하지 않아서 눈물 나게 고맙군. 아니지, 연희한테 고
맙다고 해야겠네. 이젠 경민씨 아내가 됐지만."

"아내? 비꽈도 할 말은 없다."

"비꼬는 거 아냐. 속은 상하지만 현실이잖아. 곧 아이 아빠도
될 거고."

난 내심 행여라도 그가 우리 사이를 원상복귀 시킬 모종의 결
단을 하고 있지 않을까 하는 기대로 그의 눈치를 살폈다. 그제야
난 면회 올 마음을 먹기 전부터 그를 잃지 않을 방법을 찾고 있었
다는 걸 깨달았다. 그가 구금될 때 이미 내가 어떤 양보나 이해를
한다 해도 기회가 사라진 줄 뻔히 알면서도.

"세상에 실수 한 번 안 하고 사는 사람이 어딨냐. 실수가 아니
라 일부러 사고를 치고도 잘만 살더라만 나는 단 한 번의 실수로
어떻게 이렇게 인생이 망가질 수가 있냐!"

그는 창살을 움켜쥐고 울분을 토하듯 말했다. 명단을 넘긴 게
실수라는 건지, 연희와의 일이 실수라는 건지 애매했다. 그 둘 다
일 수도 있다. 그만큼 그와 나 사이에 장벽이 겹겹이 쌓여 있다는
의미이기도 했다.

'너는 실수나 했다지만 실수도 안 하고 당한 나는 뭐냐고' 쏘아

붙이고 싶었지만 구금된 사람에게 할 말은 아닌 것 같아 참았다.

"태어날 아이를 생각해서라도 항소하지 그랬어. 이제라도 다시 할 수 있는 방도가 전혀 없는 거야?"

"됐어. 내 실수로 멀쩡한 사람이 하나 생매장 당해 죽었잖아. 그러니 난 살인자야. 그런저런 생각이 날 땐 오히려 여기 있는 게 안전해. 만일 일찍 자유가 주어지면 난 내게 무슨 일을 저지를지 몰라. 어쩌면 나뿐만 아니라 다른 누구에게 어떤 해코지를 할지 모르고. 그러니까 나는 지금 벌을 받고 있는 게 아니라 보호를 받고 있는 셈이지. 봐 이렇게 막혀 있으니 우선 당장 너도 날 어쩌지 못하잖아."

그는 힘없이 흐흐 하고 웃었다.

"참 좋겠네. 보호씩이나 받아서."

그는 또 아주 처량한 표정으로 흐흐 하고 미소를 지었다.

"그래도 이렇게 미안하다는 말이라도 할 수 있는 기회를 주어서 고맙다. 내 호적에 빨간 줄이 그어지는 것보다 네 기억에 나쁜 놈으로 남은 게 아플 뿐이다. 물론 나야 나쁜 놈이니까 아파도 싸지만 그런 기억이 있는 한 너도 억센 가시를 품고 사는 것처럼 아플 거야. 아예 나란 놈 네 기억에서 빼버리면 안 될까?"

"말은 참 쉽다. 이런 경우 용서하고 기다려 달라고 애원하고 빌어야 하는 거 아닌가?"

"그러면 그래 줄래?"

"말하는 거 봐서."

"애원하고 빌어서 원상복귀만 된다면 골백번인들 못 하겠니. 믿기지 않겠지만 죽고 싶었어. 죽었다 살아나서 처음부터 너와 다시 시작하고 싶었어. 항소를 해서 사형이 떨어진다면 그렇게라도 하고 싶었어. 널 다시는 볼 수 없다는 생각만 하면 미칠 것 같았어. 이렇게라도 널 만나고, 이렇게나마 얘길 하고 나니 그래도 숨통이 좀 트이는 것 같다."

그는 천장을 향해 한숨을 길게 내뿜었다.

"그러면 어떡해. 실수든 뭐든 이미 벌어진 일인걸. 완전히 없었던 일로는 할 수 없지만 이렇게 힘들게 치른 대가만큼은 복구되겠지. 그리고 죽은 사람은 경민씨 실수로 그랬다고 하더라도, 태어날 아이는 실수라고 하지 마. 어쩌면 아이는 신이 이런 일을 예측하고 경민씨가 꿋꿋하게 살아가게 하기 위해 주신 선물인지도 모르겠다. 맞어, 생각해 보니 정말 그런 것 같다. 그리고 연희는 그 선물을 가져다준 사람이고."

나는 또다시 이를 악물었다.

"선숙아!…"

"그만 갈게. 몸 조심해."

십 분이 다 된 건 아니었다. 옆에서 교도관이 듣고 있어서도 아니었다. 그가 아크릴판 칸막이에 덧대인 쇠창살을 움켜잡고 이를 사려물지만 않았어도, 눈물이 그렁그렁한 그의 눈시울이 붉어지지만 않았어도, 악문 내 이 사이로 울음이 터져나오려하지만 않았어도 더 있을 수 있었다.

"그래. 어린애들은 아프고 나면 뭐 한 가지씩 달라지는 게 있다더라. 아마 그만큼 컸다는 의미겠지. 사람은 좋은 경험보다 나쁜 경험을 통해 더 강해지는 경우가 많대. 제발 너도 그랬으면 고맙겠다. 그럴 수 있지?"

"경민씨 만난 게 나쁜 경험이란 얘기야?"

"결국 비수를 찌르는구나. 그래 그렇게 생각해서라도 네가 편해진다면 그렇게 생각해."

"정말 화도 한 번 제대로 못 내겠네. 실은 땡깡이라도 한번 부려보고 싶어서 왔는데, 이거야 내참! 나쁜 경험이라면 나보다 경민씨가 더 하고 있잖아. 그러니 경민씨 말대로 더 많이 달라지고 더 많이 강해져야 돼."

그는 천천히 고개를 끄덕거렸다. 눈을 한 번 감았다 뜨더니 눈물이 주르르 흘러내렸다. 끝내 내 눈에서도 눈물이 흘러내렸다. 그가 교도관을 따라가다 뒤를 돌아다보았을 때는 내가 그런 것처럼 그도 입술을 앙다물고 있었다.

들어갈 때 다짐과는 다른 모습으로 있다가 나온 나는 면회실을 나와 문을 닫을 때에서야 이게 아닌데 하는 생각이 들며 속에서 응어리 하나가 치밀었다. 딱히 그게 무엇이라 말할 수는 없지만 적어도 대기실에서 벼르고 있던 말들을 꺼내보지도 못했다는 사실만으로도 그랬다. 마지못해 친구 따라 백화점에 갔다가 분위기에 휘둘려 필요하지도 않은 고가의 물건을 샀을 때처럼 찜찜했다. 어디 가서 악다구니라도 쓰고 싶었다. 그쪽엔 사람이 없겠지 싶어 대기실 건물 뒤쪽으로 돌아가 보았다. 한 젊은 여자가 어머니인 듯싶은 여자의 위로를 받으며 흐느끼고 있었다. 여자는 만삭이었다.

얼핏 정연희의 모습이 눈앞을 스치고 지나갔다. 지금쯤 그녀도 만삭의 몸일 것이다. 그녀도 여길 왔을까. 왔다면 지금 저 여인처럼 여기 서서 눈물을 흘렸을 것만 같았다. 영어의 몸이 된 연인이 안타까워서라기보다, 냉담하게 대해주는 연인이 야속해서 울었을지도 모른다. 아무려나 나와는 상관없는 일이다. 아무리 그가 날 기다려도 난 이미 그를 만나러 올 자격을 잃은 사람이다. 그를 당당하게 면회 올 수 있는 사람은 그녀다. 교도소에 들어서면서부터 어쩐지 오면 안 될 곳에 온 것처럼 주눅이 들고 우울해진 것도 그래서 그랬던 것일까.

송경민이 카드 고객 명단을 내게 부탁을 했다면 나는 어떻게 했을까. 나는 폐기된 줄 알고 있었기 때문에 들어줄 수 없어 안타까워했을 것이다. 그걸 생각하면 무작정 정연희를 원망할 수도 없었다. 착잡하기로 말하면 나보다 그녀가 더 할지도 모른다. 그렇다고 해도 불행 중 다행이라는 생각은 안 들었다. 그를 잃은 상실감을, 하마터면 전과자가 될 뻔했다는 안도감으로는 도저히 메꿀 수 없었다. 카드 고객 명단을 정연희에게 부탁하게 돼서 다행으로 여기는 그의 입장에서 보면 나를 배려한 것이되 제 삼자에 의한 배려였고, 안도감보다는 상실감이 큰 내 쪽에서 보면 배신이되 제 삼자에 의한 배신이었다. 결국 원망으로도 용서로도 그 무엇으로도 그와 나 사이를 지속시켜 줄 수 있는 방도는 없었다. 하다못해 다시 한번 면회 올 구실조차 찾을 수 없었다.

그렇다고 해도 또 오겠다는 말조차 하지 않은 건 너무했다는 생각이 뒤늦게야 들었다. 안 오겠다고 작정해서 그런 건 아니다. 그냥 의례적으로라도 할 수 있는 말인데 복받치는 눈물을 주체하느라 시간도 못 채우고 나오고 말았다. 그는 빈말이라도 또 오겠다는 말을 기대했을지도 모르는데… 하지만 안 하길 잘했다 싶기도 했다. 어차피 끝내야 할 사이라면 미련은 그에게도 나쁠 것이다. 어쨌든 이제 그는 정연희와 가족을 이룰 사람이고 거기에 적응해야 할 사람이다.

나는 벽에 등을 붙이고 그의 옷만큼이나 짙푸른 하늘을 바라보며 싸늘하게 식은 겨울 햇볕에 볼을 타고 흐르는 눈물이 마를 때까지 서 있었다.

그를 만나고 돌아온 후 마음은 더 혼란스러웠다. 마치 심하게 갈증을 느낄 때 어설피 주스 따위를 먹으면 더 갈증을 느끼는 것처럼 그에 대한 애증은 점점 더 깊어만 갔다. 다시는 회복시킬 수 없는 사이임을 확인했지만 그래도 무슨 특단의 방법이 없을까 골몰하면서도 또 그런 내가 빙충맞아 짜증이 났다. 믿느니 시간이었으나 너무 더뎠다. 지난 가을 다시 새텃말에 간 것도, 무작정 다시 만나보고 싶은 마음에 면회를 가려다 마음을 다잡고 발길을 돌린 것이다. 거기서 김판길을 알게 된 건 그 무엇보다 위안이 되긴 했다. 순간순간 송경민을 까맣게 잊게 했고 마음을 설레게 했다. 그러나 그 위안은 또 다른 부담으로 다가왔다. 내가 들고 있기가 너무 뜨거운 감자를 김판길에게 떠넘긴 것 같은 자책에서 좀체 벗어날 수가 없었다. 그렇다고 해서 내 손에 뜨거운 감자가 없어진 것도 아니다. 그저 나누어 가진 것뿐이다. 아니, 솔직히 김판길이 그걸 받은 것인지 확신도 없다. 모든 게 뒤죽박죽이었다. 난 복잡한 꿈을 꾸고 난 후 해몽하느라 여념이 없는 사람처럼 시간에 얹혀 지냈다. 식구들의 눈총을 벗어나려면 어떤 도피처가 필요했다. 몇 군데 이력서도 내보고 친구들에게 구차한 소리도 해보았지만 모두 신통찮았다. 경제가 부실한 집에 경제력 없는 서른의 여자는 식구로 취급받기 어렵다. 결혼은 선택이 아니고 필수다. 나는 피난처를 찾듯 결혼을 생각할 수밖에 없었다.

맞선

　올케언니가 맞선자리를 소개하자 단박에 할머니와 어머니의 얼굴에 화색이 돌았다. 어서 이 집을 나가주었으면 하는 속내를 숨김없이 드러낸 것이다. 입 하나 줄이려고 시집을 보내기도 한다는 판길 어머니의 말이 떠올라 씁쓸했다. 물론 내 행복을 바라는 어른들의 진심을 모르는 건 아니다. 어쩌면 그분들이 걱정하기 전에 내 스스로 만들지 못한 자격지심일 수도 있다. 그동안 나는 충분히 내 행복은 내가 만들 수 있다고 자신해왔기도 했다. 물론 그 자신감의 바탕에는 송경민이 있었다. 졸지에 애물단지가 돼버린 나는 잃어버린 나를 찾는 마음으로 맞선에 응했다.

　나는 당사자끼리만 먼저 만나보고 둘이 좋으면 그때 어른들을 만났으면 좋겠다고 했다. 하지만 그쪽 어른들은 그러면 그게 연애지 무슨 중매냐고 한사코 어른들도 만나봐야 한다고 했다. 할 수 없이 어머니와 언니를 대동하고 나갔다. 엄밀히 말하면 언니는 중매쟁이니 내 쪽에선 어머니만 나간 셈이었다. 그쪽은 어머니에다 고모에 작은어머니까지 나왔다. 그쪽 어머니 말에 의하면 아버지도 나오려고 했는데 우리 쪽에서 어머니와 올케언니만 나온다고 해서 못 왔단다. 장손인데다 집안의 개혼이기 때문에 본인도 본인이지만 어른들 의견이 중요하다나. 맙소사!

신랑자리는 지금은 식품회사에 다니고 있지만 장차 집에서 하는 포도 농장을 이어받고 와인공장까지 할 계획을 하고 있다고 했다. 작달막한 키에 줏대없어 보이는 신랑자리도 마음에 썩 들지 않았지만, 그를 포진하고 있는 세 여자가 생선 가시 발라내듯 나를 뜯어보는 눈초리에 기가 질렸다. 중매 선 언니를 통해 웬만한 건 다 알고 있는 듯 말을 많이 시키지 않은 게 그나마 다행이었다. 그런데 하필 직장을 왜 그만두었냐고 물었다. 사실대로 말한다 해도 큰 흠은 안 되겠지만 그래도 불미한 사건에 연루되어 경찰서까지 드나들었던 사실 자체가 께름해 말하고 싶지 않았다. 얼떨결에 몸이 좀 힘들어서 그랬다고 해놓고 무안해서 언니의 얼굴을 쳐다보았다. 내가 직장을 그만둔 경위를 다 알고 있는 언니가 어떻게 마무리해 주겠지 싶어서였다. 언니는 시집갈 때가 돼서 그런 거라고 둘러댔다. 자기도 결혼할 때가 되니까 멀쩡히 잘 다니던 직장이 지겹게 느껴지고, 늘 하던 일도 힘들고 꾀가 나더라며 다 그런 것 아니냐며 수습을 했다. 하지만 고모라는 여자는 내 몸이 너무 호리호리한 게 약해 보인다며 마땅찮은 눈치를 보였다. 백화점을 그만둔 후 내 몸무게는 칠 킬로그램이 줄었다. 그제야 잘못 둘러댔구나 싶었지만 굳이 변명 같은 건 하고 싶지 않았다. 그래도 작은어머니라는 여자는 마른 사람이 보기보다 강단이 있을 수도 있다며 호의를 보였다. 그 말에 힘을 얻은 어머니가 보긴 저래도 자리에 누워 앓아보진 않았다고 마치 변명하듯 보충 설명을 했다. 분명 맞선인데 수적으로 열세에 있어서 그런지 그네들처럼 이것저것 물어야 할 어머니가 변명만 하니 나만 일방적으로 선을 뵈는 기분이었다. 무슨 품질 검사를 받고 있는 물건 같아 당장 일어나 나가고 싶었다. 언니 체면을 생각해서 억지로 참고 있자니 숨이 다 막히는 것 같았다.

언니가 내 심중을 눈치채고 두 사람에게 시간을 주자며 어른들을 몰고 나간 후에야 숨이 제대로 쉬어졌다.

나는 일어나서 나가는 어른들께 목례를 하고 앉자마자 고개를 옆으로 돌려 손부채질을 했다.

"많이 긴장하셨나 봐요?"

"네. 조금. 얼마나 꼼꼼히 뜯어보시는지."

"제발 그러시지들 말라고 해도 매번 왜 그러시는지 참나."

"매번이라는 걸 보니 선 많이 보셨나 봐요?"

"글쎄요, 많은 건지 어떤 건지는 모르겠지만 한 열댓 번은 될 겁니다. 무척 어색해하던데 그래도 처음은 아니죠?"

선본 횟수가 무슨 대단한 경력이라고… 난 그냥 피식 웃는 것으로 대답을 대신했다.

"이번엔 감이 좋네요. 어른들은 선숙씨를 좋게 본 것 같으니까 일차 관문은 통과된 것 같고 이제 제가 이차 관문인 선숙씨 마음을 통과하는 일만 남았습니다. 제발 까다롭지 않았으면 좋겠습니다."

분명 고모라는 사람은 몸이 허약해 보인다고 설면해 했는데 그게 좋게 본 거라는 말인가. 조금 의아했지만 당사자가 그렇다니 그런 것이겠지 했다.

"그러면 형우씨는 제가 마음에 드신다는 건가요?"

"당연하죠."

"어떻게 그렇게 금방 결정하세요?"

"맞선의 장점이 무엇입니까. 바로 문진이라는 게 있지 않습니까."

"문진이요?"

"예. 병원에 처음 가면 의사가 어디가 아파서 온 건지 꼬치꼬치 묻는 거 말입니다. 그러면 환자는 평소 아픈 데보다 조금 과장하면서 고주알미주알 다 털어놓게 마련이죠. 인숙이가 중매를 섰으니 신분 확실하겠고, 또 사전에 어른들과 중매쟁이가 이런저런 사정을 꿰맞춰 보고 괜찮다 싶어 자리를 마련했을 테니 어련하겠습니까. 저야 마지막으로 인상만 보면 되죠."

"그렇게 단순한 결혼관을 가졌는데 열댓 번씩 선을 보고도 아직 미혼인 게 의아하네요."

"그러게 말입니다. 늘 일차 관문이나 이차 관문에서 걸려요."

"아니, 그럼 당사자는 아무 여자나 좋다는 거예요, 아니면 매번 상대방이 마음에 들었다는 거예요?"

"아무 여자라니요, 까다로운 문진을 통과한 여잔데요. 만일 거기다 나까지 이런저런 조건을 붙인다면 전 아마 결혼하지 못할 겁니다. 어차피 헤어지면 죽고 못 살 만큼 사랑해서 하는 결혼이 아닌 바에야 결혼해서 살아본 경험이 있고 나를 가장 아끼고 잘 아는 사람들이 좋다는 여자면 되는 거 아닙니까? 어른들만 좋다면 저는 상관없습니다."

하마터면 헤어지면 죽고 못 살 것 같은 사람이 없었냐고, 혹시 있었는데 헤어지게 된 거라면 어떻게 극복했냐고 물을 뻔했다. 그렇게 본인의 의사는 뒷전으로 하고서라도 결혼은 꼭 해야 하는 거냐고 물으려다 그것도 참아냈다. 선을 보러 나온 것이지 상담을 하러 나온 게 아니란 자각이 든 것이다. 설사 그가 헤어지면 죽고 못 살 것 같은 사람과 헤어지고 나서 어떤 식으로 극복을 했다고 해도 그건 그 사람의 방법일 뿐 나와는 상관없는 것이다. 그건 그렇고, 어른들만 좋다면 자기는 아무래도 좋기 때문에 내가 마음에 든다는 말은 좀 듣기 거북했다.

"그래도 어차피 어른들은 먼저 돌아가실 것이고 정작 해로할 사람은 당사자들인데 당사자의 의견이나 느낌이 뒤로 밀리는 건 좀 그렇네요."

"어이구 기분이 언짢으셨나보네요. 아무려면 제 일생이 걸린 일인데 아무 여자나 상관없다는 게 말이나 됩니까. 고슴도치도 제 자식은 함함하다고 부모님이 저를 너무 과대평가하시고 까탈을 부리시는 것 같아 저라도 분수를 지키려는 것이지요. 제 딴엔 어른들 때문에 잃은 점수 만회해보려고 한 말인데 이거 역효과만 났나 보네요."

그는 정색하고 자신의 말을 해명했다. 나도 틀어질 때 틀어지더라도 너무 깐족거리는 인상은 주고 싶지 않아 그러냐고 표정을 풀었다.

안도하는 그를 바라보며 사랑해서 결혼하나 결혼해서 사랑하나 마찬가지라던 선배의 말을 떠올렸다. 선배는 중매결혼이 연애

결혼보다 신비스럽고 깊은 맛이 있을 거라고도 했다. 선배는 연애결혼을 했는데 실망할 때가 많다고 했다. 연애할 때는 서로 잘해주려고 해서 좋은 점만 보였는데 결혼을 하고 나서 하나둘 실체가 드러나는 것 같단다. 중매결혼도 나중에 문제점이 드러나긴 하지만 모르던 걸 알게 되는 경우고, 연애결혼은 좋았던 게 아닌 걸로 들통 나는 것이니까 차이가 있을 거라나. 그럴 것 같다고 응수는 했지만 속으로는 사람 나름이라고 부정했다. 적어도 나와 송경민은 오래 만나왔으니 들통 날 일 자체가 없을 거라고 자신했다. 그만큼 허망했다. 송경민에게 실망한 것보다 그렇게 믿은 내가 더 빙충맞았다.

내가 좋게 보자고 마음을 돌려서 그렇기도 하지만 그가 선본 경력이 많아서 그런지, 얘기를 할수록 첫인상과 달리 푸근하고 소탈해 보였다. 어른들만 좋으면 된다는 단순한 결혼관이 처음엔 매우 무책임하게 느껴졌지만 그만큼 성격이 무난하고 포용력이 있다는 해석도 해볼 수 있었다. 그는 자기도 내게 좋은 인상을 주었으면 좋겠다는 말로 거듭 내게 좋은 인상을 받았다는 뜻을 전했다. 나도 편안해 보인다는 말로 어정쩡하게나마 그의 말을 수긍해 주었다.

"답답한데 밖으로 나가죠."

나도 그러길 기다리던 참이었다.

그는 덕수궁으로 안내했다. 이것이 이 사람이 선볼 때마다 거치는 수순인가? 나는 내가 어떤 각본에 의해 움직여지는 것 같아 조금 찜찜했다. 하지만 아무려면 어떠랴. 서먹서먹한 것도 그의 말대로 문진을 통과한 사람이라는 긍정적인 생각으로 지워볼 생각이었다. 결혼해서 나가길 바라는 어른들께 효도하는 셈 치자고 마음을 다독였다.

누렇게 탈색됐지만 깔끔한 잔디밭에서 결혼 예복을 입은 예비부부가 카메라맨의 주문대로 포즈를 취하고 사진을 찍고 있었다. 겨울 날씨치고는 포근한 편이지만 앞가슴을 거의 드러낸 신부의 모습이 몹시 추워 보였다. 친구인 듯 젊은 여자 하나가 코트를 들고 있다가 신부가 사진을 찍고 나면 얼른 입혀주곤 했다.

"저 사람들 행복해 보이죠?"

신랑이 신부 뒤에서 감싸 안은 예비부부의 모습을 보며 그가 물었다. 제 생각이라기보다 내가 그렇게 생각할 것 같아서 미리 동의한다는 말투였다.

"글쎄요, 그렇긴 한데 행복은 신랑 신부 몫이 아니라 사진사 몫 같군요."

"사진사 몫요?"

내 대답이 예상 밖인 듯 그는 놀라 발걸음까지 멈추었다.

"예비부부의 행복한 모습을 사진사가 찍는 게 아니라, 사진사가 행복하다고 생각하는 모습을 신랑 신부에게 시키고 있는 거잖아요."

"그렇긴 해도 별로 어색한 느낌은 안 드는데요. 선숙씨는 어색해 보이나 보죠?"

"뭐 꼭 그런 건 아니지만 그래도 행복은 저렇게 가시적으로 다듬어지는 건 아닌 것 같아요."

"그럼 어때야 한다고 생각하세요?"

"글쎄요. 딱히 어때야 한다는 표본은 저도 잘 모르죠. 다만 일반적으로 가장 행복할 거라고 생각되는 저 사람들을 보아도 행복한 모습은 추측해서 연출할 수는 있지만 실제 행복을 만들 수는 없는 것 같네요."

"아니, 왜요?"

"행복은 형체가 없기 때문이죠. 만든다는 건 어떤 형태나 전형이 있어야 하는데 행복은 그저 감일 뿐이잖아요. 그래서 만드는 게 아니라 느껴지는 거죠."

"행복한 모습을 연출할 수 있다는 것 자체가 이미 어떤 전형을 의미하는 게 아닐까요."

"어느 정도는 그렇게 볼 수도 있겠죠. 그러나 연출할 수 있는 부분은 상징적인 것이고 일종의 전시효과일 뿐 실제 행복은 아니죠."

"그럼 흔히들 연인들이 상대방에게 행복하게 해주겠다고들 장담하는데 그건 틀린 말이거나 거짓말이겠네요?"

"거짓은 아니겠지요. 다만 말하는 사람이 생각하는 행복과 듣는 사람이 생각하는 행복이 같지 않은 수가 많을 뿐이죠."

"행복에 대해 무척 초연해 하시는 게, 어쩐지 결혼에 대해서도 별 기대가 없어 보이네요. 그건 제가 마음에 안 든다는 뜻 같아 긴장이 되는데요."

결혼이 아니라 단순히 도피처를 찾아 나선 걸음이라는 게 은연중에 내비쳐졌나. 가슴이 뜨끔했다. 일이 성사되든 안 되든 그건 안 좋은 일이다. 상대방이 싫으면 중매쟁이를 통해 의사를 전달하면 되지, 면전에서 자존심을 상하게 하고 싶지는 않았다. 더군다나 언니의 가까운 친척이라는데.

"어머, 제가 그래 보였어요? 제가 너무 주제넘었군요. 결혼한 선배가 그러더라구요. 무슨 일이든 기대가 너무 크면 실망도 크다고요. 결혼에 대해서도 너무 큰 환상을 가지고 있으면 나중에 힘들어지니까 그냥 미혼 때보다 조금 다르게 사는 것이라고만 생각하라더군요. 꼭 그 말 때문은 아니지만 아무튼 결혼을 행복 그 자체로 생각하는 건 위험할 것 같아요."

간신히 둘러대긴 했지만 상대가 불쾌해 하는 건 아닌가 하는 불안이 가시지 않았다.

"그러면 결혼과 행복 그 둘 관계는 어떤 거라고 생각하세요?"

"인간의 끝없는 욕구로 보아 행복은 안주의 대상이 아니라 끝없는 추구의 대상이 아닌가 싶어요. 그리고 결혼은 그 추구의 한 방법이고요."

"그러니까 혼자서 추구하던 행복을 둘이서 추구하는 게 결혼이라는 뜻입니까?"

"아까부터 계속 그렇게 캐물으시니까 꼭 면접을 보는 것 같네요. 형우씨도 배우자를 어른들 의사에 전적으로 맡기는 걸 보면 결혼에 대해 그리 큰 기대는 없는 거 아녜요?"

어쩐지 자꾸만 수세에 몰리는 것 같아 말투를 바꿔 질문을 되받았다.

"아, 아까도 비슷한 말씀을 하시더니 어른들만 좋다면 나는 상관없다는 말이 무척 불쾌하셨나보군요. 저는 장손이라 어른들의 기대가 큽니다. 어른들하고만 좋게 지낼 수 있으면 저는 될 수 있는 대로 맞춰 살려고 하고요. 사실 저 뭐 볼 거 있습니까. 그런 주제에 뭘 그리 따지겠습니까. 오히려 어른들이 그러는 것까지 민망할 뿐이죠."

그는 정색하며 아까보다 더 구체적으로 자신이 한 말의 진의를 설명했다. 마치 변명이라도 하는 것처럼 모습도 더 진지했다. 이제 도피처를 찾아 나선 내 감정은 안전하게 숨겨진 것 같았다.

"결혼은 행복을 추구하는 한 가지 방도라는 말이 참 공감이 가네요. 좀 전에, 말하는 사람이 생각하는 행복과 듣는 사람이 생각하는 행복이 다를 수 있다고 하셨는데, 두 사람이 생각하는 행복이 같은 걸 궁합이 맞다고 하나 보죠? 선숙씨가 생각하는 행복이 어떤 건지 몹시 궁금하네요."

"그건 저도 모르죠. 행복은 어떤 예고나 전조 없이 그냥 느껴지는 거니까. 때론 타협에 의해 느껴지기도 하고요. 그래서 대부분 행복한 순간엔 행복하다는 걸 잘 모르다가 지내놓고 나서야 아 그때는 참 행복했는데 하고 깨닫게 되는 수가 많죠."

"맞어요. 그러니까 항상 현실을 직시하며 살 줄 아는 지혜가 필요하겠군요."

"그렇긴 하지만 어디까지나 이론이지 그게 마음대로 되겠어요. 타인의 시선으로는 행복할 조건을 다 갖추고도 불행하다고 생각하거나 우울증에 빠지는 사람도 많고, 겉으로 보기엔 동정을 살 만큼 불행해 보이는 데도 행복하게 사는 사람들도 많지요. 가난

한 나라 사람들의 행복지수가 잘 사는 나라 사람들보다 높은 경우를 보아도 참 모호하지요. 그래서 수양이란 게 필요한 것인지도 모르죠."

"수양이라, 그러니까 생각나는데 왜 사람의 몸에는 뜨거운 것을 느끼는 자극점과 차가운 것을 느끼는 자극점이 있다지 않아요. 그런데 사람마다 그 반응의 상태가 달라서 어떤 사람은 뜨거운 것을 못 참고 또 어떤 사람은 차가운 것을 못 참고 하잖아요. 그것처럼 마음에는 행복을 느끼는 자극점과 불행을 느끼는 자극점이 있는데, 그 반응 상태가 사람마다 다른 거 아닐까요. 그래서 어떤 사람은 별 거 아닌 일로도 행복을 느끼는가 하면 어떤 사람은 별 거 아닌 일로 불행하다고 느끼는 거죠. 그걸 조절하기 위해 교육과 수련이 필요하다는 거 아닙니까?"

"그런 것 같네요."

나는 그의 말도 말이지만 열심히 얘기하는 모습이 내 마음에 들려고 애쓰는 것 같아 활짝 웃었다.

"어쩐지 우리 잘 통할 것 같지 않습니까."

그는 아주 기꺼운 미소를 지으며 동의를 구하듯 내 눈을 똑바로 바라보았다. 상대가 누구든 좋은 인상을 주는 건 좋은 일이다. 그래서 나도 미소를 짓고 고개를 끄떡여주었다.

예비부부는 잔디밭에서 앞을 향해 앉아, 신부는 신랑의 품에 반쯤 누운 상태로 등을 기댄 채 신랑의 얼굴을 올려다보고, 신부의 몸을 받친 신랑은 신부의 얼굴을 지그시 내려다본다. 뭐가 잘 안됐는지 렌즈를 통해 들여다보던 사진사가 뛰어가 앉은 자세를 고쳐주고 얼굴을 더 가까이 대라고 주문한다. 행복해 보이지 않아서 행복하게 고친 건지, 행복한데 좀 더 행복하게 고친 건지, 아니면 행복과 상관없는 작품 사진을 만드는 건지… 작품이라 해도 제목은 '행복'이거나 '새출발'쯤 될 것 같았다.

"저 사람들 정말 사진사가 시키는 대로 잘도 하네요."

"행복한 모습을 찾아내려고 노력하는 것이겠죠. 좀 민망할 것 같네요."

"그렇죠? 우린 저런 거 생략합시다."

"어머! 너무 속단하시는 거 아녜요?"

"그랬나요? 그럼 아직도 저 시험 중에 있는 겁니까? 이거 불안한데요. 어떻게 하면 선숙씨 마음을 통과할 수 있는지 힌트 좀 주세요."

"연분이 되려면 그런 거 없어도 되겠지요."

"그래요. 순수하게 제힘으로 풀어보죠."

아닌 게 아니라 그는 내가 재미있어할 만한 일화도 소개하고 자신의 진로도 얘기하며 호감을 주려고 애썼다. 의식적으로 그에게 몰두하려고 애쓴 덕인지 나도 처음에 느끼던 서먹함도 없어지고 마음도 한결 편해졌다.

그는 덕수궁을 한 바퀴 도는 동안 어른들이 좋아할 것 같은 느낌 때문에 고무된 데다 제 말대로 마음이 통했는지 점점 더 결혼을 기정사실로 여기는 눈치였다. 만일의 경우를 생각해서 약간의 거리를 두긴 했지만 나도 거부감을 보이지는 않았다.

덕수궁을 나와 내가 헤어지려 하자 그는 저녁까지 먹고 헤어지자고 했다. 너무 그의 의견에만 따르면 속없어 보일 것 같아 오늘은 이쯤에서 헤어지는 게 좋겠다고 사양했다. 하지만 그는 자기가 마음에 안 들어서 내가 그러는 줄 알고, 자기 홍보를 더 해야겠다며 막무가내로 같이 가자고 했다. 일찍 들어가면 어른들이 실망할까 봐 못 이기는 척 그의 뜻에 따랐다.

조촐한 한정식집으로 들어갔다.

"선숙씨 식성을 몰라 이리로 들어왔습니다. 한식이 무난한 할 것 같아서요."

음식이 차려지자 반찬을 둘러보며 그가 말했다.

"좋네요."

실제로 어떤 특정 음식보다 조금씩 골고루 먹는 게 편했다. 이 또 무슨 생뚱맞은 짓인지 난 굴비를 보자 김판길 어머니가 내 밥숟갈에 올려놔 주던 굴비를 떠올렸다. 순간순간 송경민과 비교하는 것도 미안한 참이었는데 김판길까지 떠올리고 보니 송구스럽기까지 했다. 미안한 마음에 맛있게 밥을 먹었다.

"식성이 까다롭지 않으신 모양이네요."

"네. 양은 많이 안 먹어도 가리는 건 없어요."

"다행이네요. 어른들은 식성이 좋은 것도 복으로 보시지요. 제 먹기 싫은 건 하기도 싫어한다며 아내는 식성이 까다롭지 않아야 한다고 말씀하셨지요."

"아내를 택하는 게 아니라 철저히 며느리를 택하는 거네요."

"아니에요, 아니에요. 그건 어른들 뜻도 그렇지만 제 생각도 그래요. 건강은 먹는 데서부터 시작하는 거고 또 건강만큼 중요한 게 어디 있습니까. 재산을 잃는 건 조금 잃는 것이고 건강을 잃으면 전부 잃는 것이라지 않습니까. 하하하. 이거 끝까지 긴장을 놓을 수가 없군요."

"아, 죄송합니다. 아무래도 제가 자격지심이 있나 봐요."

농담처럼 웃으며 대꾸했지만 물을 부어놓았던 눌은밥을 먹으면서도 얹힐 것처럼 답답했다. 철저히 어른께만 초점이 맞춰진 사람과 결혼을 하기엔 아무래도 씸찜했다. 하지만 내게 내 취향 따위를 따질 자격은 없다. 사실 할머니나 어머니만 내가 집을 나가주길 바라는 게 아니다. 내가 더 나가고 싶었다. 어머니는 당연히 결혼을 전제로 나가길 바라지만 나는 결혼과 상관없이 나가고 싶었다. 하지만 과년한 딸이 혼자 독립해 나가는 일은 상상도 할 수 없는 일이다. 무엇보다 내게 그럴만한 경제적 여유가 없었다. 집을 나가는 길은 오로지 결혼밖에 없었다. 나는 그와 있는 동안 내 스스로 그에 대해 변호를 하며 결혼을 긍정적으로 생각하려 했다.

저녁을 먹고 집까지 바래다주겠다는 걸 부담스러워 지하철역까지만 배웅을 받았다. 그는 구체적인 약속은 안 했지만 금방 다시 만나게 되리라는 암시를 주었다. 난 그의 언행을 미루어보아 분명히 다시 만나자는 연락이 곧 올 거라 믿었다. 연락이 오면 나가리라고, 다시 만나봐서 웬만하면 결혼하리라고 작정해 두었다.

남자의 태도로 보아서는 이삼일을 안 넘기고 만나자는 연락을 해 올 줄 알았는데 닷새가 지났는데 연락이 없었다. 언니 보기가 조금 무안했다. 남자가 그렇다기에 그런가 보다 했는데, 이번엔 어른들 눈에 든 것이 분명하다는 그의 추측이 어긋난 것만 같았다.

불안했다. 조마조마했다. 처음엔 그에게서 다시 만나자는 연락이 안 올까 봐 그런 줄 알았다. 그런데 끝내 연락이 없자 후련했다. 언니가 알아보니 내가 맏며느리감으로는 너무 몸이 약해 보여 성혼 할 수 없다고 하더란다. 얘기를 전해 듣는 순간 깊은 안도의 숨이 쉬어졌다. 연락이 안 올까 봐서가 아니라, 올까 봐 그렇게 불안하고 조마조마했던 것이다. 나도 뜻밖이었다. 웬만하면 결혼하겠다는 생각에 무의식적으로 두려움을 느끼고 있었던 것 같았다. 그러고 보니 결혼까지 생각하고 있는 사람의 연락을 기다리며 어떤 설렘이나 흥분 같은 게 생기지 않았다는 것도 이상했다. 설렘은 고사하고 송경민에게 드는 죄책감을 부식시키는 데만 전전긍긍하고 있었다.

그렇게 단순한 결혼관을 가지고 있는데도 삼십 중반이 넘도록 미혼인 이유를 알 만했다. 그의 태도로 봐서 일차 관문이라는 어른들만 통과하면, 설사 내가 싫다고 해도 적극적으로 설득하려 들 것 같았는데, 아무래도 그 일차 관문이라는 게 철옹성인가 보다. 그러니 그 안은 오죽이나 경직돼 있을까? 거길 들어가려 했으니 생각만 해도 섬뜩했다. 우습게도 그가 실망하고 있을 것만 같아 측은한 생각마저 들었다. 그렇게 들떠서 다 된 일처럼 얘기하고 행동했으면 일이 성사되지 못해 미안함을 전해 올만도 한데 그조차 못 하는 걸 보면 역시 정상적인 사람으로는 생각되지 않았다. 한편으로는 미안하다는 연락을 하면 내가 더 무안해 할 것 같아 배려해 준 것이라는 생각도 들었다. 어쨌거나 나는 기분이 아주 홀가분했다. 어느 전지전능한 분이 길을 잘못 들려는 나를 지켜주고 있는 것만 같았다. 올케언니는 그래도 내가 시댁붙이인 점을 감안해서 '며느리를 보는 거야 일꾼을 보는 거야, 그 아주머니 그렇게 안 보았는데 그 주제에 정말 웃기네. 아들 나이를 생각해야지. 이제 봐 비단 놓치고 광목 고를 테니' 하며 나를 역성들어 주었다. 나는 '왜요 그분들 주제가 어때서요. 저한텐 과분한 사람인데요. 다 연분이 안 닿는 게지요' 하고 웃으며 여유를 보였다. 꼭 어디 따로 철석같이 믿는 데가 있는 사람처럼.

눈 오는 날

　오전 열 시 기차를 염두에 두고 넉넉하게 집을 나섰는데 도중에 길이 너무 막혀 서울역에 도착했을 때는 십 분이 지났다. 할 수 없이 열한 시 기차를 기다릴 수밖에 없었다. 집을 나설 땐 날씨가 그물거린 것조차 의식하지 못했는데 눈발이 희끗희끗 날리기 시작했다. 보라는 건지 말라는 건지, 대합실에 설치해 놓은 텔레비전은 소리는 나지 않고 화면만 나왔다. 안내 방송을 위해 화면만 제공하니 양해해 달라는 안내문이 텔레비전 머리에 붙어 있는 걸 보니 고장은 아닌 모양이었다. 아닌 게 아니라 텔레비전 방송에 빠져 있느라 안내방송을 못 들으면 개찰 시간을 놓쳐버릴 수도 있겠다. 어쨌거나 잠시 잠깐은 벙어리 화면이나마 시선을 박아둘 데가 있어 아주 무용지물은 아닌 것 같았다. 생각은 생각대로 시선은 시선대로 편했다. 화면은 오락프로그램인 듯 연예인들이 나와 무슨 게임을 하고 있었다.

　바람이나 쐬고 오겠다고 집을 나서자 올케언니가 따라 나오며 지폐 몇 장을 코트 주머니에 찔러 넣어주었다. 내가 몹시 우울하게 지내는 것이 맞선을 보고 성사되지 않아 충격을 받았기 때문이라고 생각하는 눈치였다. 게다가 자기가 주선한 맞선이고 보니 마음이 쓰이기도 했을 것이다.

선을 보고 나서 저쪽 집으로부터 거절 의사를 전해 들은 순간 나는 '그래, 역시!' 하며 단박에 송경민을 떠올렸다. 아마 얼굴에 화색도 돌았을 것이다. 억지로 마음을 돌리려고 하니까 신이 막은 거라고, 그건 내가 배신을 하는 거라고, 난 눈물이 그렁그렁한 송경민을 그리며 천만다행으로 생각했다. 결혼을 작심하고 선을 보러 나가면서 정말 이렇게까지 해야 하나 갈팡질팡했던 마음이 한순간에 편안해졌다. 결혼을 막은 신이 송경민과 나 사이의 모든 문제를 해결해주었을 것 같은 믿음도 생겼다. 그게 아니라면 모든 해결은 내 손에 달렸다고 생각했다. 나는 누구의 사주라도 받은 것처럼 부랴부랴 교도소로 찾아갔다. 만나서 무얼 어떻게 하겠다든가 무슨 말을 하겠다고 작정한 건 없었다. 그냥 운명이 시키는 대로만 하면 된다고 생각했고 보고 싶어 견딜 수 없을 뿐이었다. 버스에서 내려 걸어가는 동안 바람이 찬 숨을 쉴 때마다 코가 아렸다. 그래도 발걸음은 빨랐다. 그간의 마음고생이 이제 마무리되는 것 같아 입김을 앞세우고 발길을 재촉했다.

그는 크리스마스 특별사면으로 출소하고 없었다. 그런 줄도 모르고 선까지 본 게 더욱 미안했다. 거절당한 게 거듭 다행스러웠다. 출소했으면서도 내게 연락을 못 하고 있는 건 내게 미안해서라고, 눈 빠지게 내 연락을 기다리고 있을 거라고 나는 굳게 믿었다. 모든 일은 이제 내가 해결하고 결정해야 하는 수순만 남은 거라고 생각했다. 망설일 것도 없이 반가워 어쩔 줄 모르는 경민의 음성을 상상하며 전화를 걸었다.

"여보세요."

전화선을 타고 내 귀로 흘러든 목소리는 듣기 따라서 애교스럽게 들릴 수도 있고 간사하게 들릴 수도 있는 정연희의 독특한 음성이었다. 혹시 잘못 들었나 싶어 머뭇거리고 있자 저쪽에서 다시 한번 '여보세요, 말씀하세요' 하고 보다 정확하게 그녀의 목소리임을 증명해 주었다. 순간 온몸으로 소름이 퍼져나갔다. 그는 느낌으로는 한순간도 내 곁을 떠난 적이 없는데 막상 손을 내밀면 늘 닿지 않는 곳에 있었다. 당연히 내가 정리해야 할 줄 알았던 일들은 이미 다 해결되고 정리되어 있었다. 나는 숨소리조차 끼어들 틈이 없었다. 나는 세찬 바람에 날려 낭떠러지 끝으로 밀려난 느낌이었다. 착각과 변명으로 지탱해온 시간이 가슴 속에서 버석거리며 무너져 내렸다. 나는 나름으로 꽤 괜찮은 여자라고 자부해 왔다. 누구에게든 사랑을 받으면 받았지 버림을 받을 거라곤 상상도 안 했다. 그런 만큼 혹시라도 버림을 받을까 봐 미리 몸을 사렸다. 그렇게 마음 단속을 해온 덕에 열등감을 우월감으로 키울 수 있었다. 그런데 내 실체는 함량 미달의 여자일 뿐이었다. 그토록 몸을 사리며 키워온 우월감이 한순간에 무너져 내렸다. 결국 나는 내 안의 함량 미달로 내가 결정해야 할 일들의 선수를 빼앗기고 만 것이다. 선 본 남자도 아무리 어른들의 반대가 심해도 정말 내가 좋았으면 불효를 무릅쓰고 결혼을 강행했을 것이다. 실제 부모와 인연을 끊으면서까지 여자를 택하는 남자들도 얼마든지 있지 않은가. 내게 함량이 충분하다면 그도 그랬을지 모른다. 송경민도 정말 인생을 걸 만큼 나를 좋아했다면 눈물만 흘릴 게 아니라 붙들어야 했다. 내가 다시 찾아올 때까지 기다려야 했다. 그래서 내가 해결하게 했어야 했다. 그러나 선본 남자도 송경민도 내게 선택권을 줄 만큼의 함량이 내게는 없는 게다. 송경민이 구차스럽다고 한 말이 이런 것일까. 나를 품고 있는 삶이 구차스러웠다.

나는 속이 텅 빈 플라스틱 인형처럼 무감각해져갔다. 신도 운명도 내겐 없거나 가혹했다. 아니, 너무 능력이 없어 나를 지켜주지 못하는 것 같았다. 지난 가을 새텃말에서 몸살이 났을 때 곡식이 널린 멍석에 앉아 해바라기를 하던 날의 강한 햇볕을 쬐고 싶었다. 생명을 탄생시키고 재생시키는 그런 강한 햇볕을. 겨울이라는 게 마음에 걸리기는 했다. 아무래도 겨울볕은 가을볕보다 을씨년스러울 텐데 그 볕도 그런 능력을 가지고 있을지 의심스러웠다. 하지만 다른 데 볕은 몰라도 고향의 볕은 겨울에도 따뜻할 것만 같았다.

경의선 열차의 개찰이 시작된다는 안내 방송이 나왔다. 출발 시각 십 분 전이다. 하마터면 멍청한 화면에 시선을 박은 채 다른 생각을 하고 있다가 또 열차를 놓칠 뻔했다.

눈은 능곡역을 지날 즈음부터 펄펄 날려 연신 창을 향해 달려들었다. 그러잖아도 평일이라 두 사람이 앉는 좌석에 한 사람씩 앉아갈 만큼 승객이 적었는데 일산역을 지나면서부터는 객차 안이 텅텅 비어갔다. 날을 잘못 잡았구나, 그냥 돌아가야 하나 어쩌나 망설이는 동안 기차는 꾸역꾸역 문산역에 데려다 놓았다.

기차역에서 버스정류장까지는 상가 처마 밑을 들락날락하면서 쏟아지는 눈을 피했다. 애들 생각이 나 마트에 들어가 초콜릿 두 상자를 사서 가방에 넣었다. 가방을 방패 삼아 버스정류장까지 잰걸음으로 걸었다. 버스에도 승객이 별로 없었다. 방미에 내려서부터는 눈발이 더 거세졌다. 마트에 들렀을 때 우산도 살 걸 싶었다. 하지만 눈은 점점 앞을 분간할 수 없을 만큼 쏟아져 우산이 있어도 소용없을 것 같았다. 괜한 걸음이었다고 후회도 되었지만 내친걸음이란 말대로 그냥 부지런히 걸었다.

새텃말 올라가는 경사길이 보일 무렵 마음에 동요가 일었다. 집을 나설 때는 비참한 마음에 고향의 가을볕을 쬐고 싶다는 단순한 심정으로 나섰지만 지금은 농한기인 한겨울이다. 오빠네 입장에서 보면 가을에는 바쁜 철이라 일손이 필요해 반겨주었지만 지금은 반겨줄 명분은 고사하고 올 이유마저 궁색했다. 허망한 느낌이 들자 불현듯 고향에는 오빠네만 있는 게 아니라 그가 있다는 생각이 떠올랐다. 어떤 궁지에 몰리면 벗어나기 위해 초인적인 방안을 생각해 내듯 나는 무모하게 온 길에 대한 타당성을 찾아내기 시작했다. 물에 빠져 지푸라기라도 찾아낸 듯 그를 떠올렸다. 그 사람이라면 오빠보다 더 반겨 주지 않을까 하는 생각이 들었다. 억측이고 막연한 희망일 수도 있지만 여기는 고향 아닌가. 고향이라면 마지막 보루요 안식처가 될 줄 수 있어야 하는 것 아닌가. 나는 떼를 써서라도 내 행보에 대해 인정을 받고 싶었다. 그 인정을 받으려면 육촌 오빠보다는 '담을 수 없는 다래끼'라고 메시지를 남긴 그가 더 적격일 것 같았다. 나는 누가 기다리기라도 하는 것처럼 발걸음을 빨리했다.

이렇게 눈이 많이 오는데 밖에 나와 있을 사람도 없을 것이고 나와 있다가 이쪽을 본다고 해도 심한 눈발 속이라 나를 알아보지는 못하겠지만 도둑이 제 발 저린 격으로 새텃말 입구를 지나칠 때는 더욱 발걸음이 빨라졌다. 벌에 쏘였을 때 암모니아수를 가지고 가던 날을 떠올리며 산모퉁이를 돌아서고부터 제 속도로 발걸음을 유지했다.

신작로에서 불기골로 접어들자 가슴이 뛰기 시작했다. 반겨줄 거라는 생각이 들수록, 그렇게 생각하고 송경민의 집에 전화를 걸었을 때의 그 암담함이 되새겨져 불안해졌다. 문득 그동안 결혼하여 아내와 같이 있는 건 아닌가 하는 생각이 들었다. 정말 그러면 그냥 아주머니 보러 온 것처럼 하면 되지 않나 하는 우격다짐도 해보았다. 아닌 말로 송경민의 집에 정연희가 와 있는 것하고는 근본적으로 다른 것이다. 송경민의 경우처럼 기대가 무너진 게 아니라 예상이 빗나간 것뿐이다. 그렇더라도 생급스레 아주머니를 보러 왔다니… 정말 어처구니없는 일이다.

만일 그러면… 그냥 새텃말로 돌아갈까?… 왜 왔다고 하지?… 나중에 여기 왔다간 걸 언니나 오빠가 알면 뭐라고 하지? 그냥 부딪쳐봐?

복잡한 머릿속은 아랑곳없이 발걸음은 천연덕스럽게 그의 집 대문 앞까지 가서야 멈췄다. 전에 왔을 땐 열려 있던 대문은 손으로 밀면 열릴 듯 지쳐만 있었다. 문틈으로 안을 들여다보고 귀를 기울여보아도 아무런 기척을 느낄 수 없었다. 아무리 생각해도 그의 아내만 걱정이 아니라 그의 어머니에게도 생뚱맞았다.

이 눈 속에 찾아왔다면 분명한 용건이 있어야 한다. 그 사람이라면 없는 용건도 만들어주겠지만 그의 어머니에게 설명할 용건은 없다. 아무리 우격다짐으로 고향이 반겨줄 명분을 찾아내려 해도 없다. 우두망찰해져 처마 밑에 서서 쏟아지는 눈발만 바라보았다. 돌아가야 한다고 생각은 하면서도 선뜻 발걸음이 떼어지지가 않았다. 반겨줄 거라는 기대로 걸을 때에는 거센 눈발도 겁나지 않았지만, 시행착오였다는 걸 깨닫고 되돌아서자니 펑펑 쏟아지는 눈발이 포탄처럼 무서웠다. 가만히 서 있으려니 춥고 발이 시려워 이를 앙다물고 발을 떼려는 순간이었다.

"삐이걱!"

대문이 열려 깜짝 놀라 반사적으로 몸을 돌렸다. 연탄집게로 연탄재를 끼워 들고 나오던 그가 소스라치게 놀라며 한 손으로 모자를 눌러썼다.

"어! 아, 안녕하세요!"

나는 엉겁결에 인사를 했다.

"이, 이게 누, 누구… 서, 선숙씨 아니세요?"

"그동안 안녕하셨어요?"

나는 그를 바로 볼 수 없을 만큼 겸연쩍어 눈을 내리깔고 다시 한번 인사를 했다.

"아 예. 자, 잠깐만요."

그는 연탄재를 담 옆에 버리고 다시 왔다.

"오, 오셨으면 들어오시지 왜 이, 이러고 계셔요."

"놀라셨죠?"

그의 뒤를 곁눈질하며 무연히 물었다. 혹시라도 안에서 나오는 여자가 있나 살폈지만 없었다.

"네, 어, 어서 드, 들어오세요."

그는 나를 앞세우고 마루까지 걸어가서 내 옷에 묻은 눈을 털어주며 이 눈 속에 어쩐 일이냐고 물었다. 그건 정말 온 용건을 묻는다기보다 너무 의외라는 인사였다.

"그냥 바람 쐬러 나왔는데 오다 보니 여기까지 왔네요. 아주머니 안 계세요?"

"네, 서울 누, 누나네 다니러 가셨어요. 며, 며칠 전에 가시면서 오늘 오, 오신다고 하셨는데 이렇게 누, 눈이 와서 못 오시겠다고 하, 하시네요. 아, 안방은 불을 안 넣어서… 제, 제 방으로 들어가세요."

표정을 볼 수 없어 정확하게는 모르겠지만 말을 더 더듬고 허둥대는 것도 같고 당황하는 것도 같았다. 어떤 쪽이든 싫은 눈치는 아니다. 결혼했냐고 물을 필요도 없다. 집에는 그 혼자였다. 비로소 고향에 온 것이다. 집을 나설 수밖에 없게 했던 비참함도, 눈발 속을 휘저어 온 무모함도, 다시 포탄 속 같은 눈발을 뚫고 가야 할 두려움도 눈 녹듯 사라졌다. 나는 뚫기 힘든 시험을 무사히 통과한 것 같은 안도의 숨을 쉬었다.

방에 들어서자 밖에서 언 몸이 녹으며 훈훈했다. 방에선 이제까지 느껴보지 못한 강한 체취가 느껴졌다. 좀 낯설긴 하지만 싫지는 않았다. 체취 때문인지 집에서처럼 얼른 외투를 벗을 수가 없었다. 방문 맞은편 벽에는 책이 빽빽이 꽂혀 있는 책장이 있고 연이어 책상이 있었다. 책상 위로 창호지가 발라진 들창이 나 있었다. 책을 보고 있었던 듯 책상 위에는 스탠드 불이 켜져 있고 채근담이라는 책이 펴진 채로 엎어져 있었다. 윗목엔 두 짝짜리 장롱이 놓여 있고, 아랫목엔 짙은 자주색 꽃무늬 밍크 이불이 깔려 있었다. 방구석엔 밑동이 노란 움파가 소복이 자라고 있는 화분이 놓여 있었다. 나와 할머니가 쓰는 방보다 정갈한 편이다. 얼핏 농부의 방이라기보다 학생의 방처럼 느껴졌다.

"새, 새텃말엔 언제 오, 오셨어요?"

"오빠네 집에서 오는 거 아녜요. 바로 이리로 온 거예요."

"그, 그럼 정말 제, 제게 볼일이 있어서 일부러 와, 왔단 말예요?"

말을 더듬는 게 더 격렬하게 느껴졌다. 의외와 놀람의 표시겠지만 표정을 알 수 없으니 답답함을 지나 안타까웠다. 왠지 표정에는 반가움의 표정이 가득 녹아있을 것만 같았다. 물론 내 희망일수도 있다. 어쩜 안 보이는 게 다행인지도 모른다. 혹시라도 반가움은커녕 귀찮은 표정일지도 모르니까.

"놀러 온 건 볼 일 아닌가?"

나는 겸연쩍어 천장을 보며 얼버무렸다. 나는 고향에 온 것뿐이다. 그 외 용건은 그가 만들어야 한다.

"아, 예. 우, 우선 이쪽으로 좀 아, 앉으세요."

그는 밍크 이불을 발로 밀며 권했다. 나는 목도리를 풀어 한쪽에 놓아두고 그가 손으로 가리킨 쪽으로 들어가 밍크 이불 끝을 조금 들치고 앉았다. 엉거주춤 서 있는 그는 안절부절못했다. 나

역시 편할 줄 알았는데 막상 방에 그와 단둘이 있게 되자 맞선을 볼 때만큼이나 어설펐다. 아니, 맞선을 보고 피차 웬만큼 마음에 들어 다시 만난 것처럼 들뜨는 것 같기도 했다.

"이, 이거 여자 손님을 맞아본 적이 어, 없어놔서. 어, 어떻게 해야 하는 건지… 하, 하필 어머니까지 안 계셔서….."

"너무 그렇게 부담스러워하시면 제가 죄송해서 있을 수가 없잖아요. 그냥 동네 친구가 마실 온 거라고 생각하세요."

"그, 그래도 어디 그, 그럴 수가 있나요. 이거 대, 대접할 것도 변변찮고."

"괜찮아요. 그동안 별고 없으셨어요?"

"그, 그렇죠 뭐. 자, 잘 있었어요?"

"네. 그럭저럭. 계속 그렇게 서 계실 거예요?"

"아, 예."

그는 내외라도 하는 듯 나와 거리를 두고 앉았다.

"방바닥이 따끈따끈하네요. 대문 옆에 연탄재가 쌓여 있던데 연탄 때나 보죠?"

"네. 어, 어머니가 좀 편하실까 해서 고, 고쳤는데 크게 편하지도 모, 못하면서 재, 재만 처치 곤란이네요."

"오빠네도 그래서 망설이나 보더라고요. 아주머니는 누님댁에 뭐 특별한 일이 있어서 가신 거예요?"

"아니, 그, 그냥 한가하니까 다, 다니러 가신 거예요."

"겨울철을 농한기라고 하더니 정말 그런가 보죠?"

"다 사, 사람 나름이죠. 부, 부지런한 사람은 하우스일로 여전히 바쁘고 게, 게으른 사람은 하, 한가하고 아예 어떤 사람은 노름으로 여, 여름내 벌어 놓은 거 겨울철에 다 나, 날리기도 하고요."

"판길씨는 어떤 편이에요? 혹시 바쁜데 제가 방해를 하는 건 아닌지."

"아, 아네요. 서, 설사 바쁘다 해도 누가 와, 왔는데…."

말은 맺지 못했지만 성급히 부인하는 말투와 웃는 입매가 무척 반긴다는 뜻으로 받아들여도 좋을 듯싶었다.

"참, 우리 오빠네 다 무고하죠?"

"네."

"우리 오빠네 안부를 여기 와서 물으니 좀 민망하다."

난 스스로 무안해져 픽 웃음을 흘렸다.

"그, 그러고 보니 명식이네를 아, 안 들렀으면 아, 아직 점심 전이겠네요?"

"네. 문산에서 사 먹고 올까 했는데 혼자 음식점에 들어가기가 쑥스러워서 그냥 왔어요. 점심 드셨어요?"

"아니, 이, 이제 먹으려던 참이에요."

"그래요. 그러면 저도 좀 주세요. 실은 지금 저 배 많이 고프거든요."

꼿꼿하기가 처마 밑에 달린 고드름 같다던 내가 어떻게 이 집에만 오면 나도 모르게 마음이 풀어지고 넉살이 느는지 정말 불가사의한 일이었다. 송경민에게도 진작 이랬으면 연희에게 뺏기지 않았으려나 미련이 가슴 한편을 스쳤다. 왜 그리 자존심을 세우고 경계를 했는지, 그런데 이 사람에게는 또 왜 이렇게 넉살이 느는지. 마음의 상처로 사람 자체가 망가진 건 아닌가 싶어, 넉살을 떨었지만 마음은 석연치 않았다.

"그, 그런데 찬이 부실해서 어, 어쩐다."

말끝을 조금 올린 말투로 보아 그도 한결 마음이 편안해진 것 같았다.

"그냥 드시는 대로 주세요. 혹시 밥이 모자라는 거 아녜요?"

"아니, 차, 찬밥이 많아 김치 넣고 보, 볶으려고 했는데."

"맛있겠다. 저랑 같이 해요."

빈방에 혼자 있기가 뭣해서 같이 무어라도 하면 어설픈 게 좀 나아질까싶어 일어날 태세를 취했다.

"아녜요. 서, 선숙씬 손님이잖아요. 그, 그것도 보통 손, 손님입니까. 제, 제가 한번 솜씨를 발휘해 볼 테니 여, 여기서 기다리고 있어요."

나는 도로 주저앉으며 미소만 지어 보였다. 생각한 대로 용건 같은 건 의미가 없었다. 그냥 만나면 되었다. 그가 보여준 호의 때문이기도 하겠지만, 가을이든 겨울이든 누구라도 만나면 반가울 수밖에 없는 게 고향의 정취인가 싶었다.

그는 문을 열고 나가다 말고 돌아다보더니 조심스럽게 '저어, 외투 버, 벗으라고 하면 아, 안 되는 건가…' 하며 혼잣말처럼 말끝을 흐리고 멀뚱히 서 있었다. 내가 그러잖아도 아까부터 답답한 걸 참고 있다며 일어서서 외투를 벗자 얼른 받아 벽에 걸어주고 나갔다. 정말 송경민과는 달라도 너무 달랐다. 아니 왜 번번이 송경민과 비교하는지 나는 머리를 쥐어박았다.

일어선 김에 책장을 들여다보았다.

책장엔 대하소설이 가장 많은 자리를 차지하고 있었다. 철학이나 수상록 산문집도 제법 많았다. 가장 손이 닿기 쉬운 곳엔 농사에 관한 서적이 꽂혀 있고 그 외 소설 단행본이나 시집도 꽤 되었다. 정기구독을 하는 듯 연대와 계절순으로 꽂혀 있는 문예지도 눈에 띄었다.

문예지를 정기구독 할 정도면 혹시 작가 지망생? 아니, 이미 작가가 아닐까.

나는 그 방면에 문외한이라 매스컴이나 사람의 입에 자주 오르내리는 작가 아니면 모른다. 그러니까 그가 이미 작가일 가능성은 얼마든지 있다. 꼭 직업적인 작가는 아닐지라도 취미로 쓴 수필이나 시를 책으로 엮어낸 아마추어 작가도 많다고 들었다. 혹시나 그의 이름으로 된 책자가 있나 해서 자세히 보았지만 없다. 책상 위를 눈여겨보아도 엎어져 있는 채근담 외에 무얼 쓰거나 한 기미는 보이지 않았다. 책은 아니지만 책만큼 두꺼운 노트가 눈에 띄어 꺼내 보았다. 농사 일지인 듯 날짜가 기록되어 있고 들어간 퇴비와 구입한 농자재 비용 등이 적혀 있었다. 어떤 날짜엔 파종한 작물과 그 작물의 특성과 성장 과정에 특이한 점 등이 적혀 있고 그날의 느낌도 기록되어 있었다. 농사에 관한 건 잘 알지 못해 그냥 넘기는데 '또 어머니의 성화가 있었다. 그놈의 선. 이젠 지칠 때도 되었는데. 하긴 성화하는 근력으로 세월을 버티시는지도 모르겠다.' 따위의 일상의 느낌을 적어놓은 글도 있었다.

꽃이 피었을 때라든가 열매가 열리기 시작한 때에는 제법 감상적인 글도 쓰여 있어 계속 책장을 넘기며 읽게 되었다. 매일 기록한 것은 아니고 특정한 일이나 느낌이 있던 날만 기록해놓은 것 같았다. '사과나무가 심은 지 삼 년 만에 꽃눈이 맺혔다. 지역적으로 추워서 잘 자랄까 걱정했는데 다행히 잘 자랐다. 이제 곧 눈을 열어 하늘도 실컷 보고 사람들도 마음 놓고 바라보겠지. 좋겠다. 부럽다'라는 글도 보였다. 얼마나 사람들과 어울리고 싶으면 이렇게 꽃눈이 맺힌 사과를 부러워할까. 그의 속내가 보이는 것 같아 마음이 짠했다. 페이지를 조금 더 넘기다 접혀진 종이가 끼어 있어 무심히 펼쳐보았다. 편지지인 듯한 종이에 글을 써놓았는데 다른 종이에 썼다가 추고하여 다시 쓴 듯 깔끔하게 정서되어 있었다.

당신이 오신
"오늘"은
이제까지 내게 온 모든 날들이 존재해온 이유였습니다.
또한 앞으로 내게 남은 모든 날들을 존재하게 할 힘입니다.
당신이 그렇게 아름답지만 않았어도
난 당신을 사랑할 수도 있었을 것입니다.
하지만 내가 본 어느 꽃보다도 아름다운 당신이기에
난 당신의 영상만 훔쳐다 가슴에 숨기고
남모르게 조심조심 어루만져봅니다.

어루만지던 손이 뜨거워지고 가슴이 뛰어
온몸이 기쁨에 절었습니다.
그 기꺼움에 불뚝 당신도 불운했으면 싶었습니다.
아예 나처럼 육신 어디가 불구였으면 싶었습니다.
그런 내가 몸서리치게 무서워 가슴속에 있는 당신을
악다구니를 써대며 쫓아냅니다.
길 잃은 당신의 발자국 소리가 나를 향해 들려올 때
청맹과니와 귀머거리 밖에 될 수 없는 난
내 운명을 붙들고 섧디섧게 울었습니다.

나는 화들짝 놀라 편지지가 끼어 있던 페이지의 날짜를 보았다.
10월 20일. 연도는 내가 이곳에 와 있던 때다. 어림잡아 암모
니아수를 돌려주겠다고 그의 집에 들렀다가 돌아간 날 다음이 아
닐까 싶다. 나는 못 볼 걸 본 것처럼 얼른 노트를 닫았다. 그날
달빛이 교교히 흐르는 밤길을 걸으며 그는 '오늘'을 무척 강조했
다. 내가 내민 손을 차마 잡지 못하고 뒷걸음으로 걷다가 돌아서
가던 그의 모습이 눈에 선했다. 손이 떨렸다. 그 손으로 노트를
다시 폈다. 도둑질하는 마음이 이럴까. 아까 보았던 페이지부터
조심스레 한 장씩 넘겼다. 무심히 넘겼던 조금 전까지의 손길은
점점 더 떨리기 시작했다. 얼마 안 넘겨 이번에는 다른 종이가 아
니라 그냥 노트면에 글이 적혀 있었다. 먼젓번처럼 정서 된 게 아
니라 흘겨 썼는데 오히려 힘은 더 들어가 있었다.

남에게는 일상이 내게는 과욕일 수밖에 없는 현실은
이룰 수 없는 꿈에 매달리는 것보다 아프다.
아픔이 이토록 행복할 수 있다니
행복이 이토록 아플 수 있다니
그러잖아도 소용없이 뜨거운 가슴에 애가 타는데
어쩌자고 그 사람은 쇳물을 붓는가.
담길 수 없는 도토리라니
까짓 게
담을 수 없는 다래끼의 고통을 반분이나 할까.

하마터면 신음을 낼 뻔했다. 흘겨 쓴 필체는 정서 된 필체보다
생동감이 있어 어떤 울분을 담고 꿈틀거리고 있는 것 같았다. 노
트를 더 넘기기가 무서웠다. 뭔지 모르게 내가 책임져야 할 문구
가 나올 것만 같았다. 잠시 눈을 감고 두근거리는 마음을 진정시
켰다. 도토리! 다래끼! 그 황당하던 날의 전경이 머릿속에 펼쳐졌
다. 진정시키려 애쓸수록 가슴은 더욱 두근거렸다. 내가 책임질
때 지더라도 알아야 하는 뭔가가 더 있을 것 같아 눈을 뜨고 떨리
는 손으로 다시 책장을 넘겼다.

나비가 숲을 떠났다.
나비가 떠난 숲은 더 이상 숲이 아니라
산소가 주인인 산일뿐이다.

나비라니! 무언가 의미심장해 보였다. 그런데 언뜻 앞장 어디서
도 나비라는 글을 본 듯했다. 그때는 다른 감상적인 글처럼 그날
본 나비에 대해 썼나 보다 싶어 무심히 넘겼다. 나비라는 말이 특
별한 의미가 있어 보여 확인하기 위해 뒤로 페이지를 천천히 넘
겼다. 있다. 편지지가 끼어 있던 페이지에서 두 장 전이다.

나비가 다시 숲을 찾았다.
날개는 얼추 나은 것 같다.
숲에 생기가 돈다.
자꾸만 숲에 가고 싶다.

역시 의미심장했다. 같은 나비를 말하는 것 같았다. 또 어딘가
나비라는 단어를 본 것 같아 계속 뒤로 넘겼다.

나비가 숲을 찾아왔다.
너무 멀리서 날아와서 그런지 아니면 도중에 무슨 일을 만났는지

날개가 지쳐 잘 날지 못한다. 아무래도 쉽게 날지 못할 것 같다.
하긴 내가 무슨 상관이람… 그래도 시선이 자꾸만 간다.
멍청한 놈.

처음 내가 고향을 찾아왔던 어름이었다. 그러니까 할아버지 산소 앞에서 잠깐 졸던 때 산등성이를 넘어가던 그가 나를 본 것이 틀림없다. 뭔가 아귀가 맞아가는 느낌이 들었다. 그렇게 명분이 없어 망설였는데 내가 여기로 올 수밖에 없는 확실한 이유가 있었던 것만 같았다. 그가 보이지 않는 끈으로 잡아당기고 있었던 것 같은 느낌마저 들었다. 이번에는 다시 앞으로 넘겨보았다. 편지지가 끼워진 날부터 어떤 분기점이 된 듯했다. 처음 본 나비 글을 지나 다시 더 넘기니 또 있었다.

가을에만 오는 나비, 올해도 올까.
너무 기다리면 부담스러워 오지 않을까 봐
신작로가 뚫어질 만큼만 바라본다.
하긴 이제 원래의 봄나비로 돌아갔겠지.
그래도 언젠가는 한 번이라도 올지 모른다.
여기가 고향이라지 않은가.
내년 봄에는 복숭아와 살구나무를 심어야겠다.

순간 울컥했다. 책장을 덮었다.

나비!

내가 상심과 오기로 허우적거리고 있을 때 고향에서는 나비가 되어 예쁘게 날고 있었던 게 아닌가. 나는 미운 오리 새끼에서 백조로 변한 것 같았다. 숨이 찰 정도로 가슴은 두방망이질치고 힘은 쭉 빠졌다. 노트를 제 자리에 꽂고도 마음은 진정되지 않았다. 그를 어떻게 대해야 할지 갈피가 잡히지 않았다. 아무것도 보지 않았고, 아무것도 모르는 척해야 한다고 다짐했다. 그러나 그렇게 할 수 있을지 자신은 없었다. 꼭 그래야 한다고 가슴을 두드리며 진정시키는데 그가 밥상을 들고 들어왔다.

"이거 자, 잘한다고 하긴 했는데 마, 맛이 있을지 걱정되네요."

"어머, 맛있게 생겼네요. 보기만 해도 침이 도는데요."

나는 얼굴마저 화끈거려 볼을 만지며 엉너리를 쳤다. 침을 핑계로 가슴에 이는 흥분을 꼴깍 삼켰다. 모자로 가린 얼굴조차 바로 볼 수가 없다.

"지금 제, 제 속이 속이 아, 아닙니다."

"왜요?"

"세, 세상에서 가장 귀, 귀한 손님이 오셨는데 고작 이, 이런 것밖에 내, 내놓을 게 없으니까요."

"제가 세상에서 가장 귀한 손님이라고요? 그 말보다 더 귀한 음식은 없겠네요."

"그래요. 바, 밥이 아니라 제 마음을 머, 먹는다고 생각하고 한

번 먹어봐요. 마, 맛이 없어도 내 성의를 봐서 마, 많이 먹어야
해요."

밥상엔 들기름 냄새가 물씬 풍기는 김치볶음밥과 동치미, 배
추김치, 계란찜 그리고 무말랭이와 고춧잎을 섞은 무침이 올라
와 있었다. 그의 말대로 밥상 내용은 별것 아니다. 하지만 김치는
포기의 가운데 부분만 썰어 가지런히 담았고, 동치미는 작은 무
를 반달 모양으로 썰어 위에 잣을 띄웠고, 무말랭이 무침은 양념
을 더 넣고 다시 무친 듯 참기름이 자르르 흐르고 깨소금까지 덧
뿌려 있었다. 계란찜 위엔 당근과 파를 다져 색깔까지 냈다. 어느
것 한 가지 저 혼자 먹으려고 한 반찬 같지는 않아 보였다.

"진짜 맛있네요. 들기름을 많이 넣고 볶았나 봐요."

나는 서너 수저를 푹푹 떠서 먹으며 말했다.

"저, 정말 많이 시장했나보군요. 처, 천히 많이 드세요."

시원하지 않은 동치미도 있던가. 난 동치미가 매우 시원하다느
니, 김칫독을 땅에 묻어서 김치가 개운하고 시원한가보다느니,
계란찜 한 걸 보니 무척 곰살맞은 데가 있나 보다는 둥, 둘만 있
는 집에서 겸상하게 된 서먹함을 무마하기 위해 그의 얼굴도 보
지 않고 너스레를 떨며 밥을 먹었다. 그 역시 있어도 별반 다르지
않을 것 같은데, 연신 어머니가 안 계셔서, 어머니가 계셨더라면
하고 혼잣소리를 하며 밥도 제대로 못 먹고 서먹서먹해했다.

내가 밥그릇을 거의 비워가자 그는 얼른 자기 밥그릇의 밥을 몇
수저 덜어주었다. 다른 남자 같으면 더 먹겠냐고 물어봤을 것이
다. 그리고 그런다고 해아 덜어줄 것이다. 물론 그런다고 할 나도

아니다. 그런데 이 남자는 그런 치레들을 훌쩍 뛰어넘고 있었다. 나도 어쩔 수 없이 뛰어넘을 수밖에 없었다. 나는 한 번 빙긋 웃고는 그가 덜어준 밥까지 다 먹어치웠다.

"정말 맛있게 잘 먹었어요. 속으로 저 걸신들렸다고 흉보시는 거 아녜요?"

"무, 무슨 말씀을요, 그렇게 맛있게 드셨다니 기, 기쁩니다."

그는 내 말이 끝나기 무섭게 펄쩍 손사래를 치며 웃었다. 마치 황송하다는 태도다. 그가 상을 들고 나갈 때 설거지는 내가 하겠다고 따라나서자 그는 말도 안 된다며 막무가내로 나오지 못하게 했다.

고향에서 쬐고 싶었던 햇볕이 이런 것이었나! 나는 그의 융숭한 대접에 마음 한구석 시린 상처가 다 아무는 듯했다. 한술 더 떠 쩔쩔매는 그의 태도에 어쩐지 내 위상마저 높아진 느낌이었다. 시장했다가 밥을 먹어 느끼는 포만감보다 높아진 위상에 대한 포만감이 더 커 얼떨떨했다. 어쩌면 앞으로 언제 어디서 누구에게서도 이런 포만감은 느낄 수 없을 것 같았다. 잠깐이나마 이 포만감에 안주하고 싶었다. 그리고 이렇게 포만감을 준 그에게 어떤 방법으로든 보답해주고 싶었다. 사과 꽃눈을 부러워하던 글귀가 떠올랐다. 마음 놓고 사람들을 만나고 싶은 부러움을 잠시나마 내가 풀어주고 싶었다. 밥상을 놓느라 구석으로 밀어 놓았던 밍크이불을 다시 펴놓았다.

나는 뭔가 필사적으로 견뎌내고 있는 듯한 느낌이 들었다. 그의 호의에 대책 없이 허물어지는 내 감정을 갈무리하기도 버겁고,

그에게 상처를 주면 안 된다는 괜한 오지랖에 심장박동마저 빨라졌다. 그의 노트만 보지 않았어도 그토록 힘들지는 않았을 것이다. 그러나 이미 보아버린 그의 글은 내게 무언가를 연신 주문하고 있는 것 같았다. 정말 그의 나비가 되고 싶었다. 날고 싶었다.

상을 들고 나간 그는 찻상에 생강차를 받쳐 들고 들어왔다.

"책을 많이 보시나 봐요?"

커피가 있으면 좋을 걸 미안해서 어쩌냐며 권하는 생강차를, 향이 아주 좋다며 한 모금 마시고 나서 물었다. 물었다기보다 책이 많은 거로 보아 책에 대해서라면 그가 편하게 얘기할 수 있을 것 같아 꺼낸 말이다. 그래야 같이 있는 시간이 자연스러워질 것 같은 이를테면 가까워지기 힘든 사람과 가까워지고 싶을 때의 본능 같은 것이다.

"심심풀이죠 뭐. 채, 책을 통해 많은 사람을 만날 수 있으니까요. 워, 워낙 배운 게 없어서놔서 수, 수준 높은 책은 없어요."

"글쎄요, 어떤 걸 수준 높은 책이라고 하는지 모르지만 그런 책을 보는 사람이라고 뭐가 다르겠어요. 그저 각자 자기한테 필요한 대로 또는 취향대로 보는 거지요. 그리고 취향은 말 그대로 취향일 뿐 그것이 사람의 수준을 가늠하는 건 아니라고 생각해요. 혹시 글 쓰세요?"

글 솜씨가 대단하다 싶었다. 어쩌면 내 얘기라 감동적이었는지도 모른다. 어쨌든 나는 내가 읽은 어떤 작가의 어떤 작품보다 훌륭해 보였다.

"아, 아니요. 제가 어떻게…."

"책장을 보니까 어쩐지 그런 방면에 관심이 많은 것 같아요."

농사일지를 보았다고는 할 수 없지 않은가. 그건 그에게 천기를 누설하는 것과 같을 것이다.

"글은 모, 못 쓰지만 소, 솔직히 상대만 있으면 펴, 편지는 씨보고 싶어요."

조금 전 본 글은 얼핏 일기 같지만 어떤 건 편지라 해도 무방한 글이다. 가까스로 진정된 가슴이 다시 뛰기 시작했다. 혹시 상대란 나를 두고 하는 말 아닐까. 나는 아니길 바라며 만일을 위해 말을 회피했다.

"아, 편지요. 하지만 편지는 상대가 한 사람이잖아요. 기왕이면 대중을 상대로 글을 써보세요. 어차피 문학이라는 것도 작가가 불특정 다수에게 보내는 편지잖아요."

생급스레 문학이라니, 내가 문학에 대해서 뭘 안다고. 난 너무 속을 드러내 보인 것 같아 말해 놓고도 뜨끔했다. 문학에 대해서는 그가 더 조예가 있을 텐데 지레 겁먹고 방향을 돌리려고 한 걸 눈치챘을 것만 같았다. '차라리 저한테 쓰세요'라고 할 걸 그랬나 싶었다. 하지만 그랬다가 뒷감당 못 할 일로 연장되면 어쩌나 하는 계산이 불편한 마음을 희석시켰다.

"저, 정말 그래요. 어, 어떤 글은 꼭 내 생각을 대신 말하고 이, 있는 것 같고, 또 어, 어떤 것은 나 들으라고 하는 말 같아요. 그, 그래서 불뚝불뚝 나도 써보고 시, 싶어지더라구요."

"그러니까 그럴 때 쓰시면 되죠."

"하, 하지만 쓰고 싶다고 아, 아무나 쓰고, 또 쓴다고 다 글이면 그, 글이 천해서 쓰겠어요. 대중이 고, 공감할 수 있는 자기만의 사, 삶의 해석이라든가 꺼, 껄끄럽지 않은 문장력은 있어야겠죠. 게, 게다가 사람의 감정을 흔들 수 있는 무, 문체를 가지고 있으면 더욱 좋고요."

"책을 읽을 때는 무심히 읽었는데 판길씨 얘기를 듣고 보니 정말 그런 것 같네요. 그걸 아시는 걸 보니 많이 써보셨나 본데요 뭘."

"아아, 아닙니다."

그는 손사래까지 치며 부인했다.

"지나친 부정은 긍정을 의미하는 건데. 제가 그 방면에 조예가 있으면 좋았을 걸, 너무 문외한이라 죄송하네요. 그런데요, 대중이 공감할 수 있는 자기만의 삶에 대한 해석이 있어야 한다고 하셨는데 독자의 입장에서 보면 꼭 그런 것만도 아닌 것 같아요. 때론 정반대의 해석에 따른 비판의식이나 미처 몰랐던 부분의 발견 그리고 풍자나 해학 같은 것들도 공감 못지않은 재미더라고요."

"그, 그렇지요. 그 시대의 사회상을 반영하고 이, 있기도 하고, 시대의 흐, 흐름을 유도하기도 하고, 트, 특히 저처럼 바깥세상과 접촉이 적은 사람에겐 세, 세상과의 통로 구실도 해주고요."

"그래서 그 통로를 통해 받기만 할 것이 아니라 판길씨 생각을 내보내 보고 싶으신 거군요. 특별히 생각하신 거라도 있어요?"

"새, 생각이랄 게 뭐 있나요. 그, 그저 아침에 일어나 지, 지저귀는 새들, 나, 낯선 사람을 보면 짖어대는 개, 나, 낮잠에서 깨어나 기지개를 켜는 고, 고양이처럼 살아 있다는 자각을 하고 싶은 거죠."

처연하게 말을 마친 그는 고개를 숙이고 찻잔 속의 내용물을 가만가만 돌리고 앉아 있었다. 그러고 보니 내가 이때껏 살아 있다고 자각하는데 필요한 오각은 무의식적인 생존자각이다. 그는 의식적인 생존자각 즉 음식을 섭취하면 소화해서 배설해야 하는 것처럼, 오각을 통해 들어온 것들로 생각을 일으키고 그 생각을 정리해서 배출하고 싶은 것이다. 보통 사람들은 사람들과 어울리며 생활하는 속에서 그 욕구를 해결하는데 은둔생활과 다름없는 생활을 하고 있는 그로서는 절박한 문제일 수도 있을 것 같았다.

상대만 있으면 편지를 써보고 싶다고 했을 때, 내게 상대가 되어 달랄까 봐 지레 겁먹고 화제를 돌렸는데 어째 분위기가 제자리로 돌아온 것 같았다. 그의 수긋한 모습이 '제게라도 그 생각을 보내 주세요'라고 말해야 할 것 같은 분위기였다. 하지만 난 여전히 감당할 자신이 없어 다시 한번 방향을 틀었다.

"참! 지난 가을에요, 도토리로 '담을 수 없는 다래끼'라고 쓰신 거 있잖아요."

그렇게 말하고 나서야 아차 싶었다. 도토리 메모를 만든 게 그였는지를 먼저 확인했어야 했다. 물론 그가 그랬을 거라고 믿은 터에 글까지 보았으니 틀린 생각은 아니다. 그래도 그의 글을 읽지 않고는 단정적으로 말할 수 없는 일이라 뜨끔했다.

"아, 판길씨 아니면 그럴 사람이 없으니까요."

그의 글을 본 사실을 숨기기 위해 얼른 말을 덧붙였다.

"아, 여, 역시 그것 때문에 급히 가, 가신 거군요."

다행히 내가 글을 본 건 눈치채지 못하고 단순히 내가 화제를 바꾸려는 걸로 알아들은 것 같았다. 그는 자세를 고쳐 앉으며 대꾸를 하고는 차를 한 모금 마셨다.

"무슨 말씀이세요. 그것 때문에 급히 가다니요?"

"그 메, 메모가 불쾌해서….."

"아니, 전 그냥 집을 떠난 지도 오래 됐고 집에 일도 좀 있고 해서 간 건데 불쾌해서라니요?"

"아, 아니면 다, 다행이고요."

"그런데 그 뜻이 무슨 뜻인지 풀리지 않는 수수께끼처럼 두고두고 궁금은 하더라고요. 특히 느낌표를 하나도 아니고 두 개씩 해서 더."

"구, 궁금하기는 제가 더 하죠. 서, 선숙씨가 먼저 만든 메모를 내가 자, 잘못 받아들여 화가 나서 그, 그렇게 서둘러 가신 것 같아 늘 마음이 찌, 찜찜했거든요."

"그랬어요? 어떻게 받아들이셨는데요?"

그는 흐흐 하고 웃으며 모자의 한가운데 동그란 꼭지가 보일 만큼 고개를 숙였다. 다래끼에 흘러넘친 도토리로 '담길 수 없는 도토리'라고 쓴 걸 잘못 받아들이고 말고 할 게 무에 있나 싶어 궁금증이 하나 더 보태졌다. 추궁하는 느낌을 주지 않기 위해 의식적으로 어린애 보채듯 거듭 말해 달라고 채근했다. 그는 할 수 없다는 듯 고개를 들고 얘기했다.

"도, 도토리를 많이 주워다 주어서 고, 고맙다고 하는 줄 알았죠."

"근데 그게 왜 잘못 받아들였다는 거예요? 맞어요. 일단 그랬죠."

"이, 일단이라면 다른 뜨, 뜻도 있다는 말씀인가요?"

"아니 뭐, 다래끼에 다 담을 수 없으니까 안타깝고, 그렇게 많이 주워 놓을 동안 내가 안 가본 것도 아쉽고 뭐 그런 뜻. 근데 판길씨가 만든 글은 무슨 의미에요. 느낌표가 두 개씩이나 돼서 의미가 더 크게 느껴지던데."

"고, 고맙다고 하신 걸로 생각하니 기분이 괴, 굉장히 좋더라고요. 그런데 그 기분을 표, 표현하고 싶긴 한데 바, 방법이 없어 안타깝잖아요. 간절하게 서, 선숙씨 메모에 대한 화, 화답을 하고 싶었어요. 그런데 왜, 왠지 선숙씨가 다, 담길 수 없는 도토리라고 한 건, 선숙씨를 도토리에 비, 비유한 것 같은 느낌이 드, 들었어요. 그러면 나는 다, 다래끼였으면 하는 생각이 뒤미처 드, 들더라고요. 그러니까 뭔가 아, 안타까워하는 마음이 토, 통했다는 느낌이 들었어요. 그 마, 마음을 강조하느라 느낌표를 두 개 했죠. 그, 그런데 다음날 아침나절 바로 그곳에서 서, 선숙씨가 가는 것을 보았죠. 그래서 도, 도토리를 주워다 주어서 고, 고맙다고 한 게 아니라, 누, 누가 너보고 도토리 주워다 달랬냐, 하, 하는 거였구나 싶었죠. 그것도 모르고 느, 느낌표를 하나도 아니고 두 개씩이나 만들어서 내가 어, 엉뚱한 생각을 하고 있다고 여기고 부, 불쾌해서 도망가는구나 했죠."

그가 농사일지에 흘겨 써놓은 글의 내용과는 다른 설명이다. 방향도 다르고 강도도 약하다. 나를 도토리로 자신을 다래끼로 비유한 객관적인 사실만 밝혔을 뿐 고통스러운 주관적 느낌은 생략한 것이다. 진심을 숨기고 있는 것이다. 자신의 자존심을 지키기 위해서인지 나를 편안하게 해주려는 배려인지는 가늠은 안 되었다. 어느 경우든 모른 척해주는 것이 도리일 것 같아 다른 방향으로 말을 돌렸다.

"아니, 내가 가는 걸 봤다고요?"

"예, 다래끼에 담은 도, 도토리를 어떻게 했나 구, 궁금해서 산소에 갔는데 신작로에 가, 가시는 모습이 보이더라고요. 처, 처음엔 긴가민가했죠. 그런데 며, 명식이네 개가 따라가는 걸 보고 알았죠."

세상에! 나는 한동안 말문이 막혔다. 그러니까 허겁지겁 새텃말을 떠나오던 날, 배웅 나온 얼룩이가 그였으면 하고 바란 순간 그는 할아버지 산소에서 나를 내려다보고 있었다는 게 아닌가. 심장 뛰는 소리가 그에게도 들릴 것만 같았다. 그의 얼굴을 볼 수 없는 게 차라리 다행스러웠다. 하지만 나는 볼 수 없어도 그는 화끈거리는 내 얼굴을 보고 있을 것이다. 감정을 수습할 수가 없었다. 그의 말을 수긍하자니 그가 너무 안쓰러워 보이고, 사실대로 말하면 그가 당황할지도 모른다. 다른 남자들 같으면 기분을 상하지 않을 적당한 선에서 눙치고 말 수도 있겠는데, 이 사람에겐 그 적당한 선을 감 잡을 수가 없었다. 그저 멍하게 그의 말을 기다렸다.

"그, 그때 제가 무슨 딴 맘이라도 먹고 서, 선숙씨에게 어떻게 할까 봐 겁나셨나 봐요. 여, 염려 안 하셔도 되는데… 아무려면 제 주, 주제에….”

　“아녜요, 그런 게 아녜요.”

　나는 가뜩이나 더듬느라 말을 제대로 잇지 못하는 그의 말을 순간적으로 가로챘다. 딱히 어쩌야겠다는 생각은 없었다. 나만 송경민이나 박 대리가 내게 관심을 보일 때를 떠올렸다. 심한 열등감에 젖어 그들의 관심을 정면으로 받아들일 수 없었던 때를. 그때 내 자신이 얼마나 초라하고 비참하게 느껴졌는지를. 그에게 그런 걸 경험하게 하고 싶지 않았다. 더군다나 나로 인해 그가 그런다는 건 말도 안 된다. 난 뒤로 물러나 벽에 기대앉으며 맞은편 책장에 시선을 박아둔 채, 다른 사람에게 어떤 일화를 들려주는 기분으로 담담하게 털어놓기 시작했다.

　“언니가 다래끼를 찾을 때에야 벌에 쏘이던 날 팽개치고 온 게 생각나서 찾으러 나섰죠. 벌에 쏘였던 장소엔 없더군요. 이리저리 찾아다니다 할아버지 산소 앞까지 가서 도토리에 둘러싸인 다래끼를 발견했죠. 놀랄 수밖에요. 한가한 사람도 아니면서 날마다 거길 다녀갔다고 생각하니 걷잡을 수 없이 가슴이 두근거리고 벅차오르더군요. 또 오려나 싶어 기다렸죠. 너무 늦었는지 안 오시더군요. 초조한 마음에 다래끼 앞에 쪼그리고 앉아 싸인 도토리를 두 손으로 그러 올렸죠. 만일 도토리가 두어 개만이라도 다래끼에 올라앉으면 판길씨가 꼭 나타날 것만 같은 느낌으로요. 하지만 몇 번이나 그러 올렸지만 허탕이었지요. 그래 잔디밭에다 ‘다래끼에 담길 수 없는 도토리의 마음은 얼마나 안타까울까요’라는 뜻으로 판길씨가 본 그 메모를 만들고 느낌표 하나를 붙였죠.

판길씨도 그렇게 생각했듯 나도 나를 도토리로 판길씨를 다래끼로 비유했죠. 다음날 판길씨가 어떤 반응을 보일지 몹시 궁금했지만 또 한편으로는 그 반응이 두려워 선뜻 나설 수가 없더군요. 결국 해거름에야 올라갔죠. 잔디밭에 도토리들은 '담을 수 없는 다래끼'라고 열을 바꾸어 누워 있더군요. 그것도 느낌표 두 개를 거느리고. 뜻은 알 수 없지만 어쨌든 나는 느낌표를 하나 만들었는데 두 개를 만들었다는 것은 내 기분의 두 배라는 거 아닌가 하는 추측만 했죠. 그러니까 안타까워한 내 마음의 두 배. 그러자 그 추측이 자꾸만 엉뚱한 방향으로 부풀려지는 거예요. 그건 판길씨가 저에 대해 엉뚱한 생각을 할까 봐서가 아니라 오히려 제가 판길씨에 대해 엉뚱한 생각을 할 것 같은 느낌이었어요. 제가 그 메모를 남긴 것보다 더 큰 일을 저지를지 모를 만큼요. 그래서 아까 말한 대로 집 떠나온 지도 오래됐고 겸사겸사 돌아갔던 거예요. 도망을 갔다면 판길씨 때문이 아니라 저 때문이죠."

나는 말을 마치고 그를 바라보았다. 그는 입을 약간 벌린 채 미동도 않고 앉아 있었다. 만일 손끝으로 조금만 밀면 그대로 넘어질 듯 굳어 있었다.

"그러니까 엉뚱한 생각을 한 건 판길씨가 아니라 저란 말예요."

"느, 느낌표를 세 개, 아니, 잔디밭 가득 만들 걸 그랬어요. 아, 아무려면 도토리를 다 담을 수 없는 다, 다래끼 마음만이야 하겠습니까, 라는 뜻을 마, 만들려면."

그는 꼼짝도 안 한 채 로봇이 말하듯 그러나 비장한 말투로 말했다. 그 비장함을 눈을 통해 보고 싶었다. 눈이라면 마음도 드러나 있을 것만 같았다. 보이지 않는 눈을 상상해보면 송경민의 눈만 떠올랐다. 그것도 눈물이 그렁그렁한 눈이. 애써 그 모습을 지우고 다른 눈을 상상하려니 열이 치솟는 것 같았다. 그 열로 이까지 들뜨는 것 같아 이를 악물었다. 그래도 진정이 안 돼 말뚝에 탄탄한 고무줄로 묶여있던 소가 고무줄을 끊고 튕겨나가듯 그의 품속으로 달려들었다. 엉겁결에 나를 보듬어 안은 그의 가슴속에서 법고를 울리는 듯한 박동 소리가 들렸다.

"정말이지 뭐 이래요. 내게도 운명이라는 게 있을 텐데 그 운명이 너무 형편없나 봐요. 저 너무 속상하고 약이 올라서 여기까지 왔어요. 사랑하는 사람은 빼앗기고 마음을 주려는 사람에겐 거절당하고."

내가 눈물이 나올 것 같아 호흡을 가다듬는 동안 그는 나를 감싼 팔에 힘을 가할 뿐 아무런 대꾸도 하지 않았다.

"그것도 당사자들이 그랬다면 나도 시원스레 욕설이나 퍼주고 마음을 돌려먹겠는데 그런 것도 아니니 꼭 그 무언가가 작정하고 훼방을 놓는 것 같아요."

"그, 그러니 저 같은 사람은 오, 오죽하겠어요."

그는 내 머리 위에 턱을 얹으며 자조적으로 말을 이었다.

"나, 나 같은 사람도 있다는 걸 화, 확인하면서 위로 받고 시, 싶으셨나보군요."

"아니, 그런 건 아네요."

나는 벌떡 몸을 일으켜 그의 품속에서 빠져나왔다.

"그냥요, 그냥 너무 답답하고 울적해서 고향을 생각했고 오다

보니 지난번에 친절하게 대해주셨던 판길씨가 생각난 것뿐이에요. 정말이에요."

"아, 아무려면 어때요. 사실이잖아요. 서, 선숙씨가 마음을 푸, 풀수만 있다면 저 같은 거야 어떻든 상관없습니다."

"그게 아니래도요."

순간 짜증스럽게 내뱉었다. 뭘 그만한 일로 그리 상심하냐고 비웃거나, 내가 이기적이라는 말로도 들렸다. 물론 제 딴에는 나를 위로한다고 한 말이겠지만 그래도 자신을 너무 비하하는 게 위로의 범위를 지나친 것 같아 짜증이 났다. 그냥 잘 왔다고만 하면 될 걸, 그리고 아직 진정한 인연을 못 만나서 그렇다거나 이제 곧 좋은 인연을 만나게 될 거라는 뻔한 말들이 얼마나 많은가. 하긴 그가 그렇게 야문 사람이라면 내가 왔겠는가. 나는 죄인처럼 수긋해 있는 그에게 짜증을 낸 게 미안해 그의 입을 내 입술로 덮었다.

"읍!"

그도 말뚝에 탄탄한 고무줄로 묶여 있었던가 보다. 그 줄을 끊고 뛰쳐나가듯 나를 휘감아 안고 내 입술을 빨아들였다. 견딜 수 없이 그의 눈을 보고 싶었다. 눈 앞에서 거추장거리는 그의 모자 챙을 잡고 벗겨냈다.

"우우우…"

갑자기 그는 짐승 같은 비명을 질렀다.

아 아!

나는 터지려는 비명을 삼켰다. 피부가 이그러붙어 쥐눈이 콩알

만큼 뚫린 왼쪽 눈구멍, 화를 면한 본래의 크고 쌍꺼풀진 오른쪽
눈, 평평하게 주저앉은 콧날에 삐뚤어진 콧구멍, 나는 얼른 눈을
감았다. 그의 눈물방울이 내 얼굴로 떨어졌다.

"미안해요. 눈이 너무 보고 싶어서…"

나는 어찌할 바를 몰라 울상으로 사과했다.

"그, 그래요. 난 지지지, 짐승이에요."

핏발 선 눈에서 눈물이 흐르더니 그는 이를 드러내고 먹잇감을
향해 돌진하는 맹수처럼 돌변했다.

"지, 짐승. 지, 짐승. 짐승."

그는 괴성을 지르며 맹수가 먹잇감의 껍질을 물어뜯듯 내 옷을
벗겨냈다. 내 상의와 하의는 위아래로 허물 벗듯 벗겨나갔다. 나
는 놀라고 무섭긴 했지만 내가 자초한 일이라 비명조차 지르지
못했다. 애벌레처럼 최대한 몸을 말고 그가 진정되길 기다려보려
했지만 이미 이성을 잃은 그의 울부짖음에 내 몸은 속절없이 열
리고 말았다. 내심으로는 나도 같이 울부짖고 싶어서였을까. 그
의 거친 숨소리와 울부짖는 소리는 오랜 가뭄에 비구름을 몰고
오는 천둥소리처럼 친근했다. 그의 몸부림은 천둥소리를 따라와
마침내 폭삭거리는 흙바닥에, 메말라 시든 나뭇잎에, 햇빛에 달
궈진 양철지붕에, 빈 세숫대야에, 밥풀이 말라붙은 양은 개밥그
릇에 사정없이 쏟아지는 와달비처럼 후련했다. 오랫동안 내 가슴
을 짓누르던 응어리마저 쓸려나가는 듯 짜릿했다.

기진해서야 그는 내 가슴 위로 널브러졌다. 그의 몸은 땀에 흠
뻑 젖었다. 나는 놀라 벌떡거리는 내 가슴을 쓸어내리려고 내 가

슴에 엎어진 그의 등을 쓸었다. 그의 등에서 화상의 상흔으로 군데군데 도드라진 자국이 느껴졌다. 내 손길을 느낀 그는 튀겨진 공이 튀어오르듯 벌떡 일어나 내동댕이쳐진 그의 옷을 움켜쥐고는 문밖으로 나갔다. 나는 천천히 일어나 요란한 소나기 뒤의 비설거지 하듯 옷매무새를 수습하고 머리를 손빗질로 갈무리하고 밍크 이불을 펴놓고 벽에 기대앉았다. 소나기에 혼미해졌던 정신이 돌아오자 모든 상황을 꿈속으로 밀어 넣고 싶었다. 어떤 상상이나 남에게 들은 얘기라고 우기고도 싶었다. 현실적으로 아무 일도 일어나지 않았다고 나는 이를 악물었다. 하지만 저만치 나동그라진 그의 모자가 현실상황임을 증명하고 있었다.

'그냥 눈을 보고 싶은 것뿐이었는데.'

현실을 부정할 수 없으면 현실을 피해야 했다. 나는 가야 한다고 생각을 하면서도 막상 몸은 가위에 눌린 듯 꼼짝을 할 수가 없었다. 문밖에서 그의 인기척이 들렸다. 그는 들어오지 못하고 헛기침만 내며 서성이고 있었다. 그도 현실을 부정하고 싶은 것이리라. 현실을 피하고 싶은 것이리라. 나는 현실도 어쩔 수 없는 어떤 운명의 힘을 거역할 수 없어 우리를 이리 만든 것이라 생각했다. 그만큼 누구도 죄책감을 가질 일이 아니란 생각이 들었다. 아니, 누구도 죄를 지은 게 아니라고 생각했다. 나는 문밖에서 서성이고 있는 그를 처연하게 불렀다.

"안 들어오시고 뭐해요."

애써 태연하려고 하니 정말 닳고 닳은 당돌한 여자 같기도 하고, 천성적으로 되바라진 여자 같기도 했다. 억울한 면도 있지만 그래도 겁탈당해 비참해하고 있는 여자가 되고 싶지는 않았다. 나를 쫓아다니며 훼방을 놓고 있는 어떤 힘에 당당하게 맞서고 싶었다. 맞서 이기고 싶었다.

그는 다른 모자를 푹 눌러 쓰고 들어와 음료수병을 내밀었다. 그의 어머니 상비약인 듯 청심원이었다.

"많이 놀랐죠. 미, 미안해요."

내가 청심원을 들고만 있자 다시 받아 뚜껑을 비틀어 따주고는 처분을 바라는 죄인처럼 내 옆에 앉았다.

"아 저, 정말 내가 싫습니다. 지, 진짜 짐승이 되었네요. 몸은 짐승이래도 마음은 인간으로 살고 싶었는데."

그는 고개를 숙인 채 말을 잇지 못했다. 보이지 않는 훼방꾼에 맞서 이기려면 이 사람도 내 편으로 만들어야 했다. 나는 어떤 경지를 넘어선 것 같기도 하고, 내가 아닌 나를 연기하는 연기자 같은 느낌도 들었다.

"놀라긴 했지만 판길씨가 짐승의 마음으로 나를 대한 게 아니란 건 알아요. 판길씨나 나나 보통사람으로 살고 싶은데 그 마음을 몰라주고 훼방만 놓는 운명이 야속했던 거예요. 그래서 크게 한 번 항거를 해본 게 아닐까요. 나는 그렇게 생각할래요. 판길씨도 그랬으면 좋겠어요. 우리 같이 그 훼방꾼을 이겨내요. 짐승이라는 생각도 이제 버려요. 그냥 흉터잖아요. 몸에든 마음에든 누구나 다 있는 흉터. 그게 하필 판길씨는 가장 눈에 잘 띄는 곳에 크게 나 있을 뿐이에요. 오늘 일로 그 생각 접는 거예요."

물론 놀라고 무서웠다. 큰일을 내고 말았다는 생각도 들었다.

내 인생에 크나큰 오점을 남긴 것일 수도 있었다. 어떻게 수습해야 할지 난감하기도 했다. 그럼에도 의연하고 싶었다. 담담하게 행동하는 것이 그를 원상태로 돌려놓는 것이라고 생각했다. 그가 원상태로 돌아가면 나도 원상태로 돌아가는 것이다. 그것이 보이지 않은 힘에 대항해 이기는 것이라 생각했다. 그렇게 승전고를 울리고 삶의 전환점이 되길 바랐다.

나는 나비였다. 오늘 일은 나도 모르게 고향에서 그가 키우던 나비가 일으킨 것이다. 지친 나비를 정성 들여 키운 그가 짐승이어서는 안 된다. 고향에서만큼은 여전히 아름다운 나비이고 싶었다.

"그래도 지, 짐승이 사람보다 나은 점도 있어요."

"무슨 말이에요?"

"사람은 이, 이런 일을 겪으면 어떤 식으로든 사, 삶을 엮어야 한다고 생각하기 쉽죠. 그러나 짐승은 그냥 한 번으로 끝낼 줄 알아요. 더 이상 미련도 느끼지 않죠. 저는 지금 그런 짐승이었어요. 앞일 거, 걱정하지 않으셔도 된다는 말이에요."

"뭘 그렇게까지 못을 박으세요. 우리가 뭘 어쨌다고."

나를 걱정해주는 것이라 지레짐작하고 그런 그의 마음에 답례를 하고 싶었다. 하지만 딱히 더 할 말이 떠오르지 않았다. 그냥 대범해 보이고 싶었다. 그에게 순수하게 보이지 않을 수도 있었다. 그러나 뭐 대수랴 싶었다. 그는 스스로 짐승이라고 하는 마당에.

"선숙씨는 심부름을 온 거예요. 이, 일말의 가책을 느낀 내 운명이 처음이자 마지막으로 선물을 준비했는데 그걸 선숙씨가 가지고 온 거라고요. 아무도 오려 하지 않는데 마음씨 착한 선숙씨가 온 거죠. 이제 그 선물을 주셨으니 그냥 가시면 돼요. 뒤, 뒤도 돌아보지 말고 여기 왔있다는 것조차 잊어버리고 가시면."

"어떤 선물인데요?"

"세상이요. 이제까지 난 운명에 버림받았다고 생각해왔죠. 어쩌면 버린 게 아니라 잊고 있었는지도 모르죠. 그러다 나를 기억해내고 오, 오늘 선숙씨를 통해 세상을 보내준 거예요. 이제 새로 찾은 그 세상을 제대로 살아보고 싶어요."

"그럼 제가 선물 아닌가요?"

"아닙니다. 선숙씨는 선물이 아니라 소중한 선물을 전해주러 온 천사입니다. 천사는 임무를 마쳤으니 돌아가야죠. 제가 감히 천사와 어울릴 수는 없죠."

그는 육체적 흥분만 가라앉았지 정신적 흥분은 오히려 더욱 고조된 것 같았다. 달라진 말투만으로도 알 수 있었다. 처음에는 나도 몰랐다. 말투가 달라진 걸 느끼면서도 피차 제 흥분에 취해 그러려니 했다. 차츰 그가 어느 순간부터인가 말을 더듬지 않고 있다는 걸 내가 먼저 인식했다. 나는 전율이 이는 것 같았다. 그가 흥분한 나머지 말이 빨라져 일시적으로 말을 더듬지 않는 것인지 그냥 점차 회복되고 있는 것인지 궁금했다. 후자이길 간절히 바랐다. 그는 아직 의식하지 못하고 있었다. 나는 그가 말을 자유롭게 할 수 있도록 모른 체하고 주시했다.

"부담 갖지 말라는 말로 이해할게요. 제가 선물을 가져다드렸다니 기쁘네요. 운명이 준 선물이니 얼마나 대단하겠어요."

"정말 제 마음을 선숙씨한테 그대로 보여드렸으면 좋겠어요. 세상이 이런 면도 있구나 싶은 기꺼움, 분명 세상에 내 몫의 삶이 있을 것만 같은 희열, 그걸 어떻게 말로 표현해요. 선숙씨는 짐작도 못 할 거예요."

'눈을 통해 알고 싶었어요. 눈을 보면 그 마음 다 보이잖아요. 그래서…'

나는 차마 말을 못 하고 그의 입만 바라보았다. 그는 안타까움에 내 손을 덥석 잡았다. 기왕이면 그의 기쁨을 더 확실하게 그리고 길게 해주고 싶다는 오지랖이 생겼다. 하지만 그의 말대로 나는 어떤 운명의 전달자일 뿐 그럴 자격은 없다. 내가 이리로 오게 된 것부터 그를 만나려는 의지가 아니라 무언가에 떠밀린 것이었으니. 그래도 그의 기꺼움에 고무되는 것은 분명했다. 문득문득 함께 하고 싶다는 느낌도 일었다. 그러나 그건 감성일 뿐 이성은 차분히 시계를 보고 있었다.

"정말 오늘 오길 잘했네요. 문 앞까지 와서는 후회도 많이 했는데. 천사는 아니지만 정말 가야 할 시간이 됐네요."

"아니, 당장 가라는 얘기가 아니라…."

"알아요."

나는 그의 손에 의지하여 일어섰다.

"새텃말로 가실 거죠?"

"아니요. 바로 집으로 갈래요."

"아니, 왜요?"

"지금 이 기분 흩트리고 싶지 않아요. 저 같은 게 천사가 다 돼 보고. 여기 올 때만 해도 운명에게 조롱당하고 있다는 느낌이었는데 지금은 그 운명을 이긴 것 같은 느낌이에요. 다 판길씨 덕분이에요. 고마워요."

솔직히 천사보다는 나비가 더 고마웠다. 내가 나비라는 걸 안 순간 이미 난 내가 아니었는지도 모른다. 이제 그는 나를 나비가 아니라 천사로 일지에 쓸지도 모른다. 하지만 나는 누군가 신작로를 뚫어져라 바라보면서 기다리고 있는 나비가 되어서 갈 것이다.

그는 나를 와락 끌어안았다. 나도 그를 안은 팔에 힘을 주었다. 하지만 어떤 선은 그어야 한다는 생각에 이내 힘이 들어간 팔로 밀어냈다.

눈발은 조금 츰해지긴 했으나 여전히 날렸다. 점퍼 차림으로 갈 아입고 나온 그는 하필 경운기가 고장났다며 헛간에서 자전거를 끌고 나왔다. 짐받이에 널빤지를 얹어 고정시키고는 신작로까지만 걸어가잔다. 거기까지는 경사로라 눈 때문에 위험한 모양이었다. 자전거를 사이에 두고 우리는 나란히 걸어 내려갔다. 신작로에 다다르자 자전거를 세우고 품속에서 개켜진 이불 호청을 꺼내 짐받이에 올려놓았다. 그는 내가 사양해볼 새도 없이 나를 번쩍 들어 올려 호청 위에 앉히고는 안장에 올라타 제 허리를 꽉 잡으라고 했다. 그는 눈발 속으로 페달을 밟았다. 나는 그의 허리에 팔을 두른 채 등에 뺨을 대고 입을 벌려 날아든 눈을 삼켰다. 그의 등에선 가쁜 숨소리가 멀리서 들려오는 뱃고동처럼 울려

나왔다.

"그거 알아요?"

"뭐요?"

"판길씨 말 더듬지 않고 있다는 거."

"네? 내, 내가요?"

그는 놀라 자전거를 세웠다. 한쪽 발을 땅에 딛고 돌아다보았다. 물론 본대야 언제나 그 혼자만 나를 보고 나는 그의 모자와 입만 볼 뿐이지만.

"어머. 여태 안 더듬다 안 더듬는다니까 또 더듬네. 실은 아까부터 더듬지 않았어요. 그런데 판길씨가 모르고 있는 것 같아 말 안 했어요. 말하면 지금처럼 도로 더듬을까 봐. 하지만 정말 안 더듬었어요."

난 단호하게 말하고 그의 입을 빤히 바라보았다. 그는 믿을 수 없다는 듯 한동안 나를 바라보다 말없이 돌아앉아 다시 페달을 밟기 시작했다.

갑자기 조용해졌다. 눈 오는 소리가 들리는 듯했다. 그가 말을 많이 하다가 안 하는 것도 아닌데 새삼스레 잘 돌아가던 영상이 갑자기 멈춰버린 느낌이었다. 생각해 보니 그의 농사일지를 본 후로 나는 계속 그의 말을 새겨듣느라 짧은 얘기도 길게 느껴진 것 같았다. 그만큼 그의 얘기에는 말보다 긴 진지함이 담겨 있었다. 그런데 말을 안 더듬는다고 하자 그는 놀라 그 진지함까지도 잊고 제 생각에 잠긴 것 같았다. 나도 그에게 일깨워주고 '그래, 이제 됐다' 싶었다. 이제 다시 안 오고 안 보면 없었던 일이 될 거라며 내가 저지른 건지 당한 건지조차 가늠이 안 되는 당혹스러운 일을 잊으려 했다. 그렇게 서로 제 생각에 잠기느라 무언으로 주고받던 감정마저 사라져 고요했던 것이다.

방미가 시야에 들어오면서 꼭 해야 할 일을 못 했거나, 지금이라도 해야 할 무슨 일이 있는 것처럼 조바심이 일었다.

버스 정류소엔 아무도 없었다. 앞면이 트인 정류소는 눈이 안까지 날아들었다. 그는 자전거를 뒷 벽면에 기대어 세워놓고 내 등에 쌓인 눈을 털어주었다. 그의 까만 모자도 하얗게 눈을 쓰고 있었다. 보통 사람 같으면 모자를 벗어 눈을 털겠지만 그는 모자를 쓴 채로 눈을 털어냈다.

"기다리는 사람이 없는 걸 보니 버스가 방금 지나갔나 보네요."

"혹시 눈이 많이 와서 버스가 끊긴 건 아닐까요?"

"눈이 많이 오긴 해도 체인을 감고 다니니까 그럴 리는 없을 거예요. 걱정하지 마세요."

나는 버스가 끊겼으면 어떻게 할까 잠깐 생각해 보았다. 도로 그의 집으로 가야 하나 오빠네로 가야 하나. 그의 집으로 가는 건 너무 예측 불가능한 상황이 벌어질 것 같아 갈 수 없다. 그렇다고 허방을 딛고 있는 듯한 기분으로 오빠네로 가는 것도 내키지 않았다. 얼른 생각을 지웠다.

"봐요. 안 더듬잖아요."

나는 방금 그가 한 말을 상기시켜 주었다.

"그러니까. 선숙씨가 천사라잖아요. 고마워요."

"내가 도움이 됐다니 기뻐요. 이제 고칠 수 있다는 확신을 가지고 꾸준히 노력해 보세요. 곧 완전히 고칠 수 있을 거예요."

그는 말없이 고개만 끄덕였다. 나는 망설이다 내가 오늘 여기 온 거 오빠네에는 말하지 않았으면 좋겠다고 말했다. 오자마자 오빠네 안부를 물었을 때보다도 몇 갑절은 더 멋쩍어 입술을 안으로 오므려 깨물었다. 내 속내를 알고 그러는지 그냥 그래 달라니까 하는 소리인지 그는 그러려면 우리 어머니에게부터 비밀에 부쳐야겠다며 미소를 지었다.

"어, 내 목도리!"

나는 목이 허전해 그제야 그의 방에 풀어 놓고 온 털목도리가 생각났다.

"저런. 내 얼른 갔다 올 테니 기다리세요."

그는 정류장 벽에 기대놓은 자전거 쪽으로 몸을 돌렸다.

"아니에요. 그냥 두세요. 또 누가 알아요. 그걸 찾는다는 핑계로 다시 올지. 저번에 암모니아수 가져간다는 핑계로 간 것처럼."

"그러면 안 돼요."

그는 몸을 돌려 단호하게 말했다

"선숙씨가 고향을 찾을 때는 안 좋은 일이 있거나 우울할 때였잖아요. 앞으로는 그런 일 다시는 없어야죠. 아예 이곳을 잊으세요."

그에게선 어떤 결의까지 느껴졌다. 이런 경우 다시 만나길 기대해야 하는 것 아닌가. 물론 거절하는 것은 아니지만 단호한 그의 태도에 뿌듯하기도 하고 섭섭하기도 했다.

"아니, 어떻게 그래요. 고향인데."

"아, 잘됐네요. 그 목도리 저한테 증거물로 주세요. 저 지금 꿈을 꾸고 있는 것 같거든요. 그런데 목도리를 보면 꿈이 아니라 정말 천사가 다녀갔다는 증거물이 될 것 같네요. 그래도 되죠? 앞으로 다시는 여기 오지 마세요."

그는 내 양어깨를 잡고 다짐을 주었다. 나는 대꾸할 말을 찾지 못하고 그의 품으로 얼굴을 묻었다. 그는 두 팔로 나를 감싸 안았다.

"오늘 제가 받은 선물 몇 배로 운명이 나 대신 선숙씨에게 보답해주길 빌게요. 물론 그 어떤 선물도 오늘 내가 받은 선물만은 못하겠지만요."

중저음의 맑고 부드러운 음성이 울려 나왔다. 나는 이제야 그의 참모습을 알게 된 것 같았다. 그간은 말수도 적은 데다 말을 더듬어 내용을 알아듣는 데 신경쓰느라 그의 목소리를 제대로 알 수 없었다. 진작에 이 목소리를 알았더라면 그렇게 눈을 보고 싶어 하지 않았을 것이다. 차분하면서도 다정한 목소리에 혼곤해지는 것 같았다.

"어, 버스 오네요."

그는 제 품에서 나를 떼내었다. 나는 그의 모자조차 올려다보기 힘들 만큼 가슴이 메었다.

"잘 가요."

그가 손을 내밀었다. 나는 입에 담을 수 있을 만큼 최대한 미소를 담고 그의 손을 잡았다. 목소리에 취해 할 말을 잊는 나는 그냥 고개만 끄덕였다.

나는 두어 번 그를 돌아다보며 버스에 올라탔다. 버스가 출발하고 뒷유리창으로 내다보니 그는 움직이지 않고 그대로 있었다. 촘촘한 눈발 속에 그의 모습이 실루엣으로 멀어져갔다. 콧날이 시큰했다. 나는 도로 내려 그에게로 달려가고 싶었다. 그런 마음을 용케도 발은 붙들고 있었다. 정류장에서 버스가 설 때마다 이를 악물고 앞 의자 등받이를 붙들었다. 그렇게 버스가 문산에 도착할 때까지 마음은 뒷걸음치고 있었다. 얼마나 경직되어 있었는지 문산에 도착해 버스에서 일어서니 허리가 뻣뻣했다. 좀체 가라앉지 않는 가슴을 한바탕 꿈이라고 애써 다지며 기차역으로 향했다. 다시는 오지 말자고 생각도 해보지만 그건 당위성일 뿐 감성까지 장담할 수는 없는 일이었다. 더군다나 아직 끝나지 않은 내 운명과의 줄다리기는 팽팽했다.

"아니, 너 선숙이 아니냐?"

눈발 속에 고개를 숙이고 걷는 데도 나를 알아보는 사람이 있었다. 깜짝 놀라 걸음을 멈추고 고개를 들었다. 새텃말 오빠가 몇 발짝 앞에 우뚝 서 있었다.

"오빠!"

나는 놀라 제대로 인사조차 할 수 없었다.

"어떻게 된 거야? 집에 왔다가는 길이냐?"

"아니, 그게… 그냥 바람 쐬러 나왔다가 어떻게 여기까지 왔네. 방미까지 가서 눈이 너무 와 걷기 싫어서 그냥 도로 버스 타고 오는 길이에요."

"아니, 얘가. 방미까지 갔다가 그냥 오다니. 그게 말이 되냐. 이왕 왔으면 집에는 들러야지 어서 가자.”

오빠가 너무 어처구니없어해 나는 주춤주춤 뒤를 따를 수밖에 없었다. 생각할수록 방미에서 그와 같이 있을 때 오빠를 만나지 않은 게 천만다행이었다.

방미에 도착하자 가뜩이나 어둡던 날씨에 어스름마저 깔리고 있었다. 다행히 눈은 거의 그쳐가고 있었다. 오빠는 앞장서 걸음을 재촉했다. 눈 쌓인 길엔 생긴 지 얼마 안 돼 보이는 자전거 바퀴 자리가 흩날리는 눈을 맞으며 사위어 가고 있었다. 나는 당연히 그의 자전거 바퀴라고 직감했다. 나와 헤어지고 바로 갔다면 내리는 눈으로 지워졌을 텐데 자국이 남아 있는 걸 보면 그는 한참 동안 여기 있다가 간 것이다. 혹시 내가 돌아오길 기다린 건 아닐까. 의문이 아니라 바람이라는 생각에 나는 속으로 멋쩍게 웃었다. 이 바퀴자리는 불기골까지 나 있을 것이다. 나는 자전거 바퀴 자리를 따라 발걸음을 옮겼다. 그의 체온이 서린 듯 발도 시리지 않았다.

새텃말로 갈라지는 길목에서 발걸음이 주춤거렸다. 저만치 앞서가던 오빠가 뒤돌아보며 ‘뭐하냐, 빨리 안 오고’ 하고 재촉했다. 나는 ‘네, 가요’ 해놓고도 멀리 자전거 바퀴 자리가 끝나는 데까지 따라간 시선을 떼지 못했다. 나를 배웅해주고 이 바퀴 자리를 내고 가며 그는 무슨 생각을 했을까! 내가 송경민에게 그랬던 것처럼 좀 더 적극적이지 못한 것을 후회하진 않았을까! 다시 한 번만 만나면 그때는 잘할 수 있을 것 같은 아쉬움도…

얼룩이가 제 주인을 마중 나왔다가 나를 발견하고 쫓아와 내 주

위를 빙빙 돌았다. 녀석도 아직 나를 잊지 않은 모양이었다. 먼젓
번 왔을 때 차돌배기까지 나와 배웅해주던 게 생각나 녀석의 머
리를 쓰다듬어주었다. 녀석은 꼬리를 흔들며 손을 핥으려 들었
다. 그의 흔적인 자전거 바퀴 자국에서 시선을 걷어내고 얼룩이
를 따라 발걸음을 옮겼다. 바람 한 줄기가 허전한 마음 한복판을
긋고 지나갔다.

　다 저녁때 오빠와 같이 들어가는 나를 본 언니는 무척 놀랐다.
나는 오빠에게 했던 변명을 언니에게도 늘어놓았다. 뿐만 아니라
집에 전화를 걸어서 올케언니에게도 똑같은 거짓말을 했다.

　사랑을 하게 되면 거짓말이 는다던 선배의 말이 떠올랐다. 송경
민과 나 사이의 낌새를 눈치채고 물었을 때였다. 내가 아니라고
펄쩍 뛰자 선배는 눈을 가늘게 뜨고 사랑은 그렇게 거짓말처럼
시작하는 거라고 했다. 정말 우리는 사랑을 하긴 한 걸까. 이 지
경에 이르고 보니 송경민이나 나나 사랑을 한 게 아니라 요란한
사랑놀이만 한 것 같다. 사랑은 정연희 혼자 했다. 집착이고 소유
욕이라 비웃었지만 그만큼 간절한 반증이기도 하다. 사랑은 숭고
한 관념이 아니라 간절한 현실이어야 한다. 송경민이나 김판길이
나 나나 그 숭고한 관념에 갇혀있는지도 모른다.

　잠자리에 들었지만 잠은 쉬 오지 않을 모양이다. 안방에 있는
괘종시계가 계속 울렸다. 아홉 시 뉴스 뒤에 방영되는 드라마를
보고 건너와서도 한참이 지났으니 세어보나마나 열두 번을 울릴
것이다. 명호가 싸우는 꿈이라도 꾸는지 간간이 외마디로 잠꼬대
를 했다.

내가 어쩌다 여기까지 왔지!

난 필름을 되감아 돌리듯 근래 며칠간의 일들을 되새겨보았다. 특히 송경민에 연루된 일들과 오늘 김판길의 언행이 서로 꼬리를 문 채 벌써 몇 번째 다람쥐 쳇바퀴 돌듯 돌려지고 있다. 내 생각의 중심축은 마치 어두운 곳에서 밝은 쪽으로 기어 나오는 곤충처럼, 송경민 쪽의 허우룩함에서 턱없이 내 위상을 높여준 김판길 쪽으로 옮겨져, 그대로 머물러 있는 시간이 점점 길어졌다.

괘종시계가 한 번 울린다. 열두 시 반인지, 한 시인지, 한 시 반인지 모르겠다. 그를 향한 내 마음이 동정인지 연민인지 사랑인지 아리송한 것처럼.

눈은 그쳤을까!

나는 눈을 맞으며 사위어가던 자전거 바퀴 자리를 떠올렸다. 지금까지 눈이 온다면 그 흔적은 사라져버렸을 것이다. 눈이 그쳐 아직 그 흔적이 남아 있다 해도 내일 아침 해가 뜨면 곧 사라질 것이다. 인적 없는 눈길 위에 남긴 흔적처럼 선명한 자국도 드물지만 또 그것만큼 시한부적인 것도 드물 것이다. 사람의 마음에 사람이 남긴 흔적은 얼마나 갈까. 자전거 바퀴 자리를 지워버린 눈처럼, 지금 내 마음에 일고 있는 새로운 공기가 경민의 흔적을 지울 수 있을까!

고향의 정령

　목까지 이불을 덮고 있는데도 얼굴이 서늘하니 한기가 들었다. 외풍이 있는 데다 새벽녘이 되자 방바닥이 식어버린 것이다. 나무를 때는 온돌방의 어쩔 수 없는 취약점이다. 물도 데울 겸 아궁이에 불을 지피는지 부엌에서 인기척이 들렸다. 마침 요의를 참고 있던 나는 그 소리에 일어나 밖으로 나갔다.

　눈은 밤사이 그쳤다. 돋을볕을 받고 있는 산야는 하얀 이불 속에서 막 깨어날 채비를 하고 있었다. 하얀 이불 위로 나지막이 눈보라가 일고 있었다. 그렇게 조용히 마치 대지를 스멀스멀 기듯 일렁이는 눈보라는 처음 보았다. 어떤 서기처럼 신비로웠다. 눈보라를 일으킨 쌔한 바람이 내 몸도 엄습했다. 차갑지만 한기 대신 신령한 기운에 머리가 맑아지는 것 같았다. 이제까지 느껴보지 못한 상쾌함이었다.

　지척이라서일까. 산야를 덮은 눈 때문일까. 밤새 그와 한 이불 속에서 자고 난 것 같았다. 생각으로나마 밤늦게까지 같이 있다가 꿈속까지 따라왔으니 밤새도록 같이 지냈다고 해도 과언은 아닌 성싶었다. 내가 그 정도로 생각하고 있으면서도 그에게 더 다가가지 못하는 것은 그의 흉터나 생활환경 때문만은 아니다.

이처럼 산야를 덮고 있는 걸 고운 눈 같은 그의 심성 때문인지도 모른다. 순백은 깨끗하고 흡인력이 강하지만 그만큼 흠집 나기도 쉬워 부담스럽다.

아직 운신하기엔 이른 시간이라 소피를 보고 방으로 들어와 이불 속을 파고들었다. 안방에서 오빠가 틀어놨는지 텔레비전 소리가 들렸다. 농어촌 사람들을 대상으로 하는 프로그램인 것 같았다. 농촌의 겨울을 농한기라고는 해도 습관인지 아침에 일어나는 시간은 늘 일렀다. 불을 때서 다시 방바닥에 온기가 돌았다. 이불 속에 누웠지만 잠은 다시 들지 않고 공상만 들었다.

잠이 깨서도 이불 속에서 뒹구는 애들을 몰고 밖으로 나왔다. 그새 햇살이 많이 퍼졌다. 햇살이 눈(雪)에 반사되어 세상은 눈부시도록 밝았다. 마당엔 변소를 오고 간 내 발자국과 겅둥대며 뛰어다닌 얼룩이의 발자국, 그리고 녀석이 오줌을 깔겨놓은 자리가 빠꼼이 나 있었다. 명식이가 넉가래를 들고 나와 눈을 치우기 시작했다. 나는 넉가래가 지나간 자리를 따라가며 싸리비로 남은 눈을 쓸어냈다. 마당만 하고 말려는 명식이를 달래서 신작로에 닿은 경사로까지 넉가래를 밀게 했다. 아마 엄마가 하라고 했으면 안 했을 텐데 내가 구슬리니 할 수 없이 하는 걸 게다. 나는 힘이 들어 중간에 두 번씩이나 허리를 펴고 쉬어가며 좌우로 비질을 하며 내려갔다. 명식이는 경사로의 눈을 다 밀어내자 힘이 드는지 씩씩거리며 올라갔다. 나는 싸리비를 명식이에게 주고 잠시 머물러 신작로를 바라보았다.

신작로에는 눈이 그대로 있었다. 그가 남긴 자전거 바퀴 자리는 완전히 묻혀버렸다. 아직 아무도 지나지 않은 듯 어떤 흔적도 없었다. 폭신한 눈길 위에 불기골 쪽으로 가만가만 발걸음을 떼놓았다. 혹시 그가 마주 오고 있지 않을까 발부리만 내려다보며 발걸음을 옮겼다. 농촌 사람들이 그렇듯 그도 일찍 일어나 이 길을 지날지도 모른다는 기대인지 걱정인지 종잡을 수 없는 생각을 하며 여남은 발짝을 떼놓았다. 가다 보니 막상 만나면 어쩌나 싶어 몸을 돌려 내 발자국을 되짚으며 돌아왔다. 발자국만 보면 간 것인지 온 것인지 구분이 안 되었다. 그를 향한 내 마음처럼.

조반을 먹고 명식이 형제는 빨갛게 언 손을 호호 불어가며 눈싸움을 했다. 명식이가 던진 눈뭉치가 명호의 얼굴을 정통으로 맞혔다. 명호가 비명을 지르며 웅크리고 앉았다. 곧 울음이 터지고 진짜 싸움이 벌어지겠구나 싶었는데, 명식이가 쫓아가 괜찮냐며 들여다보는 순간 명호가 벌떡 일어나 들고 있던 눈뭉치를 던지고 깔깔깔 웃으며 달아났다. 이번엔 명식이가 정통으로 맞았다. 명식이는 저게, 하며 쫓아갔다. 말이 싸움이지 짓궂은 놀이었다. 덕만 오빠 딸 순애가 있다고는 하나 여자아이고 남자아이로는 동네에 또래가 없다 보니 둘은 친할 수밖에 없다.

그 아이들에게 '너랑 안 놀아'만큼 큰 위협이 없다는 걸 난 잘 알고 있다. 도시 아이들도 그런 소리를 하긴 하지만, 또래가 많은 그들에 비해 또래가 없는 시골 아이들이 느끼는 그 말의 의미는 차원이 다르다. 그건 일종의 무서운 협박이다. 그렇게 겁이 나는 말이라면 안 써야 할 것 같지만 오히려 그 위력을 잘 알기 때문에 자주 사용했다. 그리고 자주 사용하다 보면 위력은 무의식으로 숨어버리고 말은 습관이 되고 만다.

옛날 용숙 언니와 나도 걸핏하면 '너랑(언니랑) 안 놀아'라고 토라졌다. 들을 땐 '치이, 누가 겁나'라고 대거리를 하지만, 언니가 그렇게 말하고 외가에라도 가면 언제 올끼 기다리느라 잠도 세대로 못 잤다. 내가 외가에 갔다 돌아오면 그 어느 때보다 곰살궂게 대해주던 걸 보면 잠을 못 자긴 용숙 언니도 마찬가지였던 것 같다.

하지만 그것도 그 순간뿐이다. 아마 사흘에 한 번꼴로 '너랑(언니랑) 안 놀아'의 협박을 주고받았을 것이다. 그것만큼 자신의 의사를 관철시키는데 효과적인 게 없기 때문이었다. 그러나 그렇게 말했을 때의 결기로 당장은 심심함을 참을 수 있지만 자기 역시 외톨이긴 마찬가지라 상대방이 빨리 항복해 오기를 목 늘여 기다리게 된다. 보통은 하루를 못 넘기고 상대방이 항복의 몸짓을 해 오지만 때로 같이 삐친 상태가 되면 오래 가기도 한다. 그때는 인내심 부족한 사람이 먼저 '너 이거 줄까' 하고 별것도 아닌 장난감이나 군것질감을 비죽이 내민다. 그러면 백발백중 상대방도 별 것 아니지만 대단한 것이기라도 한처럼 좋아하며 제 것 뭐 한 가지를 내놓기 마련이다. 그러고 나면 사나흘은 아주 평화롭다. 평화는 서로의 필요성이 동등하고 간절해야 유지된다. 필요성이 동등하지 않으면 우월감이나 자격지심으로 틈이 벌어지기 쉽고, 간절하지 않으면 무관심해서 멀어지기 쉽다. 평화는 즐거운 긴장이다.

오후엔 내가 새로운 게임을 제안했다. 헛간 벽에 동그라미를 그려놓고 그 동그라미 안에다 눈덩이를 던져 누가 더 많이 맞추나 하는 게임이었다. 심심하던 아이들이 응하지 않을 리 없다. 나는 벽에다 동그라미 세 개를 크기순으로 포개 그려 과녁을 만들었다. 가장 작은 가운데 동그라미 안에다 맞추면 오 점, 가운데 동그라미 안에 맞추면 삼 점, 가장 큰 바깥 동그라미 안에 맞추면 일 점, 그 바깥은 영 점으로 규칙을 정했다. 거리는 내 걸음으로 십오 보로 정하고 금을 그었다. 그리고 두 살 아래인 명호가 불리할 것 같아 두 보 앞에다 선을 하나 더 그었다. 해보지 않던 놀이라 아이들은 그저 단순한 호기심으로 내 설명을 들었다. 서로 얼굴을 바라보며 재미있을까 없을까 점치던 아이들은 내가 이긴 사람에게 주겠다며 만 원짜리 한 장을 문설주에다 끼워놓자 갑자기 태도가 적극적으로 변했다. 먼저 명식이가 명호에게 두 보나 앞에서 던지는 것은 불공평하다는 항의를 했고, 명호는 오히려 적다고 따졌다. 나는 돈을 댄 주재자로서의 권력으로 내 뜻을 관철시켰다. 이미 돈에 대한 욕심이 생긴 아이들은 불만을 거두고 내 뜻에 따랐다. 시합 방법은 열 번 던져 합산한 점수가 높은 사람이 승자가 되는 것이다. 심판은 당연히 내가 맡았다. 명식이가 집 안으로 뛰어들어가 종이와 연필을 들고 나와 내게 건넸다. 아이들의 표정엔 전의가 감돌았다.

일 회전 결과 명식이가 일 점, 명호가 삼 점이었다. 다시 명식이가 두 보 앞선 거리를 문제 삼고 나왔다. 명호는 혹시라도 내가 명식이의 항의를 들어줄까 봐 적당한 거라고 목소리를 높였다. 나는 명식이의 항의를 묵살하고 시합을 진행시켰다. 돈이 걸리지 않았으면 분명히 '안 해' 하고 나올 분위기였다. 하지만 놀이보다 걸려 있는 돈에 목적이 있는 만큼 놀이를 무산시키지는 않았다.

이 회전에 명식이가 오 점을 내자 명호가 금 안에서 던져 반칙이라고 떼를 썼다. 명식이는 완전히 나가지는 않고 금을 밟기만 해서 괜찮다고 우겼다. 내가 또 중재에 나섰다. 금은 밟아서도 안 된다고 일단 무효를 선언했다. 그리고 지금은 규칙을 정하기 전이니까 다시 던지지만 앞으로는 금 안으로 발이 나오거나 금을 밟으면 영 점으로 한다고 새로운 규칙을 추가했다. 점점 더 씩씩대는 아이들을 나는 느긋하게 즐겼다.

눈덩이로 얼굴을 정통으로 맞고도 싸우지 않던 아이들은 한 번씩 던지고 날 때마다 트집을 잡고 언성을 높였다. 나는 또다시 돈을 건 주재자로서의 권위와 어른이라는 기득권으로 너희들이 자꾸만 이렇게 나오면 이 시합은 없던 것으로 하겠다고 엄포를 놓았다. 돈을 눈앞에 둔 아이들은 알았다고, 앞으로는 모든 걸 심판이 하라는 대로 따르겠다고 기세를 누그러뜨렸다. 아이들은 심기일전해서 눈을 꽁꽁 뭉치고 힘껏 던졌다. 지켜보는 나도 제법 흥이 돌았다. 그 열기에 추위도 맥을 못 추었다.

툴툴거리기는 해도 그럭저럭 오 회전을 끝낼 즈음 언니가 나오더니 나를 불러들였다.

"아이구 아직 한참 때네. 그렇게 기운이 넘치면 우리 만두나 만듭시다."

지금까지 두 아이의 점수는 명식이가 이 점 앞서가지만 엎치락뒤치락해서 결과는 예측하기 힘든 상태다. 나는 이제 너희 둘이

할 수 있겠느냐고 물었다. 이미 시합에 한창 열을 올리고 있던 아이들은 걱정하지 말라고 했다.

"그럼 지금까지처럼 방법과 규칙을 지키면서 민주적으로 정정당당하게 시합하는 거다."

나는 두 아이의 얼굴을 보며 단단히 약속을 받아냈다. 민주적으로 할 수 있겠느냐는 내 물음에 행여라도 돈이라는 목표물이 없어질까 봐 그런다고 대답은 했으나 과연 애들이 그럴 수 있을지는 의문이다. 민주적이라는 말은 자본주의에서 나온 개념이다. 이익과 손해가 공평해야 하고 정당해야 한다는 것이 민주주의일 게다. 그러나 남의 떡이 커 보이는 게 본능이다. 자기나 자기가 속해 있는 단체가 이익을 보고 있다고 생각하는 사람은 거의 없다. 대부분 손해를 보고 있다고 그것도 부당하게 손해를 보고 있다고 여긴다. 그래서 민주주의는 독재주의보다 분쟁이 많다. 그러나 그 분쟁은 삶의 생리이기도 하다. 그래서 독재의 죽은 평화보다는 민주의 살아 있는 분쟁을 선호하는지도 모른다. 내 것 또는 우리 것 그것이 주는 안락과 포만감 그리고 정복감이 주는 매력은 가르쳐주지 않아도 잘 안다. 애들은 아마 어떡하든 이기려고 할 것이다. 민주적이란 것은 이기는 수단과 방법이 다양하다는 뜻일 테니까.

만두소를 만들기 위해 뒤꼍 땅에 묻은 김칫독에서 김치를 한 양푼 꺼내왔다. 김칫독은 짚으로 만든 움 속에 있었다. 김치는 얼지 않았지만 국물에 살얼음이 얼어 있어 손이 저리도록 시렸다. 가뜩이나 얼어서 빨간 데다 김칫물까지 들어 더욱 빨개진 손을 뜨거운 물에 담가 녹였다. 언니가 만두소를 만들고 나는 밀가루 반죽을 했다. 반죽이 다 되기도 전에 밖으로부터 아이들의 고함과 욕설이 들렸다. 정정당당하게 민주적으로 하겠다는 약속이 지켜지고 있는 게다. 민주적이란 자기의 목소리를 마음껏 낼 수 있는 것이니 시끄러울 수밖에 없다. 아무래도 시합은 제대로 끝을 내지 못할 것 같다. 단 둘뿐이고 더군다나 눈뭉치를 맞고도 아무렇지 않게 넘기던 형제들이다. 늘 티격태격하기는 했지만 그때와 지금 저 아이들의 모습은 많이 다르다. 오전에 눈싸움하던 것으로 미루어보면, 심판이 없어도 돈이 걸리지 않았으면 재미는 적겠지만 싸우지 않고 끝은 낼 수 있을 것이다. 그러나 지금 아이들의 목청과 욕설을 보면 십중팔구 끝내기는 힘들고 억지로 게임은 끝내더라도 싸움은 끝내지 못할 전망이다. 돈이 만 원이길 망정이지 아마 액수가 크면 싸움은 더 일찍부터 크게 났을 것이다.

먹이가 클수록, 집단이 클수록, 그리고 고급두뇌 집단일수록 싸움은 치열해지고 지능적이 될 것이다. 그리고 처음 싸움이 시작될 땐 싸울 명분이 뚜렷했지만, 한참 싸우다 보면 애초 싸움의 원인이 되었던 명분은 사라지고 무슨 수를 써서라도 이겨야 한다는 명분만 남는다. 그리고 승자에 의해 싸움의 명분은 재정립된다. 그렇게 역사는 승자에 의해서 쓰이는 것이다.

결국 명식이가 지폐를 손에 들고 흔들며 뛰어 들어오고 뒤를 따라 명호가 징징 짜며 들어왔다. 명식이는 제가 이겼다고 하고 명호는 순전히 반칙이었다고 악을 썼다. 그것도 아직 한 번 더 남았는데 육 점 차이라 하나마나라고 명식이가 문설주에 끼워놓은 돈을 빼 갖고 들어온 모양이었다. 순전히 반칙이라 무효라고 악 쓰는 놈에, 내가 언제 그랬냐고 악 쓰는 놈에다 시끄럽다고 악 쓰는 언니로 집안은 시끌벅적했다. 좀체 집안 분위기가 수습될 것 같지 않아 내가 만 원짜리 한 장을 명호에게 주어 일단락시켰다. 물론 명식이가 못마땅해 했다. 열심히 싸운 보람이 없기 때문이다. 나는 헛수고 했다고 시큰둥해하는 명식이에게 그럼 명호 돈과 바꿔보라고 했다. 명식은 싫다고 했다. 같은 액수의 돈이지만 제 스스로 힘들여 얻은 돈과 그냥 얻은 돈의 가치를 애들은 어렴풋이나마 깨달은 듯했다.

언니는 모처럼 고모가 왔는데 흉보겠다고 했지만 난 마냥 즐거웠다. 처음엔 아이들에게 게임을 시키고 끝을 내게 한 주재자로서의 호기와 흥미 때문인 줄 알았다. 그런데 아이들이 엄마로부터 야단을 맞고 숙제하겠다며 저희들 방으로 들어간 후에도 즐거운 기분은 사라지지 않았다. 나는 애들과 상관없이 분명 따로 무언가를 즐기고 있었다. 아주 소중하고 신나는 무언가를.

새벽녘 눈 덮인 땅 위를 설설 기던 눈보라처럼 나는 땅 위에서 닿을 듯 말 듯 떠서 움직이고 있는 기분이었다. 무슨 일에라도 즐거워질 수 있을 것 같았다. 무릎을 꿇고 팔에 잔뜩 힘을 주고 끙끙대며 반죽을 치대면서도 아이들과 눈을 뭉치고 던지고 놀 때의 기분과 다르지 않았다. 무엇을 하든 그건 그저 행위의 이름일 뿐이고, 그 움직임은 땅 위에 떠 있는 것 같은 느낌의 표현이었다. 예를 들면 반죽을 하는 건 반죽하기란 행위이지만 그걸 하는 느낌은 즐거움의 표현이었다. 나는 분명 일을 하고 있는데 아주 즐거운 놀이를 하고 있는 듯한 느낌이었다.

일과 놀이의 차이는 뭘까? 우선 생계와 관련이 되고 안 되고의 차이가 있을 것이다. 생계까지는 아니더라도 재화가 생기고 안 생기느냐가 큰 비중을 차지할 것이다. 그런 외형적인 것 말고 내면적인 차이도 있다. 그 행위를 하면서의 느낌이다. 놀이를 할 때와 일을 할 때의 느낌은 분명히 큰 차이가 있다. 규칙이 똑같은 야구 경기지만, 방과 후에 학생들이 하는 것과 프로 야구선수들이 하는 것이 엄연히 다른 것처럼. 정도의 차이는 있겠지만 아무래도 일을 할 때는 힘이 들고 놀이를 할 때는 흥이 날 것이다. 아이들과 눈팔매질을 하는 것과 만두를 만드는 것은 분명 다른 것이다. 피상적으로 볼 때 하나는 놀이이고 하나는 일일 텐데 난 두 가지의 느낌이 같았다. 힘이 드는 게 아니라 즐거웠다. 아무도 없다면 콧노래라도 흥얼거리고 싶었다. 노래 제목을 붙이라면 '고향의 정령'쯤으로 붙여도 좋을 것이다. 콧노래까지는 아니지만 애들에게나 언니에게 하는 말투에는 리듬이 들어갈 만큼 밝고 경쾌했다. 원인 모를 설렘을 감출 수가 없었다. 어떤 정령을 받은 듯한 그 기분의 원천을 찾아 오늘을 거슬러 올라가 보았다.

우선 아이들에게 눈뭉치 던지기 시합을 시키면서 주재자로서의 작은 즐거움이 있었고, 그 전에 먹은 점심이 김치볶음밥이었다는 시점에서 생각이 멈추었다.

애들은 또 김치볶음밥이냐고 투정을 부렸고, 오빠는 배부른 소리 한다고 나무랐다. 그러자 명식이가 학교 친구 이름을 대며 걔네 엄마는 감자랑 당근이랑 넣고 맵지 않게 볶아주는데 엄마는 맨날 김치만 넣고 볶는다고 한 마디 더 불평했다. 그때 내가 그것보다 이게 훨씬 더 맛있다고 말해주었다. 속으로 '세상에서 가장 귀한 손님도 대접받은 음식인데 인마' 하며 푹푹 퍼먹었다. 언니는 아가씨가 그렇게 소담스럽게 먹는 건 처음 본다고 기꺼워했고 애들도 더 이상 투정을 하지 못했다.

생각은 다시 거슬러 올라가 눈을 쓸며 신작로까지 내려가 없어진 자전거 바퀴 자리를 확인하던 순간에 머물렀다. 혹시 만나질까 싶은 마음으로 불기골 쪽을 향해 몇 발짝 걸어가선, 정말 만나면 어쩌나 싶어 그 발자국을 그대로 되짚어 밟아오던 애틋함이 다시 일었다. 줄곧 가벼운 흥분 속에 있는 이유가 손에 잡힐 듯했다.

마지막으로 내 상념은 돋을볕에 나가 눈 덮인 산야를 바라보던 순간에 고정되었다. 아무래도 그쯤이 발원지인 것 같았다. 소리 없이 연기처럼 일렁이는 눈보라가 신성한 서기로 느껴졌다. 그 신령함에 아주 특별한 곳에 와 있는 듯한 착각마저 들었다. 그와 한 이불 속에서 자고 일어난 것 같은 설렘도 그 신령함 때문이었을 게다.

설렘의 원인을 인지하고부터 짬짬이 내가 도로 와 있는 걸 그가 알면 어떤 반응을 보일까를 상상해 보곤 했다. 그의 얼굴을 얼핏 보기는 했지만 너무 순간적이고 놀라 여전히 상상이 되질 않았다. 표정까지는 짐작할 수 없지만 그의 태도나 마음을 여러 가지로 추측해 보았다. 그 추측이 머리에서 떠나지 않는 한 나는 어떤 일을 해도 놀이요 어떤 행위도 즐거울 수 있을 것 같았다.

오빠는 이장네 집에 간다며 나갔다. 언니 얘기로는 이장이 해토만 되면 공동으로 작목반을 해보자고 해서 얘기를 들어보려고 갔다는 것이다.

"공동으로 하자면 새텃말 사람들이 공동으로 한다는 거예요?"

다듬이 방망이로 만두피를 밀며 물었다. 언니는 만두를 빚으며 대꾸했다.

"에이, 새텃말 사람들만으로는 안 되지. 시설비니 연료비니 그 외 여러 가지 경비를 절약하자면 그래도 열 집은 훨씬 넘어야 되겠지."

"그 많은 집이 어디 있어요?"

"큰말, 불기골, 차돌배기까지 하면 이십 호가 훨씬 넘지. 이름만 다르지 다 한 동네나 다름없이 지내잖우."

"아, 네."

불기골이라는 말에 나는 단박에 그를 떠올렸다. 그도 같이할까? 사람들을 기피하는 성격으로 보아선 안 할 것도 같고, 그래도 많이 달라졌다는 그의 어머니 말대로라면 같이 할 가능성도 많다. 아무래도 가호 수가 적은 걸로 미루어 남의 권유에 따라서라도 동참할 확률이 높다.

"차돌배기는 알겠는데 큰말은 어디예요?"

바로 불기골을 물어 그의 동참 여부를 알아볼까 하다가 혹시라도 속내가 탄로 날까 봐 에둘렀다.

"차돌배기는 신작로에 바로 붙었잖우? 거기서 논빼미 두 개 더 안쪽으로 들어가면 돼. 다 거기서 거기지 뭐."

"불기골은 요 너머에 있는 동네 말하는 거지요?"

"거길 어떻게 알우?"

"지난 가을에 제가 여기 와서 벌에 쏘였을 때 그 동네 사람이 도와줘서 갔었잖아요."

"아참, 그랬지. 맞아 그 동네야."

"그럼 그 사람도 같이해요?"

"글쎄, 그 사람이 잘 어울리려고 하지 않아서 모르겠네. 그래도 작목반을 하게만 되면 젊은 사람이 아쉬우니 이장이나 오빠가 설득해서라도 같이 할 거유."

그만하면 더 알아볼 것도 없었다. 그렇다면 지금 오빠와 그가 같이 있는 건 아닐까. 혹시 오빠가 무심히 내가 와 있다는 말을 한 건 아닐까. 그 자리에 나를 잘 알고 있는 덕만 오빠도 같이 있다면 그럴 가능성은 충분히 있다. 버스를 타고 떠나는 것까지 확인한 내가 그날로 되돌아와 있는 걸 그가 안다면…. 막연하게 일던 흥분의 실체가 서서히 그 모습을 드러내고 있는 것 같았다. 일을 하고 있는지 놀이를 하고 있는지 구분이 안 되는 내 손놀림은 조금씩 허둥대기 시작했다.

"농촌 생활이 힘들어서 젊은 사람들이 떠난다더니 여기도 그런가 보죠?"

"그렇긴 하지만 그래도 이제는 농촌도 많이 달라졌지. 오히려 농촌 떠나 도시로 나간 사람보다 그 사람 땅 사서 잘 된 사람도 많아. 아, 아까 얘기한 불기골 판길씨네만 해도 그냥 보기는 변변찮아 보이지만 그래도 이제는 남부럽지 않을 걸."

"그 아주머니 말로는 밥술이나 먹는다고 하던데."

"농촌에선 그게 웬만큼은 산다는 뜻이지. 그렇다고 아주 부자라는 뜻은 아니고, 옛날에 비하면 그렇다는 것이지. 그 아주머니 말이 내가 시집오기 전만 해도 굶기를 있는 집 밥 먹듯 했다는구려. 서울로 올라간 사람들이 소작 준 논밭을 부치며 열심히 일하더니 금세 그 논밭을 사들이기 시작하더라고. 얼굴만 그 지경이 아니면 나라도 중매를 설 텐데. 다른 데는 안 보이기라도 하지, 하루 이틀도 아니고 평생을 마주 보고 살아야 할 얼굴이 그렇다니 어디다 말을 놓을 수가 없더라고. 참 아까워."

"성형수술을 받으면 나아지지 않나."

"그것도 덴 즉시 했어야 하는데, 그때는 워낙 형편이 어렵다 보니 산 것만 다행으로 여겼지 뭐."

"지금이라도 하면 안 될 정도예요?"

"나도 직접 보지 못해서 모르지만 너무 오래 돼서 할 수 있을까?"

요즈음은 의술이 발달해서 할 수 있을지도 모른다고, 한 번 알아보기라도 했으면 좋겠다고 말하려다 공연히 오해라도 살까 봐 그냥 흘렸다. 아니, 흘리는 척했다. 그에 대한 얘기를 더 듣고 싶었지만 언니는 앞으로 명식이 형제 교육에 대한 걱정으로 화제를 돌렸다. 그러잖아도 싱숭생숭하던 마음에 그가 불쑥 들어왔다 나간 자리가 횅했다.

오빠는 저녁시간이 다 되어서야 돌아왔다.

"어이구, 만두 하네."

"아가씨가 힘이 넘치는 것 같아서 하자고 했어요. 그래 작목반은 하기로 했어요?"

점퍼를 벗어 못에 걸고 화롯가로 다가앉는 오빠에게 언니가 물었다.

"응. 이장이 진흥청에서 교육을 받고 오더니 의욕이 대단하더라고. 벌써 농협에 융자 건도 알아본 모양이야."

"그래요. 그래 뭘 하려고요?

"그게 좀 쉽게 결정이 안 나서 얘기가 길어졌어."

"왜요?"

"응. 이장은 딸기로 구상하고 있었던 것 같애. 그런데 판길이가 딸기는 출하할 수 있는 기간이 짧고 또 상품 가치가 오래 가지 못한다고 오이나 토마토 같은 게 어떠냐는 거야. 그러자 또 그건 너무 흔하니까 특용작물을 하자는 의견도 나오고. 하지만 교육을 받고 온 건 이장이니까 이장은 그걸 바탕으로 자꾸 제 주장을 하고, 그래서 좀 더 생각해 보기로 했어."

"하긴 옛날부터 잣대질 잘하는 며느리는 알아주어도 가위질 잘하는 며느리는 안 알아준다고, 돈이 한두 푼 들어가는 것도 아닌데 처음부터 생각을 잘해서 결정해야지 괜히 서두를 건 없지 뭐."

"참! 판길이 그 사람이 좀 달라진 것 같애."

"왜요?"

언니는 대수롭지 않게 물었지만 난 속으로 철렁했다.

"아니, 그 자리에 온 것부터 예전에 없던 일이잖아. 물론 젊은 사람이 적어 이장이 적극 권하기는 했지만 말야. 그래도 다른 때 같으면 묵묵히 듣기만 했을 텐데 이번엔 활발하게 얘기를 하더라고."

"말을 많이 해요?"

"아니, 말을 많이 한 건 아니고. 그냥 뭔가 달라지긴 달라진 것 같은데… 아, 맞다! 말을 더듬지 않았구나. 그래서 그렇게 다르게 느껴졌구나. 목소리가 아주 부드러우면서도 힘이 있더라고."

오빠는 고개를 갸웃거리다가 뭔가 깨닫고 놀란 듯 바로 했다.

'아, 맑고 부드러운 중저음의 목소리!'

나는 어제 새롭게 안 그의 목소리를 떠올리며 전율했다. 오빠도 그걸 느낀 것 같았다.

"말을 안 더듬어요?"

"아니, 그렇다고 완전히 안 더듬는 건 아니고. 가끔 더듬긴 하는데 전에 비하면 안 더듬는 셈이지. 그참!"

나는 가빠지는 호흡을 들키지 않으려고 자세를 바꿔 앉으며 헛기침을 했다. 그리고 깊이 숨을 들이마셨다가 천천히 길게 내뱉었다.

"어머, 그래? 궁금하네. 그나저나 어떻게 고쳤지? 겨우내 안 보는 동안 어디 다니면서 고쳤나? 아니, 아들이 말을 고쳤으면 가만히 있을 아주머니가 아닌데 왜 아무 말도 안 하고 있었을까. 별일일세."

가뜩이나 들떠 있는 기분에 가슴마저 두근거리기 시작했다. 만두피를 밀다가 밀가루 묻히는 것을 잊어버려 만두피가 자꾸만 도마나 방망이에 들러붙었다. 조금 전까지도 언니의 만두 빚는 속도보다 내가 미는 속도가 빨라 대여섯 장씩 만두피가 밀렸는데 이제는 오히려 언니 손이 놀 만큼 미는 속도도 떨어지고 있었다.

"아주머니 서울 가시고 판길이 혼자 있는 모양이던데 만두 만드는 줄 알았으면 같이 올 걸 그랬지."

"아주머니 서울 가셨대요? 그럼 혼자 있겠네. 오라고 전화해요."

난 하마터면 어! 하고 외마디를 지를 뻔하다 간신히 진정했다.

"에이, 이왕 간 걸 뭐. 가던 길이면 몰라도 오란다고 일부러 올 사람이야 그 사람이."

"달라졌다면서. 정말 궁금하네. 한 번 전화나 해봐요."

"누가 사람이 달라졌대. 말이 좀 편안해 보이니 사람도 달라 보인다는 거지."

"아무튼."

나는 화장실에 가는 척하고 자리를 뜰까 하다가 결말이 궁금해 그냥 자세를 고쳐 앉으며 헛기침을 하고 숨을 토해냈다. 허둥대는 손길을 언니가 눈치챌까 봐 주먹을 쥐었다 폈다 했다. 어릴 적 숨바꼭질을 하면서 나름대로 안전한 곳에 숨었는데 술래가 가까이 다가올 때처럼 조마조마했다.

"됐어. 어서 하기나 해, 배고파."

오빠는 언니 말을 막아놓고는 다 꺼진 화롯불을 부젓가락으로 헤치며 혼잣말처럼 덧붙였다.

"아냐, 단순히 말만 편안해진 건 아닌 것 같애. 분명히 제 의견을 주장하는 데 힘이 있었어. 그참!"

"거 진짜 사람 궁금하게 만드네. 아주머니나 있으면 내일이라도 당장 내가 가서 알아보고 올 텐데… 아니, 아가씨! 어떻게 된 거야. 처음엔 내가 딸리더니 점점 아가씨가 딸리네."

"어이구, 힘든가 보구나. 내가 좀 밀까?"

쩔쩔매는 내가 힘들어 보였는지 오빠가 다가와 앉으며 물었다.

"아니, 다 했는데요, 뭐."

심호흡을 크게 했다. 일단 급한 위기는 모면했다. 다행히 내가 여기 와 있는 걸 그는 아직 모르고 있는 것 같았다. 하루 종일 그로 인해 들떠 있던 마음은 무엇이고, 내가 여기 와 있는 걸 그가 모른다고 해서 다행으로 여겨지는 건 또 무엇인지, 게다가 달라졌다는 그가 못 견디게 보고 싶어지는 건 또 무엇인지, 온종일 잔잔히 들뜨게 했던 정체 모를 설렘은 점점 더 덩치를 키우고 있었다.

저녁을 먹으면서도 언니나 오빠와 눈이 마주칠까 봐 고개도 제대로 들지 못하고 먹었다. 상을 물리고 텔레비전을 볼 때도 어떤 자백을 강요당하고 있는 것처럼 조마조마하고 답답했다. 연속극도 무성영화처럼 보였다. 집에서 걸려온 어머니의 전화를 받을 때도 다른 사람에게 걸려온 전화를 대신 받아주는 것처럼 무덤덤하게 받았다. 어머니는 내가 어제 올케언니하고만 통화를 했더니 마음에 걸리는 게 있었던 모양이었다. 바쁠 때야 일이나 거든다지만 한가한 겨울철에 뭐 하러 거기 있냐며 어서 오라고 했다. 행여라도 내가 가볍게 보일까 봐 걱정되는 모양이었다. 어딜 가나 나는 어머니에게 애증 덩어리였다. 어머니 말이 아니더라도 내일

은 올라가야 할 것 같았다. 그러지 않고는 내 심장이 고장 날 것
같았다.

이튿날 아침 말이나마 더 있다가 가라고 붙잡는 언니의 만류를
뒤로하고 집을 나섰다. 날은 싸하니 추웠지만 햇살은 따뜻했다.
산과 들녘은 여전히 하얀 눈을 덮고 겨울잠에 빠져 있었다. 눈 쌓
인 신작로는 차들이 두 줄로 길을 내놓았다. 자동차 바퀴가 지나
간 길을 따라 발걸음을 옮길 때마다 뽀각뽀각 소리가 경쾌하게
났다. 새텃말 모퉁이를 벗어날 무렵 뒤를 돌아다보았다. 지난번
에 허겁지겁 가다가 따라 나온 얼룩이에게만 인사하고 돌아섰던
지점이다. 그때 그 사람도 할아버지 산소 앞에서 내려다보고 있
었다지 않은가. 그때는 생각도 못 하고 그냥 갔지만 이번에는 올
려다보았다. 앙상한 활엽수 사이사이 푸른 소나무가 섞여 있는
산은 그림처럼 고요했다. 보기에는 정지되어 있는 것 같지만 진
정한 산주인 정령을 받아 온갖 생물들이 은밀하게 태동을 준비하
고 있을 것이다. 그 중에는 날개 없는 나비 하나가 고향의 정령으
로 부화를 꿈꾸고 있을 것이다. 태명은 천사일 것이다.

그날부터 고향에 대한 내 개념은 단순히 태어난 곳이라기보다,
그 사람이 있는 곳으로 각인되었다.

운명이란 자연현상이다

고향에서 돌아온 후 한동안 내 감각기관은 제구실을 못 했다. 웬만한 얘기는 들리지 않고 음식은 맛도 모르고 먹었다. 눈에 보이는 것도 형체만 보일 뿐 그 형체가 갖고 있는 의미는 제대로 인식할 수 없었다. 냄새도 맡긴 했으나 분별력이 신통치 않고 손에 무얼 들고 있다가도 멀거니 다른 생각에 잠겨 있느라 놓치곤 했다. 마음속으로는 무언가를 해야 한다고 허둥댔다. 하지만 그게 뭔지 뚜렷이 잡히지 않은 채 서둘러 끝을 내야만 할 것 같은 조바심만 들었다. 마치 목적지는 확실히 아는데 거길 어떻게 가는지 모르는 것처럼 답답하고 애가 쓰였다.

이제 고향엔 다시 오지 말라던 그의 진심은 무얼까. 지나친 부정은 긍정을 의미하는데 그도 그런 것일까. 새텃말 오빠 말대로라면 더듬던 말투도 많이 고쳐지고 태도도 많이 달라졌다는데, 그게 내 영향이라면 오히려 내게 더 적극적이어야 하는 것 아닌가. 그런데 한사코 다시는 오지 말라는 건 지순한 배려인가. 혹시 지금은 그렇게 말한 걸 후회하고 있는 건 아닐까. 어느 것 하나 실마리조차 찾을 수 없는 의문으로 날짜 가는 것도 의식하지 못하고 있었다. 그런데 의문을 달리 생각해 보면 그 사람보다 내가 더 의문

투성이었다. 그의 진심이 무엇이든 그에 대한 내 감정을 알 수 없었다. 그에게 달려가고 싶은 마음이 들면 그나마 내가 가지고 있는 것 중 포기해야만 하는 것들이 발목을 잡았다. 또 어찌어찌 생각을 돌려 포기할 마음이 들면 그를 선택했을 때 같이 선택해야만 하는 그의 여건이 마음을 붙들었다. 그렇다고 모든 걸 잊기에는 순수한 그의 언행이 마음을 휘저어 나는 미열을 앓고 있는 환자처럼 몽롱했다. 분명 고향을 찾아간 것까지는 내 의지다. 그러나 그의 집에 간 것은 내 의지만은 아닌 성싶었다. 번번이 훼방을 놓은 운명이 뭔가 일을 꾸민 것만 같았다. 그의 농사일지에서 글을 보고 난 후의 내 언행만 보아도 나는 운명의 꼭두각시에 불과했다. 나를 그렇게 시킨 운명이 뭔가 일을 더 진척시켜 주었으면 싶기도 했다. 그런데 그걸 기대하면 어쩐지 야수를 왕자님으로 변신시킨 공주의 사랑을 요구 받고 있는 느낌이 들었다. 내게 그건 사랑이 아니라 초능력이다. 그럴 능력이 없는 나는 책임회피를 하고 있는 듯한 자책에 바깥출입조차 힘들었다.

집안에서는 점점 더 눈치꾸러기가 되어갔다. 할머니와 어머니는 나로 인해 더욱 올케언니의 눈치를 살폈다. 당신들 스스로 나를 군입으로 여겨 미안한 마음으로 올케 눈치를 보다가도 한편으로는 행여 군입이라고 무시만 해봐라 하는 노파심으로 또 눈치를 살폈다. 두 분의 애증 어린 눈빛으로 내 자아의식은 석수장이의 정에 맞아 다듬어진 돌덩이처럼 뭉그러져만 갔다.

사촌오빠 결혼식 날도 나는 정말 가고 싶지 않았다. 하지만 네 순서 놓치면 안 된다는 어머니의 면박인지 다짐인지 성화에 못 이겨 나갔다. 자꾸 많은 사람 눈에 띄어야 중매라도 들어온다는 것이다. 나는 많은 친척에게 인사했고, 친척들은 내게 언제 시집 가냐고 인사했다. 그 곤욕을 나는 수양을 쌓듯 받아냈다.

피로연 석에서 큰고모가 농촌 총각들은 장가가기 힘들어서 큰 일이라고 하자 여기저기서 정말이라고 맞장구들을 쳤다.

"그래서 외국 여자와 한국 농촌 총각을 맺어주는 단체가 다 있 다며?"

누군가 그 말을 했을 때 새텃말 올케언니가 생각난 듯 말을 받았다.

"맞어. 우리 동네로도 곧 베트남 여자가 시집올 거예요."

"아니, 그 골짜기까지 어떻게 알고 와?"

"누구네 집인데?"

큰고모와 작은고모가 대답할 틈도 주지 않고 번갈아 물었다. 두 고모는 새텃말과 그리 멀지 않은 곳에 살기도 하지만 친정 동네 라 웬만큼은 거기 사정을 안다. 다른 사람들의 시선도 언니에게 쏠렸다.

"불기골 사람이에요."

불기골 사람이라는 말에 난 마치 불기골엔 그 사람 혼자 살기 라도 하는 것처럼 바로 그를 떠올렸다. 하지만 그건 불기골과 그 를 동체로 느끼고 있는 것일 뿐, 베트남 여자와는 아무런 연관 을 짓지 못했다. 그저 불기골이란 말에 그를 한번 떠올려 본 것뿐 이었다.

"불기골 누군데?"

"잘 모르실 거예요. 토박이도 아니고 어렸을 때 화상을 입어 사람들과 잘 어울리지도 않는 사람이에요."

"그런 사람이 어떻게 그 먼 데서 색시를 구해오게 됐대?"

"그 사람 큰누나가 서울에 사는데 아까 아저씨가 말씀하신 것처럼 어디 주선해 주는 데다 신청을 했다나 봐요. 본인보다 그 사람 어머니가 좋아서 어쩔 줄 모르더라고요. 외아들이거든요. 하마터면 대가 끊길 뻔했는데 이제 아들이 장가가니 곧 손주도 생길 거 아니냐며 노상 싱글벙글이더라고요."

"그럼 안 그렇겠어. 멀쩡해도 농촌 총각이라고 마다하는 마당에 얼굴을 내놓고 다닐 수 없을 만큼 흉터가 있는 사람이니."

새텃말 오빠가 그렇게 말해서야 난 가까스로 그 사람 이야기라는 걸 깨달았다.

나는 손에 꼭 쥐고 있던 물건을 놓친 것 같았다. 아니 들고 있기 힘들던 물건을 남에게 넘겨준 것 같은 느낌도 들었다. 배신감인지 해방감인지 종잡을 수 없었다. 마음 같아서는 그럴 리 없다고 전후 사정을 다그쳐 묻고 싶었다. 당장이라도 그를 만나 사실인지 확인하고 싶었다. 그러나 궁금증이 강하면 강할수록 두려움도 커졌다. 사실이라면 나는 더 갈 수 없는 세상의 끝으로 밀려난 것일 테고, 아니라면 내가 베트남 여자가 되어야 할 것이다. 그의 결혼은 그와 나 사이의 문제가 아니라 내 운명과 나와의 문제로 다가왔다. 내 의사가 배제된 내 삶에 나는 더 할 수 없는 무력함에 빠져드는 것만 같았다. 간신히 정신을 차리고 나서야 뭔가 되풀이되고 있다는 느낌도 들었다. 얼핏 연희가 임신했다는 얘기를 들었을 때의 느낌이 스쳤다. 그러나 곰곰이 생각해 보면 그때와는 분명 다르다. 그때는 안에 있다가 갑자기 문밖으로 내쳐진 경우라면 지금은 열린 문밖에 서 있는데 슬며시 문이 닫히고 만 경우다. 나는 그 문이 언제나 열려 있을 줄 알았다. 그 문 안으로 들어갈지 말지의 결정은 순전히 내 몫인 줄만 알았다. 그런데 제대로 고민도 해볼 틈도 없이 문이 닫히고 만 것이다. 분명 배신은 아닌데 배신보다 더 아팠다. 그의 글을 떠올려 짐작해 보면 결혼을 한다기보다 홧김에 그냥 일을 저지르려는 게 아닌가 싶기도 했다. 아니면 말투까지 진전을 보일 만큼 세상을 얻은 것 같다니 살아갈 용기가 생긴 것일 수도 있다. 아무 소용없을 줄 알면서도 처음 교도소로 송경민을 찾아갔을 때처럼, 그래서 뭔가 확인해야 직성이 풀릴 것처럼 나는 그를 만나고 싶었다. 그렇다고 송경민에게처럼 무얼 따지겠다는 건 아니다. 내 스스로 만들었던 그와 나 사이의 모호한 감정을 깔끔하게 정리하고 싶었다. 직접 대놓고 진심으로 축하한다고, 정말 잘 됐다고 호들갑이라도 떨어야 내 어정쩡한 감정을 털어낼 수 있을 것 같았다. 용케 그의 집 전화번호가 그림처럼 떠올랐다. 암모니아수를 가져다준다는 구실로 그의 집에 갔던 날, 늦겠다고 오빠네 집으로 전화를 걸 때 검은 전화기에는 이름처럼 번호가 붙어 있었다. 번호의 끝자리만 오빠네와 달라 쉽게 기억된 게 다행이었다.

하지만 선뜻 전화를 하진 못했다. 섣부른 행동으로 소중한 무언가를 잃어버릴 것만 같은 불안감이 들었다. 그 사람에 대한 미련은 아니다. 그 사람으로 인해 찾은 어떤 자아의식이나 모처럼 찾은 안식을 잃어버릴 것만 같았다. 그건 누구나 그리워하는 고향 같은 것이었다. 낮은 산이 있고, 맑은 시내가 있고, 새파란 하늘에 뭉게구름이 떠 있고, 송아지가 풀을 뜯고 종달새가 숨바꼭질하는 들녘에 어스름이 깔리면 구수한 냇내로 마음이 푸근해지는 고향. 사랑하고 그리워도 하지만 정착해 살기엔 내키지 않는 고향. 그러나 언제나 돌아가면 팔 벌려 맞아줄 것만 같은 곳. 그래서 상상으로 품고만 있어도 따뜻해지는 곳. 그런 고향을 잃어버릴지도 모른다는 불안감에 전화번호만 되뇌고 있었다. 그러나 어금니를 물고 전화번호를 돌린 건 시간적으로 기회가 얼마 남지 않았다는 초조감 때문이었다. 얼마 남지 않았다는 그의 결혼식 전에 잃든 얻든 부딪쳐는 보아야 할 것 같았다.

식구들 눈이 많아 전화를 거는 것도 여의치 않았다. 며칠 만에 기회를 타 전화를 걸었을 때 생각대로 그는 무척 당황했다. 곁에 그의 어머니가 있는 것 같아 나는 내일 서울역에서 열 시 기차로 내려가겠으니 문산역으로 마중 나와 달라고 했다. 그는 이유도 묻지 않고 나가겠다고 했다.

다른 때와 달리 옷에 신경이 쓰였다. 그가 결혼한다는 것도 그렇고 마지막일지도 모른다는 생각에 그에게 강한 인상을 남기고 싶었다. 그의 추억 속이든 아니면 현실이든 기왕이면 예쁘게 기억되고 싶었다. 이른 봄답게 일기는 변덕스러웠다. 오빠 결혼식 때는 쌀쌀한 것 같아 트렌치코트를 입고 갔다가 종일 벗어 들고 다녀야 했다. 다음날부터는 꽃샘바람이 심하게 불어 벙글기 시작한 목련 꽃송이가 속절없이 길 위를 나뒹굴었다. 위로가 필요해 찾아갔던 때와는 확연히 다른 느낌을 주기 위해서 자주색 원피스에 분홍색 재킷을 골랐다. 고향에 갈 때는 안 하던 색조화장도 했다. 뒤로 질끈 묶었던 머리도 풀고 거울을 보았다. 화사하다는 생각이 드는 순간 송경민의 일굴이 떠올랐다. 이 옷을 입고 간 날 송경민은 예쁘다며 눈을 찡긋거렸다. 퇴근 후 같이 갈 데가 있다고 해서 따라간 장신구 가게에서 그는 자잘한 자수정이 이어진 목걸이를 사서 걸어주었다. 무척이나 뿌듯해하던 그의 모습이 떠오르자 이건 아니다 싶었다. 사람도 상황도 그때와는 너무도 달랐다. 그때는 연인의 모습으로 보였겠지만 지금은 어떤 시위를 하러 온 느낌이 들것 같았다. 그럴 필요는 없었다. 청색 바지에 하늘색 줄무늬의 남방으로 갈아입었다. 얇은 아이보리색 트렌치코트를 걸치고 머리도 다시 묶었다. 화장은 지우지 않았다.

아침부터 진눈깨비가 내렸다. 궂은 날씨에 아침 일찍 어딜 가냐는 할머니의 지청구를 한 귀로 흘리고 집을 나섰다. 전날 일기예보에 비가 온다고 해서 별 준비를 하지 않은 차들은 진눈깨비로 미끄러운 도로에 엉기었다. 내가 탄 버스도 시간에 쫓기는지 밀려 있는 승용차 사이를 요리조리 빠져나갔다. 나는 기차 시간을 놓칠 것 같아 연신 팔목의 시계만 들여다보았다. 아직 서울역에 닿으려면 반이나 남았는데 버스가 미끄러지는가 싶더니 작은 트럭과 부딪치고 튕겨나가 육교 교각을 들이받았다. 나는 정신을 잃었다.

내가 병원에서 정신을 찾은 건 나흘 후였다. 머리와 오른쪽 다리가 붕대로 감겨 마치 미라 꼴로 누워 있었다. 팔에는 링거줄이

매달려 있었다. 다행히 쇼크로 정신을 잃긴 했으나 생명에는 지
장이 없다고 했다. 치료만 잘 받으면 불구 될 걱정도 없다고 했
다. 그제야 그와의 약속을 기억해냈다. 하지만 이미 즙이 빠져나
가 섬유질만 남은 과일처럼 어떤 의미도 회한도 느낄 수 없었다.
그에게 하려던 어떤 언행도 이렇게 무자비하게 금지당한 마당에
더 이상 그를 생각하는 것조차 무서웠다. 사지만 결박당한 게 아
니라 정신도 결박된 것처럼 완전히 내 의지가 배제된 내 현실에
모든 걸 맡길 수밖에 없었다. 마음속으로는 약속을 어긴 나를 그
가 어떻게 생각할지 걱정스럽고 무슨 수를 써서라도 내가 다친
사실을 알리고 싶었다. 그러면 그는 한달음에 달려와 줄 것만 같
았다. 그 다음은 생각하고 싶지 않았다. 그냥 보고 싶었다. 와주
면 그동안 이리저리 재던 마음을 토설할 수 있을 것 같았다. 그러
고 싶었다. 하지만 그걸 막기 위해 운명이 나를 이렇게 결박시켜
놓았다는 생각마저 들었다. 나를 기다렸을 그를 생각하면 숨쉬기
힘들 만큼 가슴이 답답했지만, 운명이 그 사람도 알아서 처리했
을 거라는 체념으로 마음을 다독일 수밖에 없었다.

어머니의 예상인지 희망인지 사촌오빠 결혼식에 갔던 일에는
성과가 있었다. 병원에서 한 달 만에 퇴원하고 얼마 후 오빠가 안
부전화를 해왔다. 신혼 중인 오빠가 내 안부까지 챙길 여유가 다
있네 싶어 고마우면서도 의아했다. 아니나 다를까 안부 끝에 본
론인 듯 친구 얘기를 꺼냈다. 결혼식 날 나를 보고 관심을 가지게
되었다며 소개해 달라고 조른단다.

애기를 전해 들은 어머니와 할머니는 무안할 만큼 무척이나 반

색했다. 내가 행여라도 뜨악해하기라도 했다간 벼락이 떨어질 분
위기였다. 무력감에 빠져 있던 나는 어른들에게 짐이라도 덜어드
리자는 생각으로 약속 장소로 나갔다.

먼저와 달리 어른들도 없고 상내가 이미 내게 호감을 가지고 있
던 터라 한결 편했다. 오빠 친구라니 오빠처럼 친근했고, 중학교
교사라니 여학교 때 좋아하던 선생님 같아 푸근했다. 어쩌면 더
부살이하는 처지에 어디 가면 이만 못하랴 싶은 체념 끝이라 황
감한 마음까지 들었는지도 모른다. 그럼에도 난 선뜻 호의를 보
일 수 없었다. 먼저 선보았던 남자나 송경민이나 김판길이나 내
호의와는 상관없이 어긋나버린 경험으로 혹시나 이번에도 하는
불안감이 들었다. 특히 식어버린 고깃국에 엉긴 기름처럼 김판길
이 마음 한편에 엉겨 있어 떨떠름함을 숨길 수 없었다. 설면해 하
는 내게 어른들은 남자가 마음에 안 들어 그러는 줄 알고 복을 찰
작정이냐며 혀를 찼다. 그렇게 인연은 필요에 의해 만들어져갔
다. 나는 김판길에 대해서도 생각을 접기로 했다. 나로 인해 세
상을 얻었다니 자신감을 갖고 베트남 여자와 결혼한 것이라 믿기
로 작정했다. 그 외 이런저런 상념들도 새로운 인연을 위해 그런
거라고 치부했다. 결혼을 결정하고 나니 그것 외에 불필요한 생
각이나 요건들은 모두 지워버리게 되었다. 모든 건 운명이고 운
명은 자연현상이라고 생각했다. 그러니 나는 자연의 순리를 따른
것뿐이었다.

결혼생활은 순조로웠다. 확실히 삶의 전환점이 되어 주었다. 그
간의 어지러웠던 감정이나 복잡하게 느껴지던 일들이 남의 일처

럼 희미해져 갔다. 친정에서 애증의 눈칫밥을 먹던 터라 남편의 밥은 당당했다. 가냘프던 몸도 금방 불어 할머니는 '그것 봐라 신랑밥 먹으니 금방 살로 가지'라며 흡족해했다. 아이를 낳고부터는 이런 게 행복이구나 싶었다. 선본 남자와 행복에 대해 얘기한 것을 떠올리며 그때 내가 답을 얼추 제대로 한 것 같다는 생각도 들었다. 애정드라마를 보다가 문득 송경민이나 김판길이 떠오르면 그들도 이랬으면 하는 치기도 들었다.

그의 소식을 다시 들은 건 할머니 생신날이었다. 그날은 어쩐 일로 새텃말 올케언니가 왔다. 그간 언니는 설날에는 세배하러 와도 할머니 생신 때는 한창 모내기 철이라 오지 못했다. 내 기억으로 올케가 시집오던 이듬해에 그때는 생존해 계시던 당숙모를 따라 인사 겸 온 뒤로 처음이지 싶었다. 설날 세배를 올 때도 내가 다녀온 뒤로 왔다 가기 때문에 직접 만나지는 못하고 다녀갔다는 말만 들었다. 그런 언니의 방문은 생게망게한 일이었다.

식구들은 한창 바쁜데 어떻게 왔느냐고 언니를 반겨주었고, 나역시 반가워 얼싸안았다. 다른 사람들 생각처럼 바쁜데 와서도 그렇고 오래간만에 와서도 그렇지만 그냥 고향에서 온 사람이라 더욱 반가웠다. 언니에게선 고향의 냄새가 나고 고향의 냄새에는 고향만의 어떤 정령이 느껴졌다.

점심상을 물리고 농사 얘기도 끝나갈 무렵, 난 차마 그의 안부를 직접 묻기가 뭣해 베트남에서 시집온 여자는 잘사느냐고 에둘러 물었다. 그런데 언니는 멀뚱한 표정으로 그게 무슨 소리냐고 되물었다.

"아니 왜, 그 모자로 얼굴을 가리고 다니는 사람과 결혼했다는 여자 말예요?"

"얼굴을 가리고 다니는 사람이라면 판길씨 말인가 본데 그 사람 결혼 안 했는데 무슨 소리유?"

나는 머리를 어디다 강하게 부딪친 듯 아득해졌다. 무슨 뚱딴지 같은 소리냐는 표정으로 나를 바라보는 언니의 얼굴이 뭔가 음흉한 음모를 꾸미고 있는 것처럼 보였다. 나는 거실 한쪽에 앉아 허허거리며 오빠들과 화투를 치고 있는 남편을 바라보며 두방망이질 치는 가슴을 진정시키려 애썼다. 마침 휴일이라 남편 친구이기도 한 사촌오빠가 와서 더욱 왁자지껄했다.

"일우 오빠 결혼식 때 언니가 그랬잖아요. 그 사람 누나가 어디다 신청해서 베트남 여자가 결혼하러 오기로 했다고. 그때 다 된 일처럼 얘기했는데 그럼 그때 안 했어요?"

이미 마음의 평정을 잃은 나는 다시 한번 남편을 바라보며 냉정하자고, 태연하자고 마음을 다지며 물었다.

"아아, 그 얘기. 글쎄, 그게 좀 이상하게 됐더라고. 그때 그 사람 어머니가 결혼 날짜까지 받는다고 해서 나도 그런 줄 알았지. 그 아주머니가 실없는 소리나 할 분은 아니거든. 그 누나가 힘들게 주선했다고 하더라고. 그 사람이 안 하겠다는 걸 누나가 사진도 없어서 주민등록증에 있는 사진을 확대해서 보냈대. 그런데 여자가 서울까지 온다고 하니까 그때는 아무 말도 안 하더래. 그래서 본인도 할 수 없이 받아들이는 모양이라고 생각했다는 거야. 그런데 며칠 지나 무엇에 홀린 사람처럼 안 하겠다고 펄펄 뛰더라네."

"아니, 왜요?"

"왜겠수. 본인한테 직접 들은 건 아니지만, 막상 그 여자가 신랑의 실제 모습을 보면 싫다고 도망갈 게 뻔하니까 마음이 바뀐 거겠지."

언니는 그가 결혼 못 한 것이 다른 누구 탓도 아니고 당연히 그 자신에게 있는 것 아니냐는 투로 말했다. 나는 언니의 말을 믿고 싶었다. 기왕이면 나와는 아무런 상관없다고 꼬집어 덧붙여 주었으면 싶었다. 정말이지 그 비슷한 말이라도 언니의 입에서 나오길 간절히 빌며 되물었다.

"주민등록 사진은 모자를 벗었을 거 아녜요. 그 사진을 보고도 여자가 좋다고 한 거라면서요?"

"그러니까 어머니하고 누나는 철석같이 믿은 거지. 하도 좋아서 소문까지 낼 정도로. 색시자리도 그렇지, 거기서 여기가 어디라고 허튼 맘 갖고 오려고 했겠냐고. 뭐 친정에 돈을 얼만가 주기로 했다고 하긴 하데만은, 그래도 그렇지 일생이 달린 일인데 독하게 마음먹은 거지. 하지만 당사자가 싫다는 데야 어쩌겠수. 어머니가 울다시피 만나나 보자고 매달렸지만 워낙 막무가내라 별수 없었다우. 누나가 위약금이라나 뭐라나까지 물었다고 속상해하더라고."

"아, 네."

나는 가슴속 어딘가가 무너져 내리는 것 같았다. 뱃속에 일곱 달 된 둘째의 발길질이 다른 때와 달리 몹시 뻐근했다. 내가 만나자고 전화를 한 것이 화근이 된 건 아닐까. 입이 말랐다. 하지만

이내 나는 합리화하기 시작했다. 나 때문이라는 증거가 어디 있
냐고. 내가 뭐라고 오히려 그렇게 생각하면 오만이다. 분명 다른
이유가 있었을 거야. 나는 태아의 발길질에 툭툭 불거지는 배를
만지며 다지듯 뇌었다.

　나는 갑자기 너무 나른해져 안방으로 들어가 눕고 말았다. 잠
은 오지 않는데 정신이 아득해지는 것 같았다. 돈을 따서 기분이
좋은지, 이건 장모님 보너스라며 너스레를 떠는 남편의 목소리와
연신 발길질을 해대는 뱃속의 아이에게 신경을 곤두세우며 자꾸
만 까라지는 정신을 가다듬었다. 겨우 말을 익히기 시작하는 가
영이는 사촌들 틈에 끼어 노느라 정신이 없었다. 종잡을 수 없는
감정으로 휘둘리고 있는 나를 그들만이 구해줄 수 있는 것처럼
남편의 목소리와 태아의 발길질과 가영이의 웃음소리에 잔뜩 의
지했다.

　나는 죄책감에 몸이 옥죄어 오는 것 같았다. 내가 전화만 안 했
으면 결혼해서 잘살고 있을지도 모른다는 생각에 숨이 막히는 듯
했다. 혹시 내 전화를 어떤 언질로 받아들인 건 아닌가 하는 불
안마저 들었다. 하지만 둘 사이에 어떤 언약이 있었던 것도 아니
고 더군다나 공개된 사이도 아니지 않는가. 그도 내게 누누이 다
시는 고향에 오지 말라고 했고 자기를 잊으라고 했다. 그 말에 대
해 나는 긍정도 부정도 안 했다. 그걸 결정하려면 시간이 더 필요
했다. 그래서 오해할 소지는 있다 해도 그건 내가 책임질 일은 아
니다. 그러니 나는 배신의 굴레는 안 써도 된다. 나는 심문하는
판사 앞에서 변론하는 심정으로 찾아낼 만한 구실은 다 찾아내

어 자책에서 벗어나려 했다. 하지만 간다고 마중까지 나와 달라고 하고는 가지도 않고 아무 해명도 없이 불과 몇 달 만에 결혼한 건 그의 입장에서 보면 배신까지는 아니더라도 용서할 수 없는 무례다. 그를 그렇게 해놓고 나만 행복에 젖어 있는 것 같아 미안했다. 그가 결혼을 안 했다고 해서 내가 결혼한 것을 후회하는 건 절대 아니다. 다만… 무슨 훼방을 놓은 것만 같아 몸이 오소소 떨렸다. 매번 내가 결정해야 하는 일을 누군가가 먼저 해버려 자존감을 잃었는데, 이번에는 본의 아니게 내가 결정해 버린 꼴이 되어 버렸다. 마음이 아프기는 내가 당했을 때와 별반 다르지 않았다. 그 아픔과 무력감을 그는 어떻게 이겨나갔을까. 아니, 정말 나와는 아무 상관없이 그가 선택한 삶을 살고 있는 것일 게다. 우리는 서로 운명이라는 자연에 순응하고 살고 있는 것뿐이다. 그렇게 욱대기면서도 나는 그날 이후 가슴 한쪽에 무거운 더께가 내려앉은 것 같았고 그 더께는 시간이 흘러가도 좀체 걷어낼 수가 없었다.

평행선

삶은 크고 작은 경험들의 합집합체다. 그 많은 경험을 사람들은 은연중에 마치 평행선의 두 선처럼 좋은 경험과 나쁜 경험으로 나누어 기억하곤 한다. 하지만 살아온 걸 얘기책으로 쓰면 열두 권도 더 될 거라는 노인들의 말에서도 알 수 있듯이 삶은 힘들고 고단할 뿐 아니라 나쁜 경험이 압도적으로 많다. 그럼에도 균형을 이루는 것은 그 나쁜 경험 중에서 얼마를 추려내어 좋은 경험 쪽으로 열을 맞춰 평행선을 만들 줄 아는 지혜 때문이다. 그건 자생력의 원천이기도 하다. 이를테면, 초년고생은 사서도 한다든가, 전화위복이라든가, 실패는 성공의 어머니라든가, 아픈 만큼 성숙한다든가 하는 식의 명분을 만들어 나쁜 경험을 합리화시키는 데 탁월한 재주가 있는 것이다. 그런가 하면 어떤 사람에겐 나쁜 경험이 다른 사람에겐 좋은 경험이 될 수도 있고 또 그 반대의 경우도 있다. 어떤 경험이든 그 경험 자체가 좋거나 나쁘다기보다, 같은 경험이라도 사람에 따라 또는 시간에 따라 얼마든지 다르게 느껴질 수도 있는 것이다. 좋은 경험은 나쁜 경험을 바라보며 자만을 삼가며, 나쁜 경험은 좋은 경험을 바라보며 위안으로 삼는다. 그렇게 둘은 서로 바라볼 수 있는 거리에서 더 이상 가까워지지도 않고 더 이상 멀어지지도 않은 채 평행선을 이루며 삶을 이끌어간다. 그래야만 삶이 안전하게 영원히 지속될 수 있다는 걸 본능적으로 알고 있는 것이다.

평행선의 본질은 영원성과 안전성에 있다. 양비론이나 흑백논리 같은 이분법적 사고나, 합에서 머물지 못하고 다시 정과 반으로 갈라지는 변증법적 사고 역시 안전과 영원을 추구하는 본능에서 출발한다.

생각해 보면 김판길과 송경민은 중요한 경험이었다. 겪고 난 경험이 좋은 경험인지 나쁜 경험인지는 어느 정도 시간이 지나야 판단할 수 있다. 또 좋거나 나쁘게 판단된 경험들도 더 많은 세월이 흐르고 나면 과거라는 이름으로 한 데 묶이고 만다. 그 과거는 기억과 추억으로 구분된다. 과거 중에 어떤 면으로든 아름답게 느껴지는 일이면 그건 추억이다. 설사 그 일을 겪는 동안은 힘들고 괴로웠다 하더라도 말이다. '옛말하고 지낼 때가 올 것'이라는 말이 설득력 있는 것도 기억을 추억으로 돌릴 수 있는 지혜가 있기 때문일 것이다.

그때 당시는 판이하게 다른 경험으로 인식되던 송경민이나 김판길과의 일도 십 년이 넘은 지금 생각해 보면 같은 경험이다. 그리고 기억이 아니라 추억이다.

결혼마저 내겐 육 년 동안의 경험으로 끝났다. 과정은 좋은 경험이었지만 너무 일찍 끝났다는 사실은 나쁜 경험이다. 그것도 불의의 사고로 급작스레 남편을 잃은 것은 최악의 경험이었다. 나는 삶을 지속시키기 위해 이 최악의 경험과 견주어 평행선을 이룰 만한 좋은 경험을 찾게 될 것이다. 경험은 죽음을 경험할 때까지 계속될 테고, 해본 경험보다는 안 해본 경험이 변수와 포용력이 클 것이다. 그래서 늘 미래는 특별한 계획이 없어도 기대는 있게 마련이다.

눈앞이 초점 안 맞은 안경을 쓴 것처럼 아른거린다. 아지랑이다. 고향은 가을볕만 바쁜 게 아니라 봄볕도 바쁜가 보다. 생명을 갈무리하는 가을볕보다 소생시켜야 하는 봄볕이 더 강할지도 모른다. 그 볕을 마신다.

"충성!"

우렁찬 남자의 구령에 깜짝 놀라 돌아보니 머리를 짧게 깎은 청년 하나가 거수경례를 붙이고 서 있다. 들고 오다 내려놓은 듯 커다란 주전자가 옆에 놓여 있다.

"아니, 이게 누구야! 너 명식이 아냐!"

"네. 그동안 안녕하셨어요. 무슨 생각을 그렇게 넋 놓고 하고 계세요?"

"으응 그냥 좀. 근데 넌… 맞어, 너 군대 갔다고 했지. 언니한테 얘기 들었어. 그런데 어떻게 집에 있냐?"

"휴가 나왔어요."

"그랬구나. 아이고 그 코찔질이가 이렇게 몰라보게 커서 의젓한 대한민국 군인이 됐네. 그러니 난 얼마나 늙었겠냐."

"에이, 별로 안 변하셨는데요 뭘. 용인 고모와 동갑이라면서요. 그 고모에 비하면 옛날 그대로나 마찬가지예요."

"그래. 네 친고모와 난 동갑이지. 아직도 마음고생 안 끝났냐?"

"고모부가 각서까지 쓰고 해도 그때뿐인가 봐요."

용숙언니는 아들아이가 자폐아인 데다 남편의 외도로 오래전부터 마음고생이 심하다. 내가 혼자되었다는 말을 듣고 찾아와서는 어째 너나 나나 이렇게 복이 없냐고 펑펑 울었다. 속상한 것만 생각하면 당장 이혼하고 싶지만 아이 때문에 엄두도 못 낸다고 했다. 아이를 버리고 나올 수도 없고, 데리고 나오자니 교육과 생계가 막연해 참고 견딜 수밖에 없다는 것이다. 그나마 형부가 몸은 안 들어와도 양육비는 거르지 않고 주니 생활은 한단다.

"애는 좀 나아졌나?"

"에이, 그게 쉽게 나아지겠어요."

"그러니 언니 속이 속이 아니겠구나. 참, 명호는?"

"올해 대학에 들어갔어요."

"그랬어. 잘했네. 그래 넌 언제 제대하니?"

"내년에요."

"그래. 그럼 그 뒤는?"

"우선 대학교 일 년 남은 거 마치고, 농사지어야죠."

"아, 고향을 지키겠다고. 큰 결심했다. 아니, 어떻게 그렇게 마음먹었냐?"

"종손이잖아요. 전공도 아예 농기계학과로 간 걸요."

"그래, 우리 가문의 종손이지. 고맙다. 내가 다 이렇게 든든하니 오빠 언니가 얼마나 든든하시겠니!"

"글쎄, 그런 것도 같고 좀 서운해하시는 것도 같고 그래요. 농사 힘든 거 아시니까 좋은 직장 다녔으면 하셨던 것 같아요. 제가 농사지어서도 직장 다니는 것보다 더 잘 살 수 있다는 거 보여드리겠다고 했죠."

"암 그래야지. 시골에서도 얼마든지 성공할 수 있다는 본보기를 보여주면 좋겠다."

"그러려고요. 고모 고향도 여기라고 했죠. 제가 고모 고향 잘 가꿔놓을게요."

"아이고 듣던 중 반가운 소리네. 앞으로 자주 와야겠다."

"그리세요. 점심 안 드셨죠?"

"오, 그래. 너 무슨 심부름 왔다 가는 거 아니니?"

"네. 커피 끓인다고 물 받아 오라고 해서요. 같이 가세요."

"난 별로 점심 생각이 없다. 물 끓으면 커피나 한 잔 하지 뭐. 너 먼저 가라."

"네. 그럼 곧 오세요."

명식은 주전자를 들고 성큼성큼 뛰어간다.

'세월이 하는 일이라니!'

나는 길에서 보면 못 알아볼 만큼 커버린 명식의 뒷모습을 바라보며 새삼스레 세월의 유장함을 느낀다.

천지현황 생긴 후에 일월성신 되었세라~

다-알궁

만물이 번성하니 산천이 유자로다~

다-알궁

조선국 팔도산을 일일이 둘러보니~

다-알궁

상재통이 흘러들어 천하강산 되었세라~

다-알궁

함경도 백두산은 두만강이 들어 있고

다-알궁

평안도 자우산은 대동강이 둘러있고

다-알궁

황해도라 구월산은 수양산이 수저로다

잠시 멈췄던 달구질이 다시 시작되는지 선소리꾼의 목소리가 들린다. 그런데 한참 들어보아도 목소리가 아까와 다르다. 건너다보니 먼저 선소리꾼보다 키가 훨씬 작은 사람이다. 모자도 안 썼다. 구덩이 안에도 군청색 등산모는 보이지 않는다. 고개를 빼고 이리저리 휘둘러보았지만 그는 눈에 띄지 않는다.

조금 더 한적한 곳으로 자리를 옮겨 신작로를 향해 앉는다.

나를 알아보았을까? 나를 포함해 흰 상복 입은 여자들이 여럿이고, 이틀 밤을 자는 둥 마는 둥 해 얼굴은 푸석푸석하고 머리는 끈으로 질끈 동여매었으니 못 알아보기 십상이다. 하긴 강산도 변한다는 십 년이 지났으니 못 알아보는 게 당연하다.

그래도 혹시 알고도 모르는 척하는 건 아닐까? 내게 배신감을 갖고 있는 건 아닐까? 서로 장래를 약속한 사이도 아니고 내가 어떤 언짢을 준 적도 없으니 그렇지는 않을 것이다. 게다가 스스로 다시는 고향을 찾지 말라고 당부까지 한 터 아닌가. 그렇더라도 내가 결혼하기 전에 그가 먼저 결혼한 줄 알았다는 건 밝혀야하는 것 아닌가. 가겠다고 하고 안 간 것에 대해선 사과를 해야하는 것 아닌가. 이러고 있을 게 아니라 찾아보아야 하는 거 아닌가. 그래서 오해는 풀어야 그 사람에게도 좋지 않을까.

그의 목소리도 들리지 않고 모습도 보이지 않자, 갑자기 갖가지 상념들이 들고일어나 안절부절못한다. 그러나 그것도 마음뿐 몸은 꼼짝도 할 수가 없다.

"안녕하세요?"

굵고 나지막한 음성이 바로 등 뒤에서 들린다. 나는 고개를 돌리며 반사적으로 일어선다. 등산모를 쓴 남자가 입꼬리가 당겨져 치열이 고른 이를 반쯤 내보이고 있다. 나는 나도 모르게 덧입은 스웨터로, 뻘건 육개장 국물이 낭자한 치마 앞자락을 황급히 가린다.

"아, 안녕하셨어요?"

나는 당황하여 말을 더듬는다. 선뜻 그를 똑바로 바라볼 수도 없다.

"상심은 되겠지만, 그래도 그만하면 호상이지요, 뭐."

"연세가 있으니 그런 셈이죠. 오늘 수고가 많으시네요."

"수고랄 게 있나요. 이렇게 호상일 땐 오히려 흥겹죠. 자손이 많아 오늘 행하는 두둑하겠는데요."

말도 유창해졌지만 넉살도 늘어 정말 그 사람이 맞나 싶다. 말투로 봐선 모자로 가려진 눈도 빙긋이 웃고 있을 것 같다. 방금까지도 찾아보아야 하나 어쩌나 망설이고 있던 사람이었지만 막상만나니 어떻게 대해야 할지 갈피가 잡히질 않는다. 그가 예전과달리 선선히 대해주는 게 천만다행이다.

"참, 아주머님도 돌아가셨다고요? 상심이 크셨겠어요."

"네. 그토록 제가 결혼하는 걸 보고 싶어하셨지만 끝내 한을 못푸시고 가셨습니다. 제가 죄를 많이 지었죠."

나는 뭐라 대꾸 할 수가 없다. 대접상이나마 위로해주어야 한다는 생각은 들지만 생각이 얼른 말로 되어 나오질 않는다. 결국 결혼은 안 했다는 얘기다. 얼핏 나를 원망하는 건 아닌가 하는 면구스러움이 스친다. 아니, 그런 면구스러움 자체가 오만이라 더욱쩔쩔맨다.

"정말 섭섭해하셨겠어요."

"할 수 없지요, 뭐. 따님들이 선숙씨를 닮아 참 예쁘네요."

애들을 진짜 알아보고 하는 소리인지 건성으로 하는 소리인지그가 말을 돌린다. 내게 관심을 두었다면 아까 행하를 꽂을 때 알아볼 수도 있었겠지만 나를 닮아 예쁘다는 말은 그저 인사치레같기도 하다.

"어머, 제 이름을 아직 기억하고 계시네요!"

"그럼 그 이름을 어떻게 잊습니까. 제 이름을 잊으면 잊었지."

순간적으로 난 그가 쓰고 있는 모자를 벗겨내 얼굴을 가리고 싶을 만큼 얼굴이 달아오른다. 나도 아직 그의 이름을 기억하고는있지만 그가 내 이름을 기억하고 있다는 것과 내가 그의 이름을 기억하고 있는 건 다른 의미가 있어 보인다. 나는 기혼이고 그는 미혼이다 보니 어쩐지 나는 기억이고 그는 추억이지 싶다. 그것도 내 기억은 과거지만 그의 추억은 현재진행형인 것만 같다. 하지만 그저 인사치레라고 뭉개버린다.

"나만 판길씨 이름을 기억하고 있을 줄 알았는데⋯."

"어, 제 이름을 아직 잊지 않고 있었어요?"

그는 의외라는 듯 반색한다. 나는 제 이름을 잊으면 잊었지 내 이름을 어찌 잊을 수 있느냐는 말에 대한 답례로 한 말인데 그가 너무 반색해 움찔한다.

"정말 이렇게 건강한 모습을 뵐 수 있어서 다행입니다. 고맙고요."

그냥 인사말이라기엔 어딘가 걸린다. 건강한 모습에 대한 인사는 보편적일 수 있지만 고맙다는 말은 상식적인 인사는 아니다. 뭐라 대꾸해야 할지 몰라 그저 '아, 예, 판길씨도요' 하고 얼버무린다.

"병원에 여러 차례 갔었지요."

"예?"

"진눈깨비가 내리던 날 오신다고 문산역으로 마중나와 달라고 하셨잖아요?

"아, 예!"

나는 역시 그날 때문이구나 싶은 마음에 속으로 뭔가 쿵 내려앉는다. 그런데 병원이라니, 나는 머릿속이 팽팽해지는 것 같아 허둥대기 시작한다.

"당연히 하루 종일 기다렸지요. 안 오시길래 전화라도 올까 싶어 이튿날은 집에서 꼼짝 안 하고 기다렸죠. 사람도 전화도 종무소식이다 보니 내가 무엇에 홀린 것도 같고, 놀림을 당한 것도 같고 아무튼 견딜 수가 없더라고요. 명식이에게 선숙씨네 전화번호를 물어 전에 같이 근무하던 사람이라며 연락을 해보았죠. 교통사고로 병원에 입원했다고 하더라고요. 앞뒤 가릴 것 없이 병원에 가서 간호사실에 물어보니 혼수상태라는 거예요. 제 평생 그렇게 용기를 내본 적은 없을 겁니다. 어디서 그런 용기가 나던지 정말 뭐에 씌인 다는 것이 그런가 봐요. 그 며칠 동안은 정말 제정신이 아니었어요."

"아니, 병원에 오셨다구요?"

나는 혼미해지는 정신을 바짝 다잡고 묻는다.

"예. 왜 나를 만나러 온다고 한 건지는 모르지만 아무튼 나를 만나러 오다가 그 지경을 당했다 싶으니 미칠 것 같더라고요. 아니, 내가 너무 기다려 선숙씨가 변을 당한 것만 같아 간절한 마음으로 모든 신에게 살려달라고 기도했습니다. 선숙씨만 살려주시면 앞으로 남을 위해 살겠다고 맹세도 했습니다. 정말 다행히 나흘 만에 깨어났다는 말을 들었지요. 제가 다시 태어난 것처럼 기뻤습니다. 그 후 사흘들이로 병원에 갔었죠. 점점 차도를 보이는 선숙씨 모습을 보며 얼마나 고맙던지…."

"사흘들이로 오셨다고요?"

나는 점점 미궁 속으로 들어가는 것 같다. 처음에는 교통사고를 당해서 못 갔다는 걸 알았다니 변명을 안 해도 되겠구나 싶어 안도했다. 겨우 안도의 숨을 쉬는데 병원에 사흘들이로 왔다니 다시 숨이 턱 막히는 것 같다.

"예, 선숙씨 병상이 창가 쪽이라 병실 문 앞에 서서 몰래 본 저를 눈치채지 못하셨을 거예요. 그런데 사람의 마음이 참 모질다고 해야 할까 이기적이라고 해야 할까. 제 자신까지 그리 될 줄은 미처 몰랐습니다."

"왜요? 무슨 일이 있었어요?"

"들으시면 놀라실 걸요."

"이미 너무 놀라 제정신이 아닙니다. 설마 더 놀랄 일이 있나요?"

"황당한 일이지만 지난 일이니 말씀드리죠. 선숙씨가 혼수상태에 있을 때는 그저 살려만 달라고 빌었지요. 그런데 깨어나고 어느 정도 회복되자… 흐흐흐."

그는 민망한 듯 고개까지 돌리며 웃는다.

"왜요?"

"선숙씨가 어디 한 군데 부러져서 회복이 안 되었으면 싶더라고요. 그래서 나 아니면 보살펴 줄 사람이 없으면 싶은 거예요. 그렇게 여러 번 간 것도 그걸 확인하고 싶어서였는지도 모릅니다. 아무 이상 없이 회복되어가는 모습을 보면서 안도와 함께 서운함도 들은 거 있죠. 저 완전히 미친 놈이죠. 하하하."

그는 무안했는지 헛웃음을 웃는다. 나는 어안이 벙벙하여 입을 다물 수 없다. 그러면 그렇게 병원을 쫓아다니느라 결혼도 마다한 것인가. 나는 죄책감에 몸 둘 바를 모른다. 도망갈 구멍을 찾느라 점점 더 미궁 속으로 들어간다. 그날 왜 오려고 한 것이냐고 물으면 뭐라고 해야 하나 전전긍긍이 되었다. 사실 정확히 그때 내 마음을 설명할 수는 없다. 굳이 말로 하라면 가서 직접 결혼 축하해주려고 그랬다고 하겠지만 너무 옹색하다. 그 정도야 그냥 전화로도 할 수 있는 일이다. 내가 눈 오는 날 다녀온 지 얼마 지나지 않아서 결혼 한다니 심적 경위가 궁금하긴 했다. 더군다나 그날 단순히 다녀온 게 아니라 사건을 치르고 온 게 아니던가. 그렇다고 그 경위를 알아서 내가 어쩌겠다는 건가. 또 그걸 물을 만큼 무슨 언질이나 약속을 한 사이도 아니지 않은가. 무엇 하나 시원스레 대답하기가 곤란했다. 다행히 그는 그 일은 묻지 않고 다른 얘기만 했다.

"선숙씨가 건강을 찾아 퇴원한 걸 확인하고 차돌배기 김 노인을 찾아갔지요. 선숙씨가 혼수상태일 때는 급한 마음에 살려주면 남을 위해 살겠다고 맹세는 했지만, 막상 무얼 해야 할지 모르겠더라고요. 그간 사람들과 제대로 된 교제조차 없던 나로서는 어디다 물어볼 데도 없고. 생각다 못해 우선 인근 동네 궂은일을 돕기로 작정했죠. 김 노인은 젊었을 때부터 산역에 불려 다니며 일을 거들고 소리까지 잘하는 분이거든요."

미궁 속에서는 숨 쉬는 것조차 벅차다. 뭐라 묻는 것도 아닌데 묻는 것보다 더 대답 하라고 종주먹을 받는 것 같다. 나는 답답한 속을 감추고 변죽을 울리듯 얘기를 돌린다.

"그러다 복지시설까지…."

"복지시설은요. 적적해하는 어머니에게 말동무라도 있으면 좋겠다 싶어 홀로 되신 어른들을 몇 분 모셨는데 차츰 정이 그리운 사람들끼리 의지하려고 울타리를 넓힌 거지요. 나는 그들에게 울타리를 만들어 주고 그들은 제게 울타리가 돼주죠. 아주 든든합니다. 제가 이렇게 보람 있게 살 수 있으리라고 상상이나 했겠는지요. 다 선숙씨 덕분입니다. 늘 고맙게 생각하면서도 그 마음을 전할 수 없어 안타까웠는데 오늘 할머니 덕분에 전할 수 있게 되었네요. 진심으로 감사합니다."

나는 입꼬리가 올라간 입술 사이로 부드럽게 흘러나오는 그의 목소리에 취해 아무런 대꾸도 할 수 없다. 가슴속에서 두방망이질 치는 소리가 그에게 들릴까 전전긍긍할 뿐이다. 나는 베트남 여성과 결혼한 줄 알았다는 말을 해야 한다고 생각은 하면서도 언제 어떻게 얘기를 꺼내야 할지 몰라 입술만 적신다. 생각해 보면 그의 결혼 여부에 따라 달라질 건 아무것도 없어 더욱 말을 할 수가 없다. 그래도 내가 그날 가려고 한 연유는 말해야 하는 것 아닌가 싶지만 정리가 안 된다. 나는 그의 결혼에 대해 궁금해야 할 이유도 자격도 없는 처지였다. 직접 찾아가 축하해주겠다는 것도 건방진 일이다. 어쩌면 또 한 번 배신당한 게 아니란 걸 직접 그에게 확인하고 싶었는지도 모른다. 그런데 지금 그걸 밝히면 뭐 하겠나. 그는 내가 그가 베트남 여자와 결혼 하려 했다는 사실을 모르고 있는 줄 알 것이다. 아, 그게 맞을 것이다. 내가 그의 결혼 얘기를 들은 건 사촌오빠 결혼식에 갔다가 새텃말 올케에게 들었는데 그걸 그가 어찌 알겠는가. 더군다나 금방 없던 일이 되었다는데. 그는 그저 내가 예전처럼 고향을 찾아가려고 한 것이라 여길 것이다.

나는 평정을 찾기 시작한다. 숙수간 쪽에서 '어이, 김 원장 못 봤어?' 하는 소리가 들린다. 못 봤다고 대답했는지 이어 '이제 마무리해야 할 텐데 어딨지' 하는 소리가 따라 붙는다.

"가봐야 되겠네요. 저 이제 인기 많습니다."

"그렇다면서요. 언니가 그러는데 인근에서 알아주는 유지시라고."

"유지까지야. 이왕 사는 거 필요한 사람으로 살려고 노력하는 거지요. 앞으로 선숙씨 고향 좋아질 겁니다. 기대하세요."

"그럴 것 같네요. 조금 전 명식이도 만났는데, 잘 가꿀 테니 자주 놀러 오라네요."

"그러셔야죠. 이렇게 만나니 정말 좋네요. 사람들이 찾아오기 전에 가봐야겠어요. 그럼."

그는 모자를 만지며 허리를 조금 굽혔다 펴곤 황망히 자리를 뜬다. 억지로 막아놓았던 봇물이 터지듯 가슴을 누르고 있던 어떤 덩어리가 빠져나가며 울컥해진다. 할머니를 하관할 때 고모들이 애절하게 곡을 할 때도 난 울지 않았다. 그간의 삶을 생각하면 내가 가장 슬프게 곡을 해야 하겠지만 그저 담담히 흙을 한 삽 떠서 붓고는 할머니 이제 편히 쉬세요 라고 웅얼거리며 물러났다. 그런데 새삼 울컥하며 가슴이 아릿해진다. 비록 모르고 지낸 흔적이라도 역시 삶은 죽음보다 강한 힘을 가지고 있는 것 같다. 결혼 전 배신과 자괴감으로 눈이 펑펑 쏟아지던 날 여기를 찾아왔던 날이 떠오른다. 그때 이곳 고향에서 뜻밖에 예쁜 나비로 살고 있는 내 분신을 발견하고 얼마나 당황하고 얼마나 설렜는가. 나는 또다시 내가 모르는 삶을 살고 있었던 것 같다. 남편의 사별로 또 한 번 운명의 배신에 울부짖으며 허둥거리고 있을 때도 이곳 고향에서는 한 사람의 삶을 이끌고 있었던 게 아닌가. 나는 나도 모르게 항상 두 개의 삶을 살고 있었던 것 같다. 한 축은 늘 변호와 위로가 필요한 삶이고 또 한 축은 연민과 설렘이 있는 삶이다.

내가 병원에 입원해 있을 때 사흘들이로 왔다는 건, 정말 뭐에 씌인 것 같다던 그의 말대로 꿈에도 상상할 수 없었던 일이다. 그때 얼마나 보고 싶고 만나고 싶었던가. 그때의 마음으로는 그가 와준다면 그냥 그를 따르고 싶을 정도였다. 물론 절대 그가 올 일은 없기에 그랬을 것이다. 그런데 정말 병실 문 앞까지 왔다니 생각할수록 가슴이 저린다. 만일 그때 그가 병실 안으로 들어와 나를 만났다면 지금 삶이 달라져 있을까. 달라져 있다면 어떻게 달라져 있을까. 생각지도 못한 애틋한 상황에 상상해보지만 결과는 아무도 모른다. 운명은 현재만을 위해 존재한다. 이루어지지 못한 과거의 정황들은. 미래의 이루어질 수 있는 온갖 정황 중에 하나만 현재에 남겨놓고 과거로 흘려보낸 것들이다. 그런 운명의 의중을 어찌 알겠는가. 다만 남겨진 그 하나가 운명으로서는 최선의 선택이었음을 믿을 뿐이다. 그래야 현재가 소중할 테니까.

산소를 바라보니 구덩이에 있던 사람들이 나오고 다시 포클레인이 흙을 떠 붓는다. 이제 구덩이는 다 메워져 평지와 같아졌다. 그가 자리를 뜨자 울컥했지만 어떤 궁지에서 풀려난 듯 시원하기도 하다. 할머니 장례를 준비하고 운구 버스를 타고 오면서도 여기 오면 그를 만날 수도 있다는 사실은 생각하지 못했다. 더군다나 그가 저렇게 선소리꾼이 되어 있을 줄은 상상도 못 했다. 고모가 고향 얘기를 꺼냈을 때야 그가 생각났지만 멀찌감치서 아는 듯 모르는 듯 스쳐 가거나 아예 못 만날 줄 알았다. 아흔셋의 할머니가 돌아가신 일보다 그를 만난 일로 울컥해지는 게 불효만은 아니지 않을까. 나는 나도 모르게 고향에서 살고 있는 또 하나의 내 삶을 바라보듯, 마지막 봉분을 만들고 떼를 입히는 그와 일꾼들을 바라본다.

결혼한 줄 알았다는 말을 하지 않은 건 잘한 일이다. 그건 묻지도 않는 말에 지레 변명을 하는 꼴이다. 애초 우리 사이에 결혼은 아무런 의미가 없는 것이다. 그래서 그도 내가 결혼한 것이나 혼자 된 것에 아무런 관심을 두지 않은 것일 게다. 그것이 서로가 서로에게 영원히 남을 수 있는 방법이란 걸 부지불식간에 터득하고 있었던 게다. 평행선처럼 구속하지 않으면서 같은 거리에서 같이 존재해야 영원할 수 있는 것이다. 더군다나 그와 나 사이에는 고향이라는 매개체가 있다. 앞으로 그는 고향을 더욱 굳건히 지킬 것이고 나는 고향을 더욱 그릴 것이다. 그렇게 나는 앞으로도 평행선처럼 두 개의 삶을 살아갈 것이다.

나는 그 옛날 벌에 쫓겨 그와 정신없이 뛰었던 길로 내려선다. 구성진 그의 목소리가 다시 들린다. 누군가 '호상이야. 이제 길 그만 닦고 같이 놀다 보내드려' 하고 소리를 지른다. 이어 '그럼 그래야 망인도 훌훌 털고 가지' 하는 소리가 나고 여기저기서 그러라고 선소리꾼을 부추긴다. 나는 천천히 발걸음을 옮긴다.

아니 아니 노지는 못하리라

달궁

창문을 단아도 스며드는 달빛

달궁

마음을 달래도 파고드는 사랑

달궁

텅 빈 내 가슴에 사랑만 가득히 파고드네

흥겨운 선소리에 맞춰 후렴도 짧고 경쾌하다. 돌아다보니 다 된 봉분의 둘레를 돌며 발을 맞추지도 않고 그저 흥에 겨워 절구질하듯 막대기를 들었다 놓았다 하며 발을 구른다. 처음엔 장례란 선입견으로 으레 슬픈 노랫말이려니 했는데 귀를 기울여 보니 아버지가 곧잘 부르시던 창부타령 가사다. 그뿐 아니라 다른 민요들도 구성지게 이어진다. 소리 장단에 맞춰 발도 구르고 어깨까지 들썩인다.

"웬일이지? 오늘 김 원장 유난히 신명을 내네. 장씨! 북 좀 가져와!"

누군가 외치자 불린 사람인 듯, 한 남자가 북을 가져와 끈을 그의 왼쪽 어깨에서 오른쪽 사선으로 걸어준다. 그러자 정말 그는 신들린 듯 북을 힘차게 두드리며 목청을 돋운다.

신고산이 우루루 함흥차 가는 소리에
구공산 큰애기 반봇짐만 싸누나
어랑어랑 어허야 어허야 데야 내 사랑아~

얼씨구! 잘한다! 사람들은 덩달아 흥을 돋우며 소리를 따라 하기도 하고 덩실덩실 춤도 춘다. 그의 몸짓과 목청이 커질수록 사람들은 점점 더 흥을 내지만, 나는 그 옛날 그의 농사일지에 끼워진 글의 마지막 구절이 떠올라 애잔해진다.

'내 운명을 붙들고 섧디섧게 울었습니다.'

그간 얼마나 울었으면 담벼락 같다던 사람이 저렇게 신명을 낼까. 어쩐지 나를 향해 그 한을 다 털어내 보이는 것 같아 또다시 울컥해진다.

눈 오던 날 본 그의 농사일지에 복숭아나무와 살구나무를 심겠다고 했는데 정말 심었을까. 심었다면 이제는 성목이 되고도 남았을 게다. 어쩌면 조금 있으면 꽃대궐이 될지도 모르겠다.

죽은 사람을 천국으로 유도하는 선소리꾼의 소리에 산 사람들이 흥겹다. 평행하기로 하면 삶과 죽음만한 것도 없을 것이다. 서로를 위해 존재하고 서로에 의해 존재되는 그 존재의 영원성. 고향은 복숭아씨처럼 그 영원성을 함축하고 있는 유토피아다.

그 사람이 있는 곳

이병숙 지음

발 행 처 · 도서출판 청어
발 행 인 · 이영철
영   업 · 이동호
홍   보 · 천성래
기   획 · 남기환
편   집 · 방세화
디 자 인 · 이수빈 | 김영은
제작이사 · 공병한
인   쇄 · 두리터

등   록 · 1999년 5월 3일
(제321-3210000251001999000063호)

1판 1쇄 발행 · 2022년 7월 20일

주   소 · 서울특별시 서초구 남부순환로 364길 8-15 동일빌딩 2층
대표전화 · 02-586-0477
팩시밀리 · 0303-0942-0478

홈페이지 · www.chungeobook.com
E-mail · ppi20@hanmail.net
I S B N · 979-11-6855-051-3(03810)